Karl-Heinz Köpcke

BEI EINBRUCH
DER DÄMMERUNG

KARL-HEINZ KÖPCKE

Bei Einbruch
der
Dämmerung

VERLAG R. S. SCHULZ

Er schloß die Tür hinter sich und stand, endlich, in seiner Welt. Mit hängenden Armen wartete er neben dem Lichtschalter, eine Minute der Geduld. Aber die Augen gewöhnten sich nicht an die Dunkelheit. Keine Konturen vertrauter Gegenstände lösten sich. So blieb es bei der Vermutung eines aus Falten wie gedrechselten schweren Vorhangs und bei der Ahnung von Bäumen jenseits des Vorhangs und des Fensters, in der Finsternis, in der kein Mond Licht vertropfte. Diese zweite Morgenstunde war keine Stunde der Romantik.

B.T. hob die Hand zum Schalter. Türkislicht mit einem Nebenstrom Honigfarbe fiel aus der mongolischen Ampel an der gedunkelten Holzdecke in den großen, rechteckigen Raum. Der Nacht entrissen, setzten Buchrücken in den schwarz hochragenden Regalen Glanzlichter auf. B. T. zündete die Kerzen in dem dreiarmigen Jugendstilleuchter an, und die zwischen den Büchern in Lücken stehenden Figuren und Gegenstände bekamen Leben.

Ein siamesischer Buddha, handhoch, Muscheln, merkwürdig geformte Steine, ausgeschwemmte Hölzer, Rauchgläser, kleine Spiegel, Schachteln aus Schildpatt oder Halbedelstein formierten sich zu einer schlampigen Phalanx noch erinnerter oder schon vergessener Vergangenheit. Und dann die Bilder. Sie überdeckten die wenigen freien Stellen der Wände, waren zwischen Büchern aufgestellt oder hingen an den Außenseiten von Regalen. Da waren ein paar Porträts von Frauen, einige Vorfahren ohne Namen, eine alte italienische Skizze, alles recht klein von Format. Erheblich größer nur das Ölgemälde eines imaginären Wasserschlosses, und wieder klein die untereinander hängenden, schmucklos weiß gerahmten Fotografien. Sie zeigten Hotels in Istanbul und Sofia, in Wien, Rom, Nisch, in Locarno und Belgrad, in München, Paris, London, Oberpframmen. Hotels und damit meist nächtliche Stationen aus einer Zeit, in der B. T. noch einen Sinn darin fand, zu reisen. Vom Fenster her spürte er ein Streifen kalter Zugluft an den Knöcheln. Er setzte sich rücklings auf die grünlederne Récamier und zog die Beine vom Boden auf das Polster hoch.

Durch die schwere Holztür, über zwei Stockwerke Treppen mit Galerien, drang die Flut der Unterhaltung herein. Sie verursachte B.T. Schlieren auf der Rückenhaut, obwohl er nicht einmal einzelne Worte verstehen mußte. Eine ausgezackte Fanfare stieß Takte des Triumphmarsches der Ausgelassenheit dazwischen. Das war Clarissa, seine Frau. Er hatte einmal ihr natürliches Lachen gelobt, damals, als er noch um sie warb. Sie erinnerte sich an dieses Lob, als sei es heute und nicht vor siebzehn Jahren gefallen. Jetzt folgte das Staccato einer Männerstimme: Persotzky, Kommentator eines mächtigen Boulevardblattes und Amateur-Schmierenpolitiker hinter den Meinungstheken, hatte Ansichten. Zustimmendes Gemurmel.

So ging das seit dem Abendessen und seit Jahren. Doch erst jetzt und heute zum erstenmal hatte B.T. die Konsequenz aus dem gestauten Widerwillen gezogen. Er war wortlos aufgestanden, hatte die Gäste in der Halle verlassen und war in seine Bibliothek gegangen. So begann er, sich zurückzuziehen.

Die Fanfare und das Gelächter verstummten. Nur das mehlige Gemurmel blieb. Für eine groteske halbe Minute phantasierte sich B.T. die Vorstellung eines rotgefleckten, keuchenden Persotzky, eine zu gedrungene männliche Quadratur mit kurzen Stampfern und halslos gebliebenem Schädel, wie er in einer Abseite des Hauses Clarissa bedrängte. Liebesspiele mit der Hausfrau, ein beliebtes Spiel. Doch Persotzky würde es sich weiterhin vergebens wünschen. Unvorsichtigerweise hatte er Clarissa einst in seiner Verehrung auf ein Podest gehoben, von dem sie niemals einiger ausschweifender Gefühle wegen heruntersteigen konnte.

Draußen wurden Schritte laut.

Die Tür zur Bibliothek flog auf. Im Rahmen stand Persotzky, hundertvierundsechzig Zentimeter Körperkürze als Antrieb seiner Komplexe und damit seiner Dynamik. Nun war der in Querfalten gezogen Smoking mit Stumpenasche besudelt, die hohe Rundstirn unter weit hinten beginnender rötlicher Kräuselwolle feucht von Alkohol und Treppensteigen. An seiner Seite Clarissa, ein immer noch feines, klares Profil unter hochgesteckten blonden Haaren. Sie trug ein weiß fließendes Kleid oder besser Gewand, das sie und ihre Schneiderin für griechisch hielten. Perfekter Auftritt: Der Prolet und die Dame.

7

„Da bist du also", sagte Persotzky mit seiner Grollstimme.

„Richtig." B.T. betrachtete Clarissa unter gehobenen Brauen mit Vorwurf. Sie hatte einem Außenstehenden, mochte er ein noch so anhänglicher Freund oder Feind des Hauses sein, Zutritt in seine private Welt der Bibliothek gewährt. Damit brach sie zum erstenmal eine nie ausgesprochene, doch streng gehaltene Abmachung. Aber der Augentadel blieb diesmal ohne Wirkung. Clarissa legte statt dessen die Hände an die Wangen und wiegte das Gesicht kichernd hin und her. Fünf Stunden Sherry gehen selbst an einer Dame nicht ohne Niveau-Veränderung vorüber.

„Unsere Gespräche langweilen dich wohl?"

„Ja", sagte B.T. feindselig.

„Ach." Auflachend trampelte Persotzky in den Raum und sah sich mit dem prüfenden Augenwinkelblick eines Häusermaklers um. „Das wollte ich immer schon wissen. Hierher ziehst du dich zurück."

„Ja."

„Erstaunlich."

„Wie meinst du das?"

Statt einer Antwort marschierte Persotzky zum Schreibtisch und warf seinen eigenen Körper wie einen Mehlsack in den Renaissancestuhl mit den hohen hellen Lehnen. Das alte Holz stieß ein Geräusch aus, das eher einem verquetschten Pfeifen ähnelte als einem Ächzen. Einen Augenblick lang hoffte B.T., der stolze Löwenkopf über dem Mittelstück der Rückenlehne würde zum Leben erwachen und seine Zähne rächend von hinten in das winzige Verbundstück zwischen Catcherschulter und Schädel schlagen. Aber der edle König der Tiere blieb erstarrt, zum Ein-

greifen unfähig gemacht durch den Umweg über Schnitz-
holz und Ästhetik.

„Eine chinesische Ampel", grollte Persotzky mit schrä-
gem Blick zur Decke.

„Mongolisch", verbesserte B.T.

„Na schön. Mongolisch, mit grünem Licht. Ein Löwenstuhl, ein Schreibtisch Louis seize. Und ein Buddha zwischen Büchern und ein Gewimmel von altmodischem
Zeug. Steinchen und Schatullchen und Figürchen und Sou-
venirchen aus dem letzten Jahrhundert und merkwürdige
Bilder und was noch alles. Soll ich dir einmal was sagen?"

B.T. ermunterte ihn nicht. Seine Augen glitten die weiß
umrandete Kette der Hotelbilder senkrecht abwärts, brems-
ten. Das angegilbte Foto eines monumentalen Scheusals
in Stein ließ Erinnerung in seinem Hirn anspringen. Belgrad. Vor zehn Jahren, vor fünfzehn, länger, kürzer?

„Kitsch ist das." Mangelnde Zuhörbereitschaft hatte
Persotzky noch nie veranlaßt, vom gesprochenen Wort
Abstand zu nehmen. „Man muß mit unserer Zeit gehen."

„Seit wann vertrittst du Waschmittel?" fragte B.T.

„Ein Mann von neunundvierzig Jahren muß wissen, wo
er steht", behauptete Persotzky. „Dich zu beklagen, wäre
unfair von dir. Clarissa und ich haben dich systematisch
aufgebaut. Denk an unser Hofieren der entscheidenden
Persönlichkeiten, deine Vorträge vor der Gesellschaft für
Vaterländische Kontakte mit dem Ausland, meinen Einfluß als Kommentator, die Werbeparties. Alles läuft. Du
kannst dich nicht verstecken, während unten in der Halle
die Leute, auf die es ankommt —"

Damals war B.T. vom Osten her nach Belgrad gekommen, dem Zwischenaufenthalt für eine Nacht. Er hatte
eine Balkanfahrt hinter sich gebracht, allein, wie alle seine

Reisen geographischer oder geistiger Art. Noch schmeckte er den Geruch des scharf über Holzkohlefeuern gebratenen Fleisches, als er abends aus dem Auto kletterte, vor dem Hotel auf der vergilbten Fotografie. In der Erinnerung sah er das Schwarze Meer, Burgas, Warna, Nessebar, lila Hügel und goldenen Strand und Wasser. Trotzdem blieb ein Gefühl unlustiger Melancholie, denn sein Meer war das Mittelmeer. Der Portier des Hotels in Belgrad schüttelte den Kopf, nein. Obwohl B.T. seit Wochen vorbestellt hatte, war jedes Bett belegt.

Was fing man mit einem solchen letzten Abend an? Das Feuerwerk war abgebrannt, das Feriengefühl am Verglimmen. Das hier war nur noch ein letzter müder Wellenschlag, der schon wieder in die Flaute des Alltags verebbte. B.T. fühlte sich abgespannt. Er stand vor dem gesprungenen Waschbecken unter einem Spiegel, der zu erblinden drohte. Trotzdem hatte der Portier ein Bündel Dinarscheine dafür genommen, daß es frei war. B.T. ärgerte sich nicht. Er zog diese nackte Bestechlichkeit den versteckten Formen heimatlicher Korruption vor. Ein zweites Bett lehnte ein Stück hinter dem ersten an der Wand. Obwohl B.T. drei Wochen ohne Clarissa gereist war und sie nicht betrogen hatte, weil es sich nicht ergab, verband er damit keine Gedanken.

Während er in sein weißes Hemd schlüpfte, das letzte frische, sofern ein ungebrauchtes Hemd nach einer Balkanfahrt noch frisch sein konnte, faßte er erleichtert den Entschluß, im Hotelrestaurant zu essen. Er würde sich mit ein, zwei Flaschen schweren Rotweins schlafreif trinken, ohne das Haus noch zu verlassen. Im Gegensatz zu Persotzky gehörte er nicht zu den Männern, die in jeder fremden Stadt vom Fieber ergriffen durch die Nächte eilen, um Bordelle zu sammeln wie andere Touristen Kathedralen.

Mehr noch als die Fassade und die Halle mit der Rezeption verriet der Speisesaal die Herkunft des Hotels aus dem Erbgut der unglaublichen Donaumonarchie. Die hohe Bogendecke mit den Lüstern aus verdrecktem Kristall, die Nischen, die ungünstige Lage der Theke und der Durchreichen zur Küche — B.T. fand sie bekannt. Vielleicht erinnerten sie ihn an ein ehemals österreichisches Hotel in Prag, wo er gewohnt hatte, zum Teil wohl auch an ein ehemals österreichisches Hotel in Triest, in Lemberg, in Ragusa. Jetzt allerdings waren die meisten Tische zu einer gewaltigen weiß gedeckten Tafel zusammengeschoben, an der einige Dutzend Männer und mehrere Frauen allslawisch redeten und gestikulierten.

Im Stadion hatte ein jedes andere Ereignis an Bedeutung überragendes Fußballspiel stattgefunden, erfuhr B.T. vom Ober, ein Match Jugoslawien gegen eine rumänisch-bulgarische Auswahl, 4 zu 2. Die Spieler, ihre Trainer, ihr Anhang, Sportfunktionäre und sportliche Parteileute der drei Nationen speisten hier auf Kosten des Staates, der sich wie viele arme Länder an Gastlichkeit überschlug. Auch wohnten sie im Hotel, daher die Schwierigkeit mit dem vorbestellten Zimmer und die ungewöhnliche Höhe der notwendigen Bestechung.

„Was empfehlen Sie mir?" erkundigte sich B.T. Er hatte sich an eins der Katzentischchen gesetzt. Sie waren Ausweichen für Leute, die nichts mit dem 4 zu 2 im Stadion zu tun hätten und dennoch auf die ausgefallene Idee kämen, ausgerechnet heute abend ausgerechnet in diesem Hotel ihren Hunger zu stillen. Zuerst saß er mit dem Rücken zur Sportivität. Aber bald konnte er sie nicht

11

mehr im Rücken ertragen und setzte sich so, daß er sie im Auge behielt.

„Serbische Bohnensuppe." Der Ober, ein trauriger Lämmergeier ohne Haare, in engem weißen Kittelchen, versuchte, den Eindruck von etwas ungemein Köstlichem zu suggerieren. „Spessjalität von Beograd."

„Gut. Dann?"

„Mischte Fleisch von Rost, excellent. Mit mischte Salatt, Pommes frites, ja?"

„Zu trinken?"

„Plavac."

„Eine Flasche."

„Is offen halb so teuer selbe Qualitett", schwor der Lämmergeier gegen jede Kellnergewohnheit. „Fillen wir selbs in Keller Flaschen von Faß und kläben wir Etiketten drauf, wie gewinscht."

„Unter solchen Umständen einen Liter Plavac offen", bestellte B.T. und fühlte sich bevorzugt.

Der Lämmergeier hob erfreut die Arme, man hatte seinen Rat geachtet. Es sah aus, als wolle er verkümmerte Schwingen schlagen, doch er kam nicht vom Boden ab und trippelte in seinen großen schwarzen Clownschuhen quer durch den Saal zur Küche. Gleich tauchte er wieder auf. Ein junger Vierschrot mit fettgesprenkelter Schürze karrte unter seiner Aufsicht einen Rädertisch voll dampfender Terrinen, Teller, bauchiger Krüge neben die Tafel der Genossen vom runden Leder, denen der Sliwowitz bereits die Stimmen um einige Lagen höher und um etliche Register lauter getrimmt hatte. B.T. bereitete sich darauf vor, die Abfütterung der Herde zu erleben, ehe er selbst an die Reihe käme, ein schwereloser Einzelgänger im Vergleich zum Gewicht der vielen. Doch schneller stellte er fest,

12

daß diese Befürchtung auf einer Fehleinschätzung beruhte.

Mit einer fast tänzerischen Bewegung brachte der Ober sich zwischen die Menschen an der großen Tafel und den Rolltisch. Die Blicke der Fußballfreunde auf die dampfenden Schüsseln wurden durch seinen dazwischengeschobenen Rücken unterbrochen. Er kellte einen Suppenteller aus einer Terrine voll, dunkelroter Wein floß aus einem Krug in eine gläserne Liter-Karaffe. Mit furchtloser Selbstverständlichkeit, denn nur sie gewährt ja das Gelingen von Gewagtem, servierte er beides dem erfreuten B.T.

Beim gegrillten Fleisch wiederholten sich Vorgang und Methode. Wählerisch wühlte der Lämmergeier aus der Riesenplatte der Sportfreunde erlesene Stücke, die er, angereichert mit Pommes frites, Salat, Zwiebeln, Paprikas, dem fremden Gast als erstem brachte. B.T. aß mit Genuß, er war vorzüglich bedient. Im Rahmen der Sportlertafel würde der jugoslawische Staat auch für seine Portion zahlen müssen, er selbst würde die Portion dem Ober zahlen, der Ober würde die Rechnung unterschlagen: Einfälle sind zu belohnen, und keiner von denen, die es wußten oder die es nicht wußten, mochte sich beklagen. Im Gegensatz zum Jargon der Fußballwelt, erkannte B.T., bedeutete das Abseits im Sein des Individualisten keinen Fehler. Und glücklich, distanziert zu sein, beobachtete er von seinem Tischchen aus bei einer zweiten Karaffe Plavac das Anwachsen von Brotstücken, Weinpfützen, Asche und zerbrochenen Gläsern auf den einst weißen Tischtüchern des Kollektivs.

Nach wenig Schlaf erwachte er im Bett des Hotelzimmers unter dem Dach, der glimmerige Leuchtzeiger des Reiseweckers kroch gerade über die Drei. B.T. hatte von einem elektrischen Schlag geträumt. Der Traumschlag übertrug sich auf den Körper, riß ihn auf die Diesseite. Er spürte Beklemmung, eine im Schlaf vorbereitete Angst. Aber im Nebelbereich des abklingenden Plavac fand er die Ursache nicht sofort. Dann schnarchte ihm die Säge mitten durch das Ohr. Jetzt wußte er es und stieß erschreckt einen Luftstrahl zwischen den Zähnen aus. Im zweiten Bett lag ein Mann.

Über zwei Tatsachen bestand kein Zweifel. Das andere Bett war leer gewesen, unberührt, als B.T. gegen Mitternacht ins Zimmer kam. Und er hatte den Schlüssel doppelt umgedreht und im Schloß gelassen.

Langsam rutschte er mit der Schulter am Rückteil seines Bettes hoch und wandte den Kopf. Im Widerschein des von der Straße einsickernden Lichts glaubte er auf dem Kopfkissen des anderen Bettes den Teig eines Gesichts zu erkennen, mit dem Mundloch in der Mitte, aus dem es geysirte. Wahrscheinlich einer der Fußballfreunde, das Kollektiv hatte ihn überlistet, eingeholt. Über den Laken schwebte seitlich ein Schimmer, der andere hatte vorsichtig die Armbanduhr angelassen: Auch er schlief ja im Zimmer eines Fremden.

Eine unerträgliche Mischung aus Panik und Widerwillen trieb B.T. aus dem Bett. Im Dunkeln schlüpfte er in Hemd, Anzug, Schuhe, ertastete Waschzeug und Gepäck, rollte Einzelstücke in den Bademantel. Hoch und unvorteilhaft beladen erschien er vor dem erschreckten Portier und verlangte die Rechnung. Weder der Beträßte noch er selbst zweifelten, das war eine Flucht.

Allein im Auto in der menschenleeren Stadt, fügte sich B.T. wieder in seine Schablone ein. Die Räder glitten über das Netzwerk der Lichterlinien und Schattenstreifen, Straßen und Plätze blieben zurück, mag sein für immer. Wie von selbst kam er auf die Ausfallstraße. Die Angst war zerlaufen, und nur in der Tiefe spürte er noch eine Unruhe darüber, warum sie möglich gewesen war, daß sie möglich gewesen war.

Da erreichte er den Beginn der Autobahn. Er kurbelte die Fenster herunter, gab Gas. Pfeifend jagte das dunkle Land vorüber und schmolz im Rückspiegel fort. Er hatte sie abgehängt.

„Würdet ihr mich jetzt bitte allein lassen", sagte er zu Clarissa und Persotzky mit einer Stimme, die Widerspruch ausschloß.

Pünktlich elf Uhr betrat B.T. am nächsten Vormittag das Vorzimmer des Ministerialdirigenten. Es geschah gegen seinen Wunsch. Einsichten der vergangenen Nacht hatten ihn zu einer unerfreulichen Überzeugung gebracht. Mit seinem Bemühen um einen Oberplatz in der Öffentlichkeit stieg er in ein Boot, das schon deshalb falsch war, weil er überhaupt in keinem Boot zu sitzen wünschte. Aber Clarissa hatte sich einer Absage der von ihr und Persotzky eingeleiteten und zum Ereignis aufgeplusterten Unterredung gegen ihre Natur hitzig widersetzt. So mußte er nachgeben und zum erstenmal einer von ihm sonst nie strapazierten Sache Rechnung tragen: Das standesgemäße Haus, in dem er mit seiner Frau wohnte, und die Mittel, von denen er mit ihr in diesem Haus lebte, entstammten Clarissas nach einem unbekannten Prinzip von IHM vollzählig ausgejäteten Familie.

Bereits wenige Minuten, nachdem die Sekretärin den

Besucher angemeldet hatte, erschien der Ministerialdirigent persönlich, um ihn hereinzubitten. Das war ohne Zweifel eine direkte Folge der letzten Nacht, in der Clarissa ihm als bevorzugtem Gast jede Freundlichkeit erwiesen hatte, die im Beisein anderer Gäste zu erweisen ist. Heute wirkten seine vom roten Gesprenkel der Äderchen unterteilten Wangen flapsig, die Augen waren nasse Schwimmer mit Ring. Unter dem Pfefferminz seines Atems ahnte man eine Fahne, die keineswegs die Fahne der Heimat war, und auch das war zweifellos eine Folge der vergangenen Nacht.

„B.T., was für eine Freude! Kommen Sie herein in mein bescheidenes Stübchen!"

Zwei Hände klatschten von oben und unten bis zum Knöchel um B.T.'s ausgestreckte Rechte. Er drückte zu und hatte die Empfindung, deutsches Beefsteak zu begrüßen. Dann fielen die Hände von ihm ab, und er marschierte, wegen seiner hohen schlanken Gestalt von den Augen der Sekretärin verfolgt, in das rund sechzig Quadratmeter messende Dienststübchen des Ministerialdirigenten. Nur eine Sekunde zuckte er, ein Muster an Beherrschung, beim Anblick der Möblierung zusammen. Da standen Alpträume altdeutscher Weise in Schrankform an den Wänden, wuchtig-wuchtig. Ein Mosaiktisch in den Landesfarben mit Sesseln, in denen pro Stück ein Dreiecksverhältnis gleichzeitig Platz und Spielraum finden würde. Dominierend hing an der Wand das Bildnis des Regierungschefs in einem praktischen Schnellwechselrahmen. Er bahnte sich eine Spur durch den tiefen Teppich, setzte sich, legte den Kopf zurück und sah hoch zur Platte des Monumentalschreibtisches. Hinter ihr stieg jetzt zwischen Akten, Briefbeschwerern, Wälzerkommentaren zur Verfassung und drei Telefonen der Kopf des Ministerialdirigenten auf wie ein Freiballon: Ein Staatsbürger unterhält sich mit einem Mitglied der von ihm gewählten Volksvertretung.

„Sie waren heute Nacht plötzlich verschwunden", sagte der Ministerialdirigent klagend.

„Ich mußte mich zurückziehen. Ein kleiner Anfall."

„Von was?"

„Es gibt, glaube ich, keinen medizinischen Ausdruck dafür."

„Der liebe B.T., immer Ausnahmen." Er lachte dröhnend, hörte aber sofort auf und legte mit einer leidenden Geste die Hand an die Stirn. „Doch nichts Bedenkliches?"

„Es ist mehr psychischen Ursprungs."

„Ach so, Gott sei Dank. Das grassiert jetzt, wie ich höre. Wissen Sie, was der Herr Innenminister gestern auf dem Empfang zu mir sagte? ,Lieber Doktor', meinte er —"

Das Telefon. Der Ministerialdirigent schob das Wort des Innenministers beiseite und griff gierig nach einem der Hörer. Managerpoker. Der Griff war falsch. Der Anrufer hielt es mit der Wahrscheinlichkeitsrechnung, denn seine Stimme entstieg erst dem zweiten der drei Apparate. „Lieber Doktor", hatte also der Innenminister auf dem Empfang gesagt, B.T. lächelte, ohne eine Miene zu verziehen. Er kannte die Eitelkeit, mit welcher der Ministerialdirigent seinen Grad hätschelte, einen Ehrenhalber, im Zwielicht gewonnen oder vielmehr erhandelt. Die usbekische Emigranten-Universität, aus Staatszuwendungen in fünf Hinterhofzimmern ins Leben gerufen, hatte ihn mit diesem Titel geehrt. Sie war kurz nach der voreiligen Verleihung aus Mangel an weiteren Zuschüssen entschlafen — ein niemals lebensfähiges Fünfmonatskind.

„Kommen Sie doch rauf, Graf", sagte der Ministerialdirigent in die Muschel. „Er ist gerade hier." Er legte auf.

„Wer?"

„Graf Oynenboyn. Sie wissen, der Sprecher der rätobollischen Landsmannschaft."

„Vertriebene?"

„Sie sagen es."

„Dann will ich nicht stören."

„Bleiben Sie, um Himmelswillen! Er kommt Ihretwegen."

„Das verstehe ich nicht." Das Gespräch fing an, B.T. Mühe zu bereiten. Seine Gedanken glitten ab, als wollten sie ihn von der Gegenwart des Ministerialdirigenten fortlenken. Aber sie trugen ihn nur in eine gleichfalls ungute Szenerie. Ein vor Alter nachgedunkeltes, seit Jahren verborgen gewesenes Erinnerungsbild wurde überraschend plastisch. Er saß im Lehrerzimmer des Gymnasiums dem Oberstudienrat gegenüber, er war der Erste und sollte Obmann werden, Klassensprecher. Doch er wollte nicht für sie sprechen, für die anderen, nur weil sie durch Zufall Raum und Lehrer mit ihm teilten. Er haßte Mitschüler. „Was will er von mir?"

„Der Graf hat sich, aus der Position des Sprechers seiner Landsmannschaft, in einen recht wichtigen Sattel im Auswärtigen Ausschuß gelüpft."

„Und welches Pferd reitet er?"

„Ich weiß, es klingt merkwürdig, aber Oynenboyn reitet sich selbst."

„Ja?"

„Na ja." Auf der Stirn des Ministerialdirigenten glitzerte es, Ärgerpurpur bemalte sein Gesicht. Er verpreßte den Zorn und wurde dadurch noch kolorierter. Das war die einzige Farbe, die er ab und an bekannte. „Wenn wir Sie zum Präsidenten der Gesellschaft für Vaterländische

19

Kontakte mit dem Ausland bestallen wollen, müssen wir die Ja-Stimme des Grafen hören. An diesem akustischen Ereignis kommen wir nicht vorbei. Irgendwie hat er es verstanden, eine nationale Figur zu werden. Aber das besagt Ihnen wohl wenig."

„Da haben Sie recht."

Weitere Aufklärungen zur Person des rätobollischen Sprechers unterband Graf Oynenboyn durch sein Dazwischentreten. B.T. staunte. Eine fast nur zwei Dimensionen bietende Gestalt hölzerte aus dem Vorzimmer in Richtung auf den Monumentalschreibtisch. Der graue Kammgarnanzug mußte Maßarbeit sein, so miserabel fertigte die Konfektion schon längst nicht mehr. Darüber ein Gesichtchen mit Miniaturnase, ein Mündchen, wasserhelle Augen über vertrockneten Backen, die von Schmißrunen als Gesichtteile bestätigt wurden. Gehätschelte Restbestände von Haaren zogen sich von ihrer Igelstellung an der Kopfseite in runden Bahnen als sogenannte Sardelle über den kahlen Schädelgrund.

„Ich nehme an, ich spreche mit dem zukünftigen Präsidenten der Gesellschaft für Vaterländische Kontakte mit dem Ausland", sagte er augurenhaft, noch bevor der Ministerialdirigent die Vorstellung zelebrieren konnte, und verneigte sich altmodisch gegen B.T.

„Ob Sie das tun, hängt weitgehend von Ihnen ab. So hat man es mir erzählt", erwiderte B.T., ohne die Verbeugung zu quittieren. Er empfand Oynenboyn sofort als Unperson.

„Ich merke schon, unser guter Doktor hat in der Schilderung meiner bescheidenen Befugnisse wieder den orientalischen Superlativ verwendet. Außerdem — was sollte ich dagegen haben, wenn Sie es sich auf dem Präsidentensessel bequem machen? Ich habe viel von Ihnen gehört, und fast nur Gutes."

„Sie sind also einverstanden?" fiel der Ministerialdirigent eifrig ein.

„Selbstverständlich."

„Ohne Bedingungen?" fragte B.T.

„Bedingungen, Bedingungen." Der Graf schob den Stuhl beiseite, den ihm der Ministerialdirigent gebracht hatte, Ladestöcke sitzen nicht gerne. „Natürlich habe ich die Ehrenpflicht als Vorreiter meiner Landsmannschaft, Vorsorge zu treffen, daß der neue Präsident noch stärker als der frühere im Sinne der rätobollischen Belange aktiv ist."

„Was verstehen Sie unter Vorsorge?"

„Ihr Wort."

„Das genügt?"

„Wir sind unter Ehrenmännern." Der Graf lächelte. „Außerdem sind wir deren drei. Jeder von uns besitzt für seine Worte nicht nur einen Kontrahenten, sondern auch einen Zeugen."

„Und wie, Graf, stellen Sie sich eine Aktivität im rätobollischen Sinne vor?"

„Nach innen und nach außen."

„Aha. Was ist innen, was außen?"

„Innen ist unsere Regierung", erklärte Oynenboyn und sah den Ministerialdirigenten herausfordernd an. „Sie muß endlich dazu bewogen werden, mehr Mittel als bisher auszusetzen, um den uns angetanen Schaden und das Unrecht wenigstens auf finanziellem Wege zu lindern."

„Wir haben jedem Mitglied der rätobollischen Landsmannschaft Entschädigungen, Beihilfen, Ausgleichszahlungen, Starthilfen und wie die Geschenke alle heißen, unter ihre Vertriebenenjacken gejubelt", sagte der Ministerialdi-

21

rigent und fiel in der Erregung aus dem diplomatischen Wortschatz. „Wollen Sie behaupten, daß unter den Herrschaften Ihrer Landsmannschaft die nackte Not grassiert?"

„Keineswegs. Es geht uns wirtschaftlich erstklassig. Trotzdem haben wir moralisch Anrecht auf weitere Zuwendungen. Schließlich hat man uns vertrieben, aus unserer Heimat."

„Wer? Die Bürger unseres Staates, aus deren Steuergeldern Sie Tribut fordern?"

„Natürlich haben nicht sie uns vertrieben. Aber sie müssen zahlen. Das ist üblich."

„Und die Aktivität nach außen?" erkundigte sich B.T. Er mußte bald hier raus. Clarissa hatte ihn immer geneckt, er sei ein Opfer eigener Phantasie. Doch dieses Gespräch ließ die Produkte seines Vorstellungsvermögens ärmlich erscheinen. „Wie könnte ich die entfalten?"

„Indem Sie gemeinsam mit uns auf das Außenministerium einwirken. Gespräche mit der Regierung des Landes, das uns vertrieben hat, müssen unterbunden werden. Hart bleiben."

„Man könnte unsicher sein, ob sich das mit der Arbeit eines Präsidenten verträgt, dessen Gesellschaft nicht gegen, sondern für Kontakte mit dem Ausland bemüht sein sollte."

„Nicht schlicht Kontakte." Im Schmißgebirge des gräflichen Gesichts begann ein Alpenglühen. „Sondern vaterländische Kontakte. Da klafft ein Unterschied."

„Jetzt, da Sie es aussprechen, scheint es mir auch so. Mich beschäftigt eine Frage, Graf."

„Es gibt genug Länder, mit denen Sie Kontakte pflegen können. Ganze Kontinente. Ich sage nur ein Wort: Afrika. Oder Neuseeland."

„Finden Sie nicht, Sie und Ihre Landsmannschaft müßten endlich Ihr Schicksal annehmen? Er ist schon so lange her, der letzte Krieg, der Sie wie andere vertrieben hat."

„Der letzte Krieg?" Oynenboyn wirkte zum erstenmal in der Substanz berührt. Ein Blick klagte zum Ministerialdirigenten hinüber. „Wollen Sie unser Leid schmälern? Der rätobollische Exodus hat nicht im letzten, sondern bereits nach dem vorletzten Krieg stattgefunden. Wußten Sie das nicht?"

„Nein", sagte B.T., und gegen seinen Willen klang es wie ein Mordgeständnis. „Man kann nicht alles wissen."

Schweigen fiel von der Decke, polterte in den Raum. B.T. überkam eine Klarheit. Eine Entscheidung bahnte sich an. Wer war schon Persotzky, wer Clarissa? Hier wurde ein Weltall in Frage gestellt, das nur in ihm und aus ihm Existenz behielt, *sein* Weltall. Er hatte es bis an den Rand der Auflösung bedroht sein lassen, und nun mußte er sich zu ihm bekennen oder fallen.

„Unter Berücksichtigung aller Umstände", sagte B.T. langsam, „kann ich das Wort nicht geben, das Sie, Graf, von mir als Ehrenmann und vor Zeugen haben wollen. Ich habe keine Anlagen zum Objekt."

„Dann", antwortete Oynenboyn schneidend, und irgendwie brachte er es fertig, in B.T. die Assoziation wachzurufen, der Graf sei Bismarck und spreche zu einer Gruppe sozialdemokratischer Emissäre. „Dann haben Sie auch keine Anlagen zum Präsidenten der Gesellschaft für Vaterländische Kontakte mit dem Ausland."

„Aber meine Herren!" Die Stimme des Ministerialdirigenten bekam einen fast menschlich warmen Klang. „Das geht doch nicht! Alles ist eingeleitet!"

„Schlecht eingeleitet, mein lieber Doktor, miserabel eingeleitet. Um jedes Mißverständnis auszumerzen: Ich und meine rätobollische Landsmannschaft stehen wie ein Fels zwischen Herrn B.T. und dem Präsidentenstuhl."

„Das wird nichts verhindern." Diese Behauptung des Ministerialdirigenten widersprach, wie B.T. wußte, seiner Überzeugung. „Der Herr Innenminister ist für Herrn B.T. Der Herr Außenminister ist für Herrn B.T. Ja sogar der Herr Ministerpräsident ist für Herrn B.T."

„Und Sie selbst, Doktor?" Zum erstenmal wurde die Sicherheit des Grafen von einer leichten Unruhe unterwaschen.

„Was bedeutet schon die Meinung eines kleinen Ministerialdirigenten?" murmelte der Ehrenhalber.

„Darf ich Sie eine Minute unter vier Augen sprechen?"

„Ohne Zeugen?" warf B.T. ein.

„Selbstverständlich, Graf, kommen Sie." Der Ministerialdirigent faßte Oynenboyn am Arm und zog ihn scheinbar kollegial, jedoch gewaltsam über die Teppich-Prärie zu einer Tür und hinaus.

B.T. stand auf. Seine Mission war gescheitert, er hatte sie bewußt zerblasen und fühlte sich nun leicht. Eigentlich konnte er gehen, aber er hatte es auf einmal nicht mehr eilig und blieb. Zu gerne wollte er das Ende des Spektakels kosten, als dessen Akteur er ausschied, auf Wunsch eines einzelnen Herrn. Er war einfach aus den Reihen der Besetzungsliste gesprungen, und das Engagement war damit für ihn noch vor Spielbeginn beendet. Gleichzeitig kehrte dieser halbe Vormittag, den er bereits von seinem persönlichen Kalender abgerissen hatte, aus den Gefilden der verlorenen Zeit zurück, nicht verloren mehr, sondern unermeßlich wertvoll in seiner Scheußlichkeit. B.T. hatte es jetzt erst klar vor den Augen, wohin sein

Weg ihn nicht führen konnte und wohin er ihn deshalb führte.

Der Ministerialdirigent kam ohne Graf Oynenboyn wieder. Sein Gesicht wurde geradezu überschwemmt von Gaunerfreude. Der hohe Politiker war verschwunden, ein Viehhändler hatte einem Dummen den ältesten Ochsen als wertvolle Milchkuh verkauft.

„Der Weg ist frei, B.T.", sagte er.

„Frei?" In B.T. riß sich eine Unruhe los.

„Oynenboyn will Ihre Ernennung um jeden Preis blokkieren."

„Warum dann frei?"

„Ich habe ihm erklärt, ich wüßte nur ein Mittel, um den Herrn Ministerpräsidenten von Ihrer Ernennung abzuhalten."

„Also?"

„Ich habe ihm eingeflüstert, als Repressalie die Aufgabe seines Sitzes im Auswärtigen Ausschuß anzudrohen. Der Sitz ist übrigens von unserer Seite unkündbar. Oynenboyn will es tun."

„Das heißt —"

„Ja, richtig. Die Regierung wird den Rücktritt zur Überraschung des Grafen annehmen, dafür sorge ich, und seinen Platz mit einer geschmeidigeren Persönlichkeit besetzen."

B.T. glaubte ein Rieseln unter seinen Sohlen zu spüren. Er stand wie auf einem steilen Kieshang, nur fern über dem Kamm oben leuchtete der Himmel. Dort wollte er sein, aber der schräge Boden bot keine Sicherheit mehr. Noch während er vorwärts zu gehen, zu laufen dachte, war es schon ein Rutschen, das große Abwärts.

Als hätte man sie mit der Hand geflochten, wurde die Bündelung der Sonnenstrahlen sichtbar. Ihr Speer stach vom Süden hinunter in den Garten, flirrte durch Ast- und Blätterlücken der hohen Weide, sammelte sich zwischen Fensterrahmen und Vorhang und prallte auf ein helles Stück Wand zwischen den Regalen in der Bibliothek, trat eine Wanderung an. Von seinem Stuhl mit dem Löwenkopf aus beobachtete B.T. den Weg des Lichts. Es dauerte vier Zigaretten- und zwei Pfeifenlängen, bis die Strahlen den Bilderrahmen erreichten und das Vorgebirge der Jugendstilornamente erklommen. B.T. dachte nach. Wo hatte er dieses Strahlenbündel schon einmal gesehen, wann? Ein verschwommen trauriges Gefühl ließ ihn ahnen, daß es in einer verlorengegangenen Zeit gewesen war, aber nicht einmal das besagte ihm genug, zuviel war im Sturz der Jahre zerstört worden und viel zu wenig neu gewonnen.

Da hatte die Spitze des Speers den Bilderrahmen überwunden, sein Licht zerfloß in ölglänzende Pünktchen und Widerscheine. Das Wasserschloß auf dem Gemälde begann zu leuchten und in den Bäumen und im Buschwerk um die Gebäude und am Wasser ging die Sonne auf.

B.T.'s älterer Bruder Gregor, ein Amateurmaler von beträchtlichem Talent, hatte das Bild vor vielen Jahren nach den Angaben B.T.'s in kräftigen, unkomplizierten Farben gepinselt. Sie hatten es immer das Wasserschloß genannt. Die meisten Betrachter sahen in dem langge-streckten Gebäude mit den hohen französischen Fenstern, dem abblätternden Verputz, vom Alter geschrägten Er-kern und dem steilen, moderig gefleckten Schieferdach weniger ein Schloß als ein verkommendes, einst herr-schaftliches Haus. Es stand auf einer dreieckigen kleinen Insel, umflossen von den stillen Wassern eines Flusses, der sich an der Inselspitze gabelte, mit dem Festland nur ver-bunden durch eine gewölbte Holzbrücke. Eine niedrige, verfallende Mauer zog sich am Ufer der Insel entlang und ging ohne Übergang in eine grüne Blattmauer, eine leben-de Hecke über. Etwas abseits vom Haupthaus ragte ein rechteckiges Bauwerk auf, mit spitzem roten Dach, fast ein Turm. Noch weiter im Hintergrund, im Dämmer ho-her Bäume, lag ein langes schmales Gebäude. Früher ein-mal mochte es für die Ökonomie notwendig gewesen sein, aber jetzt ahnte man seine Verwendung als Lager für un-brauchbar gewordene Möbel und andere, nicht mehr ge-wünschte Gegenstände aus dem Haupthaus: Für all die Dinge, die man nicht mehr schätzte und noch nicht auf Gerümpelhalden warf, weil man einen Zeitpunkt fürch-tete, zu dem man nach ihnen Sehnsucht haben könnte.

Einige Briefe hätten geschrieben werden sollen, doch B.T. fand sie auf einmal nicht mehr dringend. Ohne Ge-

wissensbisse verließ er die Bibliothek. In der Halle saß
Clarissa, rauchte und trank Tomatensaft, ihr Mittagessen.

„Ich gehe spazieren", sagte er zu ihr.

„Aber Persotzky kommt in einer halben Stunde", antwortete sie, als sei das für ihn kein zusätzlicher Grund,
das Weite zu suchen.

„Du wirst ihn bestimmt vorzüglich unterhalten. Er
kommt ohnehin nur deinetwegen."

„Nein. Er möchte auch dich sprechen."

„Na ja, schön. Ich bin bald zurück. Nur ein wenig über
etwas nachdenken."

„Über was?"

„Das ist es ja, ich weiß nicht."

„Du immer", sagte sie und schüttelte den Kopf.

Er holte den Wagen aus der Garage und fuhr zum
Stadtrand. Vor dem kleinen Bahnhof ließ er das Auto
stehen. Er kletterte einen Pfad hoch zur breiten Ausfallstraße, überquerte die altmodische Eisenbahnbrücke mit
ihrem Rankenwerk und bog rechts ab auf den idyllischen
Spazierweg, der am Rand des bewaldeten Hanges ober-
halb der Schienen in die Stille führte. Drüben, jenseits der
Eisenstriche, war das Tal bereits wieder zu Ende. Ein
schwacher, mit Laubwald bestandener Hügel schwitzte
unter dem Sommerhimmel. Wer nicht wußte, daß Geh-
minuten hinter den Bäumen ein kamingespickter Industrie-
vorort lag, mochte an Ozongenuß glauben und ein Natur-
erlebnis haben.

Im Gehen bekämpfte B.T. das Unbehagen über die Entwicklung, die seine Existenz seit dem Besuch beim Ministerialdirigenten zu nehmen drohte, sichtbar zu nehmen
drohte, denn eingeleitet war der Umbruch schon lange. An
einem scharfen Knick gabelte sich der Weg. B.T. ließ den

Hangpfad und die darunter liegenden Eisenbahnschienen nach rechts verlaufen und wanderte links hinein, entlang einer Buchenhecke in eine friedliche Landschaft aus Wiesen, Baumgruppen, Buschhügeln und vereinzelten Häusern.

Bei einer Lücke in der Hecke blieb er stehen. Sie unterbrach die Formation der Buchenbüsche nicht ganz, nur in der unteren Hälfte waren einige Zweige im Winter ausgefroren und dann geschnitten worden. B.T. bückte sich und kroch, von Impulsen der Vergangenheit unwiderstehlich gerufen, in das laubumwachsene Tor. Sein Kopf stieß auf der anderen Seite ins Freie, ein Blätterdach von Hollunderbäumen setzte weiter droben das Heckentor fort. Als B.T. hochsah, bemerkte er die Sonne, die durch das Blätterwerk stach wie ein Speer aus gebündelten Strahlen.

Das war es also gewesen, das Sonnenspiel vorhin in der Bibliothek. Auch das unscharf traurige Gefühl war wieder da, aber jetzt, da die Situation stimmte, blieb es dabei nicht. Aus dem Gefühl schälte sich das Bild, das in der Bibliothek nicht Kontur gewinnen wollte, mehr noch als ein Bild. Ein ganzes Szenarium gelebten Lebens fing an, sich flimmernd zu drehen, B.T. wurde zurückgerissen in Gewesenes, fünfunddreißig Jahre, siebenunddreißig, er wußte plötzlich, was er verloren hatte.

Er war eine Rothaut und zwölf Jahre alt und während er auf allen Vieren durch die Hecke kroch, mit kühner Vorsicht, denn drüben auf der Prärie wimmelte der Feind, verwandelte sich der Hühnerkiel in seinem Haar in eine Adlerfeder. Den Körper noch vom Heckentunnel verborgen, blieb der Stolze Adler liegen, seine scharfen Augen bohrten sich in das Land vor ihm. Gegen eine Welt getarnter Feinde war er allein, damals schon, und auf einmal spürte er den Apfel in der Tasche. Er holte ihn heraus, drehte sich auf den Rücken und biß hinein. Gemächlich das süße, grießige Fruchtfleisch kauend, blickte er hoch in die Kronen von Hollunderbäumen und Flieder. Ein Mückenschwarm tanzte, Blätter zitterten mehr vor Hitze als im Lufthauch, ein gebündelter, im Zweigwerk zerspritzender und sich doch wieder sammelnder Sonnenstrahl floß ihm, damals noch als Bedeutsamkeit unerkannt, ins Gedächtnis. Vielleicht zum erstenmal und vielleicht weil es sich schon dem Ende näherte, erkannte er das Glück der Jugend, gegenwärtig zu sein und nichts als dies. Noch war er geborgen und zu Hause in der unendlichen Länge einer Stunde und in der Größe einer kleinen Welt wie hier unter den lichtdurchrieselten Hollunderkronen.

Auch anderes kam nicht wieder. Der Zwölfjährige genoß noch die unerschütterte Gewißheit, daß alles ihm gehören konnte: die Safari zu rätselhaften Schätzen am Tschad-See und das schnellste Raketenauto auf der Avus; die Paläste an beliebig auswechselbaren Paradiesen dieser Erde; die Ehre auf dem Schlachtfeld und als Retter der Hilflosen und als größter Wissenschaftler seiner Zeit; die Häuptlingswürde eines Navajo-Stammes, die abstrakte Million auf der Bank und natürlich die Unsterblichkeit; alle Frauen Balis, die ab und zu in süß bestürzenden Einbrüchen seiner Phantasie bereits für ihn tanzten; und, lieber noch für kurze Zeit, die Gabe des Doktor Johann Dolittle aus Puddleby auf der Marsch, mit allen Tieren in ihrer eigenen Sprache zu sprechen.

Da war die Augustnacht, in der er an der geöffneten Speicherluke hinter dem von Gregor gebastelten Sternenfernrohr stand. Es war nur eine auf dem Holzstativ befestigte, mit drei Linsen armierte Papprolle, aber man durfte sie nicht unterschätzen, das Unglaubliche geschah. Sie stieß in den Weltenraum vor und holte dem atemlosen Jungen Himmelskörper, die man mit bloßem Auge überhaupt nicht sah, ganze Stücke aus dem geschrundeten Mond und Sternenlicht, dessen weiße Kälte den Schauder vor einer unvorstellbaren Lautlosigkeit weckte.

Da war dieser frühe Junimorgen, mit einer selbst gebastelten Angel schlich der Junge zu dem verrotteten Steg, die Lust des Räubers ließ sein Herz dröhnen. Ein Köder, Brot mit Haken, tauchte leise ins Wasser, noch einmal, noch öfter, und dann gerade bei den ersten Strahlen der aufgehenden Sonne der starke Ruck, der Schwimmer ging auf Tauchfahrt und die Schnur spannte sich. Einige Sekunden stand der Junge bewegungsunfähig, bevor er anriß und nun vorsichtig die Schnur an Land holte, an deren Ende ein zappelnder, zwei Finger langer Weißfisch hing. Wie im Reflex schlug er ihm das bereitgehaltene scharfe Scheit hinter den Kopf, das Zappeln erlosch, und er hielt in einer unbeschreiblichen Mischung aus Entsetzen und Lust das blutüberströmte Stück Fisch in der kleinen Hand, die erste Beute.

Da gab es den Nieseltag im November, an dem ein alter Nennonkel, der längst nur verwaschene Züge und keinen Namen mehr besaß, ihm Lupe, Pinzette und ein prall gefülltes Tütchen schenkte. Er schüttete den Inhalt auf den Tisch, Briefmarken. Der Junge beugte sich über die gezackten bunten Bildchen aus aller Welt, er war getroffen, eine menschliche Gier, die Sammelleidenschaft, hatte ihn berührt. Für Monate galoppierte sie an der Herdenspitze der Steckenpferde, und doch war sie noch voller Unschuld, ohne Sucht nach Profit. Und ohne Ahnung, daß sie später einmal verwandelt in B.T.'s Leidenschaft auferstehen würde, teure Erstausgaben, historisch gewordene Münzen, kaum mehr erschwingliche Gemmen und Schachfiguren aus dem Orient, freche französische Kupfer zusammenzutragen.

Da war der Schock an einem Frühjahrsnachmittag, Gefahr für den Stamm drohte und der Stolze Adler mußte wieder einmal in dem struppigen Buschgelände am Flußdamm rekognoszieren. Er hatte sich soeben den Kopf mit Weidenzweigen getarnt, als er das Lachen hörte. Eine Frau und ein Mann lachten ganz in der Nähe auf eine Weise, die ihm tief unter der Haut heiße Wellen schlug. Er schlich näher, bis er sie durch ein Loch im Gebüschfilz auf einer Lichtung sah. Das schwere blonde Mädchen lag in einem Schottenrock und grüner Bluse auf dem Rücken und ein schwarzhaariger Bursche versuchte, ihr die Bluse aufzuknöpfen, aber sie wehrte sich und sie lachten beide, bis das Mädchen plötzlich die Hände sinken ließ und sie ganz still wurden. Beinahe von selbst platzten die Knöpfe auf, der Bursche riß die Bluse auseinander, zwei üppige Brüste machten paradoxerweise Männchen, und er warf sich küssend mit dem Gesicht darüber. Der Stolze Adler atmete schwer, hier geschah Unglaubliches, unmöglich, daß so etwas nicht streng verboten war. Angst packte ihn und er sprang hoch und rannte wie ein dröhnender Elefant davon, weil er möglichst fern sein wollte, wenn die Polizei am Schauplatz des Verbrechens eintraf, das er nicht wieder vergessen würde.

B.T. verließ den Tunnel in der Buchenhecke, klopfte sich kleine Zweige und Erdkrumen von den Hosenbeinen und ging nachdenklich den Weg zur Eisenbahnbrücke zurück. Im Widerschein einer schon fernen Zeit war ihm noch einmal die Ahnung von einer Erlebnisfähigkeit aufgeleuchtet, wie er sie längst nicht mehr besaß. Eine ganze Dimension, von der in der Mathematik der Erwachsenen nie die Rede war, weil sie nicht mehr über sie verfügten, war ihm genauso verloren gegangen wie Krethi und Plethi rings um ihn. Im Grunde war also nur ein Sonnenspeer daran schuld, wenn B.T. den Versuch beschloß, in die phantastischen Gefühle von einst heimzukehren — selbst auf die Gefahr hin, daß das deshalb nicht möglich sein würde, weil man alles nur einmal zum erstenmal erleben konnte.

Das Haus, das in B.T.'s Jugend den bedeutendsten Platz eingenommen hatte, hing nicht als Fotografie unter den anderen Bildern in der Bibliothek. Sein Elternhaus. Denn obwohl er wahrheitsgemäß hätte berichten können, er sei in einem echten Schloß aufgewachsen, behandelte er diese Episode lieber mit Diskretion, Ruhm und Glanz waren daraus nicht zu ziehen, im Gegenteil, zu leicht erinnerte sich der eine oder andere noch an den um jenes ungewöhnliche Gebäude gerankten Skandal.

B.T.'s Vater hatte im mittleren Alter das Schloß von einer bankrotten gräflichen Familie gekauft. Er war kein Adliger. Zwar ließ er seiner Frau, B.T.'s Mutter, zuliebe das steinerne Wappen mit der Grafenkrone über dem Portal, von einem gemeißelten Adler gehalten, doch hätte zu ihm als Wappentier weniger der König der Lüfte gepaßt als vielmehr das Rind, und selbst das nur im übertragenen Sinn. Dem Vater war es nämlich gelungen, in einer Zeit,

in der das noch nicht üblich war, einen Rindfleischbrühwürfel ohne jede Verarbeitung von Rindern auf rein chemischem Weg herzustellen. Allerdings schlug sich das auf
der Verpackung nicht nieder, sie trug nach wie vor die
Aufschrift *Konzentrat aus dem Fleisch junger Mastochsen
von den besten Weiden der Welt*. Doch merkte B.T.'s Vater den Vorteil des modernen Herstellungsverfahrens auf
seinem Konto. Er produzierte seine Suppenwürfel zu einem Bruchteil der Kosten, mit denen die Konkurrenz arbeitete, die nach altväterlicher Art immer noch ganze
Herden aufkaufen mußte, um sie in riesigen Kesseln redlich zu kochen und teils einzudicken, teils zu verdampfen.

Warum das Schloß ein Schloß war und kein Haus, ließ
sich nicht leicht sagen. Einmal natürlich, weil es von einem
Grafen kam, und außerdem, weil B.T.'s Mutter es immer
so nannte. Architektonisch unterschied sich das Schloß von
einem Herrschaftshaus durch die überaus reiche Verwendung echter oder nur reliefartig angedeuteter ionischer
Säulen und durch zwei Giebeltürme, die auf der rechten
und der linken Seite unmotiviert aus dem Dachstuhl wuchsen. Für B.T. war es damals vor allem deshalb ein Schloß,
weil im einstigen Kinderzimmer des jungen Grafen ein
Netzwerk von Spielzeugeisenbahnschienen unverrückbar
und jederzeit zum Gebrauch bereit in die Schwellen des
Parkettbodens eingelassen war. Der Graf wollte sie nach
dem Verkauf des Hauses herausbrechen lassen und für
seine Kinder mitnehmen. Aber B.T. hatte sich so aufgeführt, daß der Vater noch einen nicht zu kleinen Schein
der Kaufsumme beifügte, um dem Sohn das Eisenbahnnetz
zu erhalten. Nachdem er das erreicht hatte, verlor B.T.
sehr schnell das Interesse daran.

Der Vater hatte nicht nur erfunden, wie man Rindfleischbrühe ohne Rindfleisch macht, sondern auch, wie man viel Geld verdient und wenig Steuern zahlt. Weil er keine Lust hatte, das Geld unverzinst in seinem Heimtresor herumliegen zu lassen, legte er es auf verschiedene Weisen an. Besonders gern kaufte er wertvolle Briefmarken.

„Es gibt immer mehr Menschen auf der Welt, die Marken sammeln. Aber die vorhandenen Stücke, ich meine die wirklich wertvollen, alten, werden nicht mehr, sondern durch Verschleiß weniger", erklärte er dem aufmerksam zuhörenden B.T., der diese kleinen Papierchen auch bereits sammelte, wenngleich auf eine kindliche Art.

„Welche ist die teuerste?" fragte B.T. interessiert.

Der Vater, erfreut über die Anteilnahme des Sohnes, dessen Erziehung er gewöhnlich mehr der Schule, der Zeit und dem Zufall überließ, schloß den schweren Nußbaumschrank in seinem Arbeitszimmer auf und holte ein kleines Einsteckalbum heraus. Er mußte nicht darin suchen, wo sein Stolz steckte, hätte er im Dunkeln gefunden, mit einer weichen Pinzette faßte er das winzige Rechteck und hielt es B.T. unter die Nase.

„Eine sechs Kreuzer Württemberg von 1859", sagte er mit andächtiger Stimme.

Dieses kleine quadratische Stück Papier mit dem Abbild eines Wappens, gelbgrün, nicht einmal gezackt, sondern geschnitten, sollte so kostbar sein, daß ein Mann wie sein Vater dafür Tausende — eine unvorstellbare Summe — zahlte und daß ein Heer weniger bemittelter Sammler ihn darum glühend beneidete? Eine Ahnung vom Wesen des menschlichen Besitztriebs stieg in ihm auf, er würde sich von ihm niemals zum Sklaven machen lassen, beschloß er, doch setzte er vorsichtigerweise in Gedanken dazu: Außer es macht Spaß oder es lohnt sich.

„Hättest du nicht mehr davon, wenn du mit dem Geld
was kauftest, das du immer siehst?" fragte B.T. „Ein
schönes Bild zum Beispiel, oder einen Teppich oder ein
Rennauto."

Der Vater deutete auf die Wände und den Boden. „Bil-
der und Teppiche haben wir genug, mein Sohn. Was ein
Rennauto angeht, so ist das eine recht kurzlebige Anlage.
Gewöhnlich ist es schnell defekt, und sein Fahrer mit ihm.
Dafür habe ich kein Talent, ich bin keine heroische Natur.
Ich hoffe, ich habe dir wenigstens diese Eigenschaft vererbt."

„Was ist eine heroische Natur?"

Doch der Vater, immer noch mit der Pinzette das grüngelbe Papierstückchen hochhaltend, ging darauf nicht ein.
Er wies mit dem Zeigefinger auf die sechs Kreuzer Württemberg von 1859 und pries, was er für ihren größten Vor-
zug hielt. „Keine andere lohnende Geldanlage läßt sich so
leicht aufbewahren wie eine kleine Marke. Auch bringst
du sie noch mühelos und unauffällig aus dem Haus, wenn
eine schwere Krise heraufzieht." Er nickte bedeutungsvoll,
sah dann das Unverständnis im Gesicht seines Sohnes und
fuhr fort: „Unter Krise meine ich zum Beispiel, wenn das
Finanzamt dich pfänden läßt und auf alles — das Schloß,
die Möbel, Bilder, Teppiche — den Kuckuck klebt."

„Warum sollten die so was tun?" fragte B.T.

„Ich wünsche dir, daß du die Antwort darauf nie erfahren mußt", sagte der Vater.

Schon rein äußerlich waren B.T.'s Eltern ein ungleiches
Paar. Der Vater, klein, zart und mit einem melancho-
lischen Gesicht, das Gregor abbekommen hatte und das zumindest beim Vater täuschte, entstammte anrüchigen Ver-
hältnissen, er war der Sprößling einer Musiktheatersän-
gerin und eines Posaunisten, die Heirat hatte man verges-

sen und sich damit eine baldige Scheidung erspart. B.T.'s Mutter kam aus einem Haus, das man gern als guten Stall bezeichnet, in diesem Fall klang die Bezeichnung besonders treffend, ihr Papa besaß ein Rittergut und verkaufte Saatgetreide en gros. Sie war einen Kopf größer als ihr Mann, sehr hell, das Gesicht wie auf einer griechischen Münze, umwölkt von einer Mütze ganz fein gelockter blonder Haare. Allen Unkenrufen zum Trotz hatte die Ehe bisher gut gehalten, zwei Umstände waren ihr günstig, der grenzenlose Egoismus beider Ehepartner verhinderte, daß sich einer von ihnen unterdrücken ließ, und ein gesunder Hormonspiegel hielt dennoch das Interesse am anderen wach, man befaßte sich mindestens alle vierundzwanzig Stunden liebevoll mit dem angetrauten Du.

Die mühelose Produktion des Rindsbrühwürfels ohne Rind bescherte B.T.'s Vater zu den steigenden Einnahmen viel Freizeit, zwei Annehmlichkeiten, die er nützte, um seine Steckenpferde zu reiten. Eins davon bestand im Umgang mit der Kamera. Früher hatte er sich mit den Produkten aus fremder Linse begnügt, Gregor und B.T. hatten ihn oft beim Studium von Fotoheftchen überrascht, die er bei ihrem Auftauchen rasch zuschlug und wegschloß. Später kaufte er sich selbst eine komplette Ausrüstung mit teuren Apparaten, Zusatzlinsen, Entwicklungs- und Kopiergeräten und einem erstaunlichen Satz lichtstarker Scheinwerfer, er wollte das betreiben, was er als Kunstfotografie bezeichnete und wozu er offensichtlich ohne das Beisein seiner Frau nicht in der Lage war.

Anfangs hatte sie sich dagegen gesträubt. „Das kann eine Dame doch nicht machen, Bernhard", sagte sie, und B.T., der den Beginn des Gesprächs nicht erlebt hatte, kam es vor, als hoffe sie auf Widerspruch.

38

„Aber du weißt doch sehr gut, was eine Dame alles kann, Susie", antwortete er, und sie sahen sich an und lachten ganz merkwürdig.

Das war der Beginn der Kunstfotografie im Schloß.

B.T.'s Hoffnung, man werde ihn zuziehen und als Darsteller oder Kameraassistenten dringend benötigen, wurde enttäuscht. Gregor studierte schon seit vielen Semestern auswärts Medizin, und es war nicht mehr so lustig im Schloß wie früher, doch obwohl B.T. seine Mitwirkung dem Vater gegen seine Gewohnheit in forderndem Ton antrug, wurde er abgewiesen, die Apparate waren zu kostbar, man brauchte zuviel Geduld, Ernsthaftigkeit, kurz und gut, Kunstfotografie war nichts für einen Heranwachsenden.

Noch eine zweite Hoffnung erfüllte sich nicht. B.T. hatte sich ausgemalt, wenigstens zu kiebitzen, wie Vater und Mutter Schloß und Garten mit den Objektiven ihrer Kameras erfaßten, wie sie Stative aufbauten, Scheinwerfer strahlen ließen, Hollywood spielten. Zu seiner schweren Enttäuschung verzichtete der Vater jedoch auf dieses weite fotografische Feld, er zog sich mit der Mutter und allen Gerätschaften ins Elternschlafzimmer zurück, der Riegel wurde vorgeschoben, auch als Augenzeuge war B.T. nicht erwünscht.

Nachdem der Versuch fehlgeschlagen war, durch das Schlüsselloch Information zu gewinnen, man hatte es mit einem Tuch verhängt, begnügte er sich damit, akustisch zu naschen. Befriedigend war das kaum. Er hörte den Vater nur kurze Worte ausstoßen, wie „Ja!" und „So!" und „Jetzt!", dazwischen Kommandos, die aus einer Turnstunde zu kommen schienen, während der Wortschatz der Mutter, noch spärlicher, eigentlich nur noch aus einer

Reihe in ganz verschiedenen Betonungen hervorgestoße-
nen Ohs bestand, vermischt mit ein- oder zweistimmigem
Gelächter. Von Zeit zu Zeit flog die Schlafzimmertür auf,
B.T. konnte sich gerade noch in unverdächtige Entfernung
bringen, die Eltern traten in kurzen Morgenmänteln und
mit hochroten Gesichtern heraus, sie tankten an der Hausbar ihre leeren Gläser voll und zogen sich damit wieder
auf den Tummelplatz ihrer Kunstausübung zurück. Alle
paar Tage verschwanden beide in der Dunkelkammer, um
unter abermaligem Gelächter das auf die Filme Gebannte
mit Hilfe chemischer Substanzen hervorzulocken und auf
Papier zu bringen. Als B.T. einmal bat, eines jener Bilder
sehen zu dürfen, betrachtete ihn der Vater eine Weile
überlegend, bevor er mit belustigtem Gesicht aufstand
und einem Karton eine Vergrößerung entnahm, die, wie
die Aufschrift verriet, ein Foto des Matterhorns zeigte,
und B.T. fühlte sich veralbert.

Bedauerlicherweise lieferte ausgerechnet die Kunstfotografie, die den Eltern soviel Freude schenkte, zugleich den
Anlaß zur ersten ernsthaften Auseinandersetzung, an die
B.T. sich erinnern konnte. Das Gespräch wurde in einer
Lautstärke geführt, die B.T. zum Eingeweihten machte,
obwohl er in seinem Zimmer saß und las, wie üblich
kannte er nicht die Essenz des Geschehens, aber der Vater
wurde angegriffen, er hatte zum Unwillen der Mutter eine
Sekretärin in seine fotografischen Bemühungen einbezogen, und vielleicht wäre ohne diese Entdeckung die Geschichte mit dem Tangotänzer gar nicht passiert.

Die Eltern brachten ihn eines nachts mit ins Schloß. Sie
waren ausgewesen, Bernhard wollte Susie versöhnen, und
sie hatte seinen Bitten und anderen Argumenten nicht
widerstanden, so ging es in ein Nachtlokal mit teurem

Sekt und leiser Musik und eben einem Tangotänzer, der mit einer rassigen Partnerin das Argentinische auf das Parkett der Diele legte. B.T.'s Mutter war hingerissen, ihr Mann, versöhnungswillig, bat den Meister der flotten Sohle an den Tisch, wo er bis zum Ende blieb und dann mit ins Auto kletterte.

B.T. erwachte von ihrem Lachen und den lauten Stimmen. Er hatte, schon im Nachthemd, in einem Ohrensessel der Halle geschlafen. Seit jeher hatte es zum Prinzip der Eltern gehört, die Kinder nicht brutal ins Bett zu schicken, sie schliefen irgendwo ein und wurden dann, solange sie kleiner waren und leichter, in ihre Betten getragen, und als sie schwerer wurden, ließ man sie liegen, bis sie irgendwann hochwankten und in die Betten taumelten. B.T. riß die Augen auf, er sah die Mutter in ihrem kessen kurzen Abendkleid hereinkommen, und nicht nur der Vater hatte sich bei ihr eingehängt, sondern auch ein junger fremder Exote. Er trug wie der Vater einen Smoking und hatte dunkle Augen, einen dunklen Schnurrbart und dunkles, ölig an den Kopf geklebtes Haar.

„Hallo, mein Sohn!" Der Vater zog die Gruppe vorwärts, bis sie vor B.T. und dem Ohrensessel stand. „Darf ich bekannt machen: Mein Sohn — Juan, Tangotänzer aus Argentinien."

„Ein schöner Sohn", sagte Juan zu B.T.'s Enttäuschung in fehlerlosem Deutsch und wandte sich mit schmachtenden Augen Susie zu. „Aber wen wundert das, bei so einer Mutter?"

Damit war der Jugend ausreichend Aufmerksamkeit erwiesen worden, die drei Erwachsenen gruppierten sich um den runden Mahagonitisch in der mit Mahagoni getäfelten Halle, der Vater fuhr Champagner auf, und die Mutter brachte Schüsselchen mit Nüssen und salzigem Gebäck. Sie tranken und lachten und wollten in eine ungezwungene Unterhaltung eintreten, doch obwohl B.T. der Schlaf in den Augen saß und er eigentlich nicht zuhörte, merkte er, das mit der Unterhaltung stieß schnell an die Grenzen der Möglichkeit, im Grund hatten sie, hatten Susie und Bernhard hier und der Tangotänzer dort, sich nichts zu sagen. In dieser Situation beging der Vater eine Unvorsichtigkeit.

„Wir haben ein paar Tangoplatten im Haus", erzählte er, froh über das gängige Thema. „Meine Frau liebt diese Musik über alles. Leider bin ich bei weitem kein so fabelhafter Tänzer wie Sie."

„Sie haben Tangoplatten?" rief Juan erfreut. „Hoffentlich argentinische. Sie wissen, es gibt in Südamerika und auf der ganzen Welt viel Musik, die sich Tango nennt. Aber ein richtiger Tango ist ein argentinischer Tango. Hoffentlich haben Sie argentinische Tangoplatten."

Statt einer Antwort ging der Vater zum Plattenschrank, er suchte darin herum und beklagte wie üblich das heillose, von ihm verursachte Chaos, aber dann hatte er doch die Langspielplatte mit den Tangos gefunden und legte sie auf.

„Ich weiß nicht, ob Sie so was überhaupt hören wollen", meinte er, Bedenken waren ihm gekommen. „Es könnte Sie zu sehr an Ihren Beruf erinnern."

Die Bedenken waren überflüssig. Kaum zackten das Bandonion und die Gitarren ihre ersten Kaskaden und Rhythmen in den Raum, ging mit dem Argentinier eine unheimliche Veränderung vor. Seine Figur straffte sich im Tangotakt, er stand im Tangotakt auf und verbeugte sich vor der Mutter, im Tangotakt.

„Darf ich bitten?"

„Aber für Sie tanze ich doch viel zu schlecht!" protestierte sie.

Und schon lag sie in seinen Armen und fegte mit ihm zum Rhythmus der Musik zwischen Sesseln, Tischen und freistehenden Schränkchen kreuz und quer durch die Halle. Nach dem ersten Tanz klatschte Bernhard begeistert Beifall, und er setzte seinen Applaus, wenngleich allmählich matter werdend, noch bis zum sechsten oder achten Tango fort. Dann allerdings, erkannte B.T., wurde der Vater aus Langeweile müde, er bemühte sich, aus der Rolle des einsam gewordenen Publikums auszubrechen und das Paar zum Champagner an den Tisch zurückzuziehen, aber er scheiterte. Nur im Stehen, ohne sich loszulassen, schütteten Susie und Juan ein Glas in sich hinein, schon riß das nächste Sforzando des Bandonions sie wieder mit sich fort. B.T. hatte die Tanzwut seiner Mutter zuerst staunend verfolgt, doch mit der Zeit verfiel sie zum gewohnten Anblick und verlor an Reiz. Ganz anders, glaubte er zu bemerken, reagierte der Vater. Dieser tauchte, je länger das entfesselte Tanzpaar durch die Halle tobte, mehr und mehr aus seiner Müdigkeit hoch, Bedenken, Mißtrauen, endlich Wut stiegen in seinem Gesicht auf wie Signale, nichts mehr von der rein optischen Melancholie blieb übrig, während sich sein Kopf automatisch hin und her drehte und er den triumphierenden Tangotänzer mit den Augen verfolgte, den Pampa-Don-Juan, in dessen Armen sich seine Frau verzückt rollte, drehte, beugte, wand. Als B.T. endlich aufstand und in sein Zimmer schlich, schenkte ihm keiner Beachtung. Erschöpft fiel er sofort in totenähnlichen Schlaf. Nur einmal gegen Morgen, ein rötlicher Schein sickerte bereits durch den Vorhangspalt und eine Amsel nahm ihre

Gesangsübung auf, hörte B.T. von der Halle her noch das Aufjaulen von Akkordeons und elektrischen Gitarren, aber der Selbsterhaltungstrieb der Jugend riß ihn schnell aus der Wirklichkeit in einen besseren Traum.

Beim Frühstück wirkten die Eltern müde, dazu verärgert und bedrückt. Anfangs bemühten sie sich, vor B.T. Haltung zu bewahren und nicht von dem zu reden, wovon sie wahrscheinlich jetzt in jeder freien Minute zankend sprachen. Doch ließ sich, was in ihnen arbeitete, auf die Dauer nicht zurückstauen.

„Jedenfalls", begann der Vater, nachdem er das letzte Honigbrot gegessen hatte, „dieser Tangotänzer kommt mir nicht mehr ins Haus."

„Aber wir haben ihn eingeladen, heute nach der Arbeit noch einmal bei uns vorbeizukommen", protestierte die Mutter.

„Ich habe ihn nicht eingeladen. Du hast ihn eingeladen."

„Natürlich auch in deinem Namen. In diesem Haus", sagte sie und lächelte nicht einmal dabei, „geschieht doch nichts, was du nicht willst".

„Das widerspricht zwar meinen Erfahrungen. Aber wenn du es so siehst, Susie, wenn hier nichts geschieht, was ich nicht will, erklärte ich feierlich: Ich will nicht, daß dieser Tangotänzer noch einmal ins Haus kommt."

Er kam trotzdem, und nicht nur in der folgenden Nacht. Irgendwie mußte die Mutter es fertiggebracht haben, ihren Mann umzustimmen, B.T. fiel die ungewohnt anschmiegsame Weise auf, mit der sie den Vater umschnurrte, zugleich schien die Kunstfotografie neue Höhepunkte zu erreichen, denn aus dem abgeriegelten Aufnahmeraum drangen jetzt statt Susies unterschiedlich betonter Ohs ihre spitzen Schreie, und nachts erschien ihre Belohnung im

Smoking, Juan. Merkwürdigerweise wurde der Widerstand des Vaters bald schwächer. Apathisch saß er schließlich in der Halle, er hatte seinen Champagnerkonsum verstärkt und betrachtete manchmal bereits mit unwürdigem Lächeln das entfesselte Paar, Bandonionkadenzen, Gitarrenakkorde schlugen ihn, er wehrte sich nicht mehr, er war in einen Mechanismus geraten.

So sah es in der Familie aus, als die Semesterferien anbrachen und Gregor aus der Universitätsstadt ins elterliche Schloß heimkehrte. Die Eltern und B.T. freuten sich, alle liebten Gregor, es gab keine Kunstfotografie an diesem Tag, noch Langeweile an diesem Abend. Lange nach Mitternacht blickte der Vater, plötzlich beunruhigt, auf die Uhr.

„Du solltest zu Bett gehen, Gregor", drängte er besorgt. „Du mußt erschöpft sein. Die vielen Prüfungen. Ruh dich aus!"

„Ich bin überhaupt nicht müde!" widersprach Gregor. „Ich mache mich jetzt über deine Cognacflasche her. Aber geht nur schlafen, wir sehen uns ja morgen wieder."

„Wir können noch nicht ins Bett", antwortete die Mutter und sah ihren Mann hilfesuchend an. „Wir ..." Sie verstummte.

Bernhard öffnete den Mund, um seinem Sohne eine Erklärung zu geben, doch wie immer sie gelautet hätte, er mußte nicht mehr lügen. Die Hausglocke läutete. Gregor, bemerkte B.T., hob witternd den Kopf.

„Um diese Zeit?" fragte er seinen Bruder. „Wer kommt denn noch um diese Zeit?"

„Mutters Tangotänzer", antwortete B.T.

Was B.T. niemals erwartet hätte, geschah. Auch Gregor verfiel wie der Vater der Faszinationskraft des argentinischen Tangos. Von nun an saßen sie zu dritt in ihren Zuschauersesseln, der Vater mit Champagner, Gregor die Cognacflasche in der Hand, B.T. an seinem Pfefferminzsaft nuckelnd, und die Nächte verstrichen für sie nicht nach den Schlägen der Uhr, sondern im unaufhörlichen Rhythmus der durch das Haus hallenden Tangos und im Stampfen der Schritte von Susie und Juan. Die Mutter, das konnte selbst der junge B.T. differenzieren, hatte in den Armen des Pampa-Gigolos gewaltige Fortschritte gemacht. Sie gehorchte seinem unsichtbarsten Sporenstreich und Zügelzug. Wie eine Feder schnellte sie an seiner Hand vor, neben ihn, neigte den Kopf, drehte sich, bog sich zurück, umrundete ihn, während er gockelte, einen Arm hob, sich am Ort sohlenknallend drehte. Dann wieder riß er sie brutal an sich, sie sausten seitlich im verschwörerisch übereinstimmenden Wechsel von schnellen und ganz schnellen Schritten durch die engen Gassen des Mobiliars, Wange an Wange, und aus der Zuschauerecke stieg ein unhörbares Stöhnen zur getäfelten Decke. Wenn sich im Morgengrauen Juan endlich kurz und ausgewrungen verabschiedete, war das Gesicht der Mutter blaß, ihr zuvor fein gelocktes Haar triefend, schafig verfilzt. Erschöpft krochen alle in die Betten, und noch in seinen Träumen, die längst nicht mehr erfreulich waren, sah B.T. die Mutter in den Armen Juans drei Fuß über dem Boden entfesselt tanzen, in seinen Ohren dröhnten die Akkorde dieser Musik, mit der das Haus und die Gehirne seiner Bewohner vollgesogen schienen, der Tango infernal.

Eines nachts erschien Juan zur gewohnten Zeit mit einem großen schwarzen Koffer. Mutter hatte schon, als sie sein Läuten hörte, eine Tangoplatte aufgelegt, Bernhard, Gregor und B.T. saßen mit Champagner, Cognac und Pfefferminz bereit. Doch Juan ließ den Koffer auf den Teppich knallen, ging zur Musikanlage und stellte die Platte ab. Dann wandte er sich an den Vater.

„Ich möchte mit Ihnen unter vier Augen sprechen, Señor", sagte er.

„Warum?" widersprach Bernhard. „Ich habe vor meiner Frau keine Geheimnisse."

„Vielleicht nicht vor Ihrer Frau. Aber hoffentlich vor diesem unschuldigen Kind." Der Tangotänzer deutete auf B.T.

„Trotzdem bestehe ich darauf", erklärte der Vater ungewohnt tapfer, „daß Sie mir wenigstens andeuten, um was es sich handelt."

„Um das!" Triumphierend zog Juan ein dickes bräunliches Kuvert aus der Smokingtasche. Zu B.T.'s Überraschung und offensichtlich auch zu Gregors errötete der Vater zart und senkte den Kopf. Er wies auf die Tür seiner selten benötigten Bibliothek.

„Bitte."

Die beiden Herren verschwanden in der Bibliothek, die Tür schloß sich hinter ihnen, verfließende Zeit und Schweigen verschmolzen zu einem nicht geheuren Geheimnis. Als der Vater mit dem Argentinier zurückkam, zeigte sein Gesicht Zorn und Verzweiflung, um was immer es gegangen sein mochte bei diesem Sprechduell, er war touché, unterlegen.

„Juan wird, solange er das wünscht, bei uns als Logiergast wohnen", erklärte der Vater im Tonfall einer auswendig gelernten Rolle. „Und ich bitte alle, ihn als Gast so zu respektieren, wie das in Argentinien üblich ist."

„Aber wir sind nicht in Argentinien", rief Gregor. Sein Einwand, obwohl oder weil logisch, wurde nicht beachtet.

Nur ein paar Tage unterlag Juan der Versuchung, Küche und Keller des Schlosses im Akkord zu leeren. Eines Mittags, er legte die Serviette nach einem Schokoladensoufflé zusammen und schob sie in den goldenen, von Mutter überlassenen Ring, befahl er die Familie zum Gespräch in sein Zimmer. Alle Blicke wandten sich Vater zu, und Vater, sah B.T., wurde blaß und nickte. Sie standen auf.

„Aber ohne dieses unschuldige Kind!" sagte der Tangotänzer, war es eine fixe Idee oder tatsächlich die verquere Moral eines Lateiners, er deutete wieder auf B.T. Dieser wollte protestieren, was war das für eine Unverschämtheit, er war nicht unschuldig, was dachte sich der Eindringling ins Schloß überhaupt, warum ließ man diesen Schnurrbartkuckuck gewähren.

„Bleib bitte hier!" bat der Vater bestimmt, und Widerspruch, erkannte B.T., war nur Zeitverlust.

Die Familie kam ohne den Tangotänzer in düsterer Stimmung zurück. Auskünfte wurden B.T. trotz eindringlicher Befragung nicht erteilt, nicht einmal Gregor wollte ihm Genaues sagen, Angst und Verlegenheit lagen in der Luft. In den verklausulierten Unterhaltungen fiel manchmal als Devise die Drohung von den nur noch achtundvierzig Stunden Zeit, doch wenn B.T. nachstieß, gab ihm niemand den Schlüssel, er blieb mit sich und seinen bedrohlichen, aus Abenteuerheftchen abgeleiteten Vermutungen allein. Vom Tangotanzen war, so sehr die verwirrte Mutter hungrig um den Plattenschrank strich, nicht mehr die Rede, es war, so sagte der fröhlich auftauchende Juan, ausgepfiffen und ausgetanzt, von Stunde zu Stunde sank das einst auf Hoch stehende Launenbarometer, die Kunstfotografie lag brach, nichts ging mehr.

Kurz vor Ablauf der geheimnisvollen Achtundvierzigstundenfrist kam Gregor zu B.T. ins Zimmer. Er machte sich nicht die Mühe, dem Bruder rosa Wölkchen vorzublasen, trotz ihres Altersunterschiedes begegneten sie sich mit Sympathie und Vertrauen.

„Vater wartet in der Bibliothek auf dich", sagte Gregor. „Er will dich um etwas bitten, es geht um unsere Existenz. Ich habe ihm erklärt, du seist der einzige, der uns retten kann."

In der Bibliothek lief der Vater wie ein gefangener Löwe auf und ab. Er begrüßte B.T. mit Handschlag, vielleicht ein Akt der Verwirrung, und bat ihn in einen Ledersessel. B.T. nahm geschmeichelt Platz.

Ohne Einleitung deutete der Vater auf die Wunde. „Dieses Schwein von einem öligen Tangotänzer erpreßt uns", sagte er, ein nicht ganz einwandfreies Bild. „Weißt du, was das ist, ein Erpresser?"

„Natürlich!" antwortete B.T. „Man hat etwas in der Hand, das dem anderen peinlich ist, und man sagt, wenn du mir nicht so und soviel zahlst, erfahren alle, was ich in der Hand habe, aber wenn du zahlst, kriegst du das, was ich von dir in der Hand habe, zurück."

„Das trifft es genau."

„Was hat Juan in der Hand?" fragte B.T. logisch.

Der Vater nahm seinen unterbrochenen Löwengang erneut auf, was er erklären mußte, erkannte B.T., fiel ihm schwer. „Das braune Kuvert", sagte der Vater. „Er muß irgendwann zwischen den Tangos heimlich in unseren Schränken herumgestöbert haben, dabei hat er es entdeckt und mitgenommen. Wer weiß, was er noch alles gestohlen hat. Bei dem braunen Kuvert habe ich es gleich gemerkt. Ich — wir benötigen es sehr oft."

„Was ist denn drin?"

„Es . . ." Der Vater zögerte. „Es enthält Dinge, die nur deine Mutter und mich angehen. Nichts Verbotenes! Trotzdem, wenn Juan es an die Öffentlichkeit zerrt, er droht damit, wäre das für deine Eltern vernichtend. Das Schwein will mir das Kuvert nur gegen Geld zurückgeben. Er verlangt eine halbe Million."

„Eine halbe Million!" B.T. sprang von seinem Sessel auf, in einem noch unbekannten Nerv getroffen. „Was soll ich tun?"

Der Vater trat vor ihn und legte ihm die Hand auf den Kopf, eine nie geübte Geste. „Geh zu ihm, mein Sohn. Nur ein Kind erweckt keinen Verdacht. Geh in sein Zimmer, lenke ihn ab, finde das Kuvert und bring es mir. Ich wäre glücklich, wenn ich auf meinen Sohn stolz sein könnte."

B.T. öffnete die Tür. „Ich bringe es dir!"

„Noch etwas!" rief ihm der Vater nach. „Wenn du es hast — laß es zu. Versprichst du mir das?"

„Ja", antwortete B.T. in dem festen Entschluß, dieses Versprechen nicht zu halten.

Der Tangotänzer lag, in Illustrierten blätternd, auf der Couch des Gästezimmers, ein halbleeres Glas und eine Flasche mit der Aufschrift Tequila neben sich griffbereit auf dem Tisch. Er hatte wohl nach B.T.'s Klopfen angespannt auf die Tür gestarrt, als B.T. eintrat, verzog sich sein Gesicht zu einem Lächeln.

„Du unschuldiges Kind", sagte er. „Wer schickt dich?"

„Niemand", log B.T. „Ich möchte dich besuchen. Ist es wahr, daß in Argentinien jeder Mann ein Caballero ist?"

„Und ob das wahr ist!" Die dunklen Augen des Tangotänzers leuchteten auf. „Ein Caballero und ein Reiter."

„Hast du in Argentinien auch ein Pferd?"

50

„Ja. Willst du es sehen?“

„O ja, bitte!“

Juan schleuderte die Illustrierte von sich wie eine Bola, mit einem graziösen Sprung ging er vom Liegen gleich in die Senkrechte über, der Tangotänzer ließ sich nicht verleugnen. Im Schwung des Abstoßes verrutschte das dicke Kissen, auf dem sein geölter Kopf geruht hatte, B.T. biß sich auf die Lippen, unter dem Kissen erschien ein Stück braunes Papier, das Kuvert.

Während sich der Argentinier über seinen großen schwarzen Koffer bückte, der in der Ecke offenstand, und nach seiner Reitervergangenheit suchte, handelte B.T. wie im Traum. Mechanisch schlich er zur Couch, das Kuvert verschwand unter seinem Pullover, und er stand bereits wieder fünf Meter vom Ort der Tat entfernt, als der Tangotänzer aus seinem Koffer auftauchte und ihm stolz das abgegriffene Bild eines verwackelt feixenden Schnurrbarts zu Pferde hinhielt, Juan auf Rosinante.

Noch zehn bange Minuten Argentinien mußte B.T. über sich ergehen lassen, dann trat er unter einem Vorwand, Gregor und Kino, den Rückzug an. Er stand schon vor der Bibliothek, hinter der Tür hörte er den Vaterlöwen immer noch auf und ab gehen, da ertönte oben im Gästezimmer ein schauriger Schrei, der Bestohlene hatte den Diebstahl des Gestohlenen bemerkt.

Die Tür des Gästezimmers flog auf. Blitzschnell, bevor er in die Bibliothek zum Vater floh, öffnete B.T. das Kuvert, ein Blick auf das oberste Foto genügte. Es zeigte, ein Wunder des Selbstauslösers, den Kunstfotografen und sein angetrautes Modell, das Gerät, mit dem der Vater darauf arbeitete, war kein fotografisches, es war im Laden nicht erhältlich, ein Geschenk der Natur.

Bald stellte sich heraus, die Freude, den Tangotänzer aus dem Schloß gejagt zu haben, war voreilig gewesen. Bei seinem nächtlichen Stöbern hatte Juan nämlich noch einen Gegenstand von Brisanz gefunden, ursprünglich als Objekt einer weiteren Erpressung gedacht, doch nach dem schimpflichen Hinauswurf ein Schwert der Rache. Und gerade suchte B.T.'s Vater wieder wie seit Tagen verzweifelt nach dem dezent grün gebundenen Journal, in dem das chemische Geheimnis seines Rinderbrühwürfels ebenso unmaskiert aufgezeichnet war wie die Höhe der Einnahmen, mit denen er das Finanzamt nicht belästigte, da kamen sie mit dem Gesuchten in der Hand, die Vertreter der Lebensmittelaufsichts- und der Steuerbehörde. Einige Tage lang durchforsteten sie Schloß, Büro und Fabrik, dann schlossen sie alle drei. Die Fabrik stellte ihre Fabrikation ein, das Büro die Arbeit, und auf dem Schloß, den Möbeln, Bildern, Teppichen klebte, eine Ahnung des Vaters wurde wahr, der Kuckuck.

Mit seiner Frau und dem, was er in der Tasche hatte, floh der Vater vor den Gerichten und unerfüllbaren Forderungen auf Steuernachzahlung über die Grenze ins Ungewisse und vor allem Unauffindbare. „Ein Vater im Gefängnis wäre für seine geliebten Kinder nur eine Belastung", war das letzte, was B.T. von ihm hörte.

Während B.T. das Schicksal gelassen hinnahm, ein Onkel würde für ihn weiter sorgen und Kinder läßt man nicht verhungern, traf Gregor der Hieb des Pleitegeiers ins Herz. „Stell dir vor, ich hätte nur noch zwei Semester, nur noch zwei Semester! Jetzt, ohne Geld, ist alles aus. Man hat mich erledigt, im Tangotakt."

In dieser Nacht, der letzten, die sie auf Kosten des Onkels gemeinsam im Hotel verbrachten, träumte B.T. vom

Vater. Aus wirren Handlungsfetzen zu Bandonionbeglei-
tung erwachte er mit den Worten, die ihm der Vater in
der Bibliothek gesagt hatte, auf den Lippen. „Nur ein
Kind erweckt keinen Verdacht." Es zündete, er sprang aus
dem Bett und weckte Gregor.

Gemeinsam fuhren sie zum Schloß, am Eingangsportal
des Parks blieb Gregor zurück. B.T. schlenderte die Auffahrt entlang, ein letzter Blick auf die ionischen Säulen
und das gräfliche Adlerwappen, ungehindert durchquerte
er die Räume, wo eine Schar von Männern das Gepfän-
dete sichtete, katalogisierte, zum Abtransport verpackte.
Er erreichte das Arbeitszimmer des Vaters, der Nußbaumschrank stand offen, nichts und niemand störte ihn bei
seiner kurzen Verrichtung, ein Kind erweckte tatsächlich
keinen Verdacht.

Vor dem Gartentor übergab B.T. dem Bruder die Beute.
Verständnislos betrachtete Gregor das winzige, grüngelbe
Papier. „Was ist das?"

„Eine sechs Kreuzer Württemberg von 1859", erklärte
B.T. „Die teuerste Marke aus Vaters Sammlung. Teuer
genug, um zwei Semester und länger davon zu studieren."

Der Onkel holte ihn vom Hotel ab und nahm ihn mit,
B.T. tauchte ein in die Öde einer mittelmäßigen Existenz,
in eine Erziehung mit wenig Geld und wenig Phantasie
und viel bemühter Gerechtigkeit. Pflichtbewußt schenkte
der Onkel auch sich selbst nichts, sogar die peinliche Müh-
sal, den Jungen aufzuklären, wollte er schultern. Doch
B.T. winkte müde ab. Was sollten ihm die Bienen und das
Liebesleben der Schmetterlinge, was der Hahn und die
Henne, er hatte dem Tangotänzer ein braunes Kuvert entrissen und geöffnet, er wußte Bescheid, er war längst, wie
sich's gehört, von seinen Eltern aufgeklärt.

Persotzky saß in seinem entsetzlichen braun-grau karierten Sportanzug in einem Clubsessel der Halle und redete, die Stirn schon wieder feucht, auf Clarissa ein, und B.T. wußte sofort, um was es ging und daß er störte.

„Persotzky schlägt mir vor, dich zu verlassen", sagte Clarissa lachend und legte ihren Kopf so weit zurück, daß ihr schlanker Hals vorne eine Wölbung zeigte. „Er will mich heiraten."

„Das will er schon seit achtzehn Jahren", antwortete B.T. Er setzte sich. „Es ist mir schwer erklärlich, wie ein Mann mit so wenig Variationsmöglichkeiten seit Jahren Kommentare für eine Zeitung schreiben kann. Aber wahrscheinlich ist gerade das der Schlüssel seines Erfolgs."

„Macht euch nur wieder über den primitiven Persotzky lustig." Finster betrachtete Persotzky den immer noch gewölbten Hals der lachenden Clarissa, und B.T. konnte sich die Vision nicht verkneifen, er ließ den anderen aufspringen und der blonden Frau wie ein Raubtier die Kehle durchbeißen, Knorpel krachten und ein Meer von Blut, jetzt schnell die Polizei, ein Arzt auch, ja doch, mein Mitgefühl, Herr B.T., und wenn er sich nicht belog, war die Tat für ihn grausiger als ihre Folgen, ein Persotzky hinter Gittern und eine Clarissa in den Gefilden einer erdenfernen Ewigkeit, so selig und so still.

„Du hättest doch nichts einzuwenden, wenn ich Frau Persotzky werden wollte?" fragte sie und beobachtete, wie das Gesicht ihres ausdauernden Begehrers sich rötete.

„Doch", sagte B.T. widerwillig.

„Warum?"

„Unter anderem sind es ästhetische Gesichtspunkte."

„Das verstehe ich nicht", grollte Persotzky. „Aber es riecht nach deiner Arroganz. Ich möchte wissen, warum ich mich damit abmühe, dir eine Karriere über die Füße zu ziehen wie einem widerborstigen Kind ein Paar Schuhe."

„Ich weiß es. Du tust es wegen Clarissa, wie alles, was du für oder gegen mich unternimmst."

Persotzky nickte grimmig. „Ich würde es nicht einmal wegen Clarissa machen, wenn ich nicht so genau wüßte, was für ein gerissener Typ du bist. Du geigst den Leuten deine Romanzen aus dem neunzehnten Jahrhundert ins Ohr und steckst sie, während sie gerührt applaudieren, in die Tasche. Der Ministerialdirigent war von dir begeistert, wie du den Grafen Oynenboyn ausmanövriert hast."

B.T. bemühte sich, sein Staunen nicht zu zeigen. So konnte man das also auch sehen. „Oynenboyn war wenig von mir eingenommen."

„Sein Rücktrittsgesuch ist zu seiner Empörung vom Ministerpräsidenten sofort akzeptiert worden. Mit dem Nachfolger wirst du leichtes Spiel haben."

„Wer ist das?"

„Aller Voraussicht nach soll Müller-Kroppau den Sitz im Auswärtigen Ausschuß bekommen, der Möbelfabrikant. Du weißt, der mit der pikanten Frau."

„Nein, ich weiß nicht. Auf einigen Teilgebieten des Menschlichen bist du mir an Kenntnissen überlegen. Es spielt auch keine überragende Rolle. Ich habe es mir nämlich überlegt. Ich möchte nicht."

Er sah Clarissa zusammenzucken und mit Persotzky einen Blick tauschen und wurde sich zum erstenmal bewußt, wie weit das Zusammenspiel der beiden schon gediehen war, wenn es galt, gegen ihn zu setzen. Obwohl er entschlossen war, sich zu verteidigen, fühlte er wenig Mut. Zu fatal war er fast ohne Eigenbewegungen oder vielleicht gerade deshalb in die Wirbel zweier entgegengesetzter Kräfteströme geraten, ein Muß bestand für ihn, mehr und mehr die Beziehungen zu aktuellen Verflechtungen zu lösen, um endlich wieder an Wesentliches zu geraten und Belästigendes von sich abzuschuppen, doch zugleich fühlte er den wachsenden Sog von Clarissas und Persotzkys Anstrengungen, ihn auf den Jahrmarkt zu schleifen, und so hing er in der Mitte, größerem Zug folgte verstärkter Gegenzug, und es war nur eine Frage der Strapazierfähigkeit und der Zeit, wann seine Konstitution den auseinanderstrebenden Gewichten keinen Widerstand mehr leisten konnte und in zwei Teile von nicht vorausberechenbarer Größe zerriß.

„Was möchtest du nicht?" fragte Clarissa.

„Diese Präsidentensache", sagte B.T. unbehaglich. Wie sollte er das alles erklären, ohne sich preiszugeben?

„Der Grund?"

„Es liegt mir nicht besonders."

„Was liegt dir überhaupt?"

„Er selbst", warf Persotzky wütend ein. „Hereinspaziert, meine Herrschaften, hier sehen Sie B.T.'s große Nabelschau. Aber bitte verhalten Sie sich still, der Künstler ist sensibel. Soll ich dir einmal offen sagen, was ich von dir denke? Du bist ein Monstrum, deine Haltung ist abnorm."

„Für mich ist sie legitim", erklärte B.T. und versuchte, nicht in die Abenteuer seines Spaziergangs entlang der Buchenhecke auszubrechen.

„Wir müssen uns mit unserer Welt auseinandersetzen, in ihr leben. Das wächst nicht auf meinem Kompost, das sagen und schreiben unsere klügsten Politiker und Denker."

„Sie mögen es tun. Es kommt darauf an, was man darunter versteht."

„Dein splitternackter Egoismus!"

„Ist das kein Motiv?"

„Du hast es uns versprochen", sagte Clarissa, und B.T. bemühte sich, nicht zu zeigen, daß er sie jetzt fürchtete. „Ich bestehe darauf, und du mußt dich entscheiden. Du kannst alles verlieren: Mich —"

„Ich bitte dich, Clarissa!"

„Das Haus. Damit dein Reich, die Bibliothek."

„Was man versprochen hat, muß man halten", sagte B.T., von der unerwarteten Kraft ihrer Argumente plötzlich überzeugt. Er stand auf. „Entschuldigt ihr mich?"

„Einen Moment noch!" Persotzky faßte ihn am Ärmel. Die Vorstellung, Clarissa könnte sich von B.T. trennen, hatte ihn erregt. „Ich habe dir den eigentlichen Grund meines Kommens noch nicht erklärt."

„Du bist doch nicht hier, um meine Frau zu sehen?"

„Ich soll dir eine Einladung von Müller-Kroppau über-
mitteln. Dem wie gesagt aussichtsreichsten Kandidaten
auf den vakanten Sitz im Auswärtigen Ausschuß."

„Das ist der mit der pikanten Frau?"

„Gut gemerkt. Du weißt, du wirst seine Stimme brauchen. Er will dich kennenlernen und gibt am Samstag-
abend für dich und mich und einige Auserwählte eine diskrete Party."

„Diskrete Party?" fragte B.T. „Wie geht das vor sich?"

„Nun ja, wie drücke ich mich aus. Das ist eine Party,
eine Party —" Er rutschte unruhig auf seinem Sessel umher und warf Clarissa verlegene Blicke zu. „Eine Party
eben, auf der man sich in einer Weise amüsiert, die ein
Beisein Jugendlicher nicht gestattet."

„Eine kleine Orgie", erklärte Clarissa brutal. „Stellt
euch nicht so an und nennt den Spaß beim Namen. Du
hast mir doch längst gesagt, Persotzky, um was es geht.
Sitz endlich still, dein kostbarer Anzug ist in Gefahr zu
verdrücken."

„Und da muß ich mit dir hingehen?" wollte B.T. wissen und glaubte, im Labyrinth seiner Frau neue interessante Gänge zu entdecken, doch das war ein Irrtum.

„Du gehst natürlich ohne mich", sagte Clarissa und ver-
sank fast in einer einsetzenden Flut anbetender Blicke Persotzkys, die reine Freundin hatte gesprochen, hugh. „Schon
deshalb, weil Persotzky dabei ist. Durch eine derartige
Geschichte würde mein freundschaftliches Verhältnis zu
ihm gestört."

Eine verschüttete Erinnerung stieg in B.T. auf, war sie
sinnlos in diesem Augenblick, Danielle, die Pariserin, mein
Gott, wohin war er seitdem gekommen, auch in der Liebe,
doch damals hatte er nichts begriffen und alles zerstört.

58

„Aber es macht dir nichts aus, mich dort zu wissen?" fragte er Clarissa.

„Es ist erforderlich. Außerdem könnte ich mir vorstellen, daß der Grund zur Eifersucht, den du mir bei einer derartigen Veranstaltung zwangsläufig gibst, minimal sein wird", sagte sie boshaft.

„Ich kann also zusagen?" fragte Persotzky.

„Wer A sagt, muß auch Müller-Kroppau sagen", bestätigte B.T. und ging auf die Treppe zu, um endlich die Bibliothek zu erreichen. „Das ist das Furchtbare an dieser unserer Zeit."

Danielle

Ich sah B.T. zum erstenmal beim Pont de l'Alma, an der Seine.

An jenem Vormittag war die Luft von Paris endlich wieder voller Zärtlichkeit. Auffallend viele Männer in Hemdsärmeln saßen an den runden Metalltischchen der Cafés im Freien und genossen den warmen, noch nicht heißen Sonnenschein. Die jungen Frauen vor den Schaufenstern trugen luftige Röcke und hatten einen ungewohnt weichen, verträumten Ausdruck in den Gesichtern. Im turbulenten Verkehrskarussell um den Arc de Triomphe sah man offene Kabriolets. Auf dem Marsfeld quollen Touristen aus Omnibussen und drängten sich vor den Lifts des Eiffelturms. Studentenpärchen zogen es vor, sich auf den Bänken des Jardin du Luxembourg zu küssen, statt Vorlesungen zu hören. Der Algerier, der am Boulevard des Batignolles unanständige Fotos an Amerikaner verkaufte, verzeichnete eine Umsatzsteigerung. Der Mai war gekommen.

60

B.T. erzählte mir einige Stunden später haarklein, wie dieser schöne Tag für ihn begonnen hatte, und ich erinnere mich daran, als sei ich von Anfang an dabeigewesen. Er war mit schußbereiter Kamera in seinem alten klapprigen Zweisitzer kreuz und quer durch die Stadt gefahren. Hatte am Montmartre gefrühstückt: pechschwarz gebrannten öligen Kaffee, Hörnchen mit Butter und Marmelade, weiche Eier. Nahm unten in der Nähe der Place Blanche ein kleines helles Bier zu sich. Trank in einer Nebenstraße der Avenue Kléber in einer Kneipe einen Pernod mit viel Wasser und viel Eis.

Dann stand er an der Seine.

Silbrig flirrende Luft tanzte über dem Wasser des breiten Flusses. Die weitverstreute Schar von Rentnern, Flaschen mit billigem Rotwein neben sich, saß auf dem steinernen Quai und hielt lange Angelruten als Vorwand für einen faul verbrachten, mit Kollegen verschwatzten Tag in den Händen. Unter dieser Sonne biß natürlich nicht einmal der dümmste Fisch.

Beim Pont de l'Alma sah ich ihn, wie gesagt, zum erstenmal. Das heißt, zunächst sah er mich.

Er sah mich, wie er mir genau schilderte, zunächst nur von rückwärts: ein zierliches Persönchen in einer weißen Leinenbluse und unerhört knapp sitzenden Blue Jeans. Ich stand vor einer Staffelei, hielt eine Palette in der linken Hand und einen Pinsel in der rechten, und wurde von einem jungen Mann gestört. Mein Miniaturhinterteil, erzählte B.T., habe empört gewirkt. Gleich darauf hörte er auch zum erstenmal meine Stimme.

„Salaud!" rief ich. „Dreckskerl!"

„Aber Danielle!" protestierte Louis, der neben mir stand. B.T. konnte ihn vorläufig gleichfalls nur von hinten

61

betrachten, eine verfettete Kugel im braunen Anzug. „Ich hab' doch nur —"

„Salaud!" wiederholte ich.

Dagegen war nichts mehr zu sagen. Louis schien das zu erkennen. Er schwieg.

Neugierig näherte sich B.T. der Szenerie. Er bemerkte gerade noch, wie ich mit der linken Hand weit ausholte und Louis die Palette ins Gesicht knallte. B.T. riß den Fotoapparat hoch und drückte ab.

„Geh weg!" schrie ich Louis an. „Schnell! Verdufte!"

Einige Sekunden lang stand Louis wie erstarrt. Dann war er nicht mehr Herr über seine Wut. Aber er reagierte sie nicht direkt an mir ab. Ein möderischer Fußtritt traf stellvertretend meine Staffelei und beförderte sie samt der darauffliegenden Skizze im hohen Bogen durch die Luft ins Wasser der Seine, die beides schnell entführte.

Ich duckte mich und sprang Louis an — wie eine Katze, sagte B.T. später. Blitzschnell drehte Louis den Kopf zur Seite, um meinen Fingernägeln zu entgehen. Dadurch bemerkte er B.T. Sein bunt verschmiertes Gesicht verriet Überraschung, die gleich darauf in neue Wut umschlug.

Mit einer mühelosen Bewegung stieß er mich von sich weg. Ich stolperte, kam jedoch sofort wieder auf die Füße. Mit zwei, drei unerwartet elastischen Sprüngen setzte Louis auf B.T. zu und pflanzte sich drohend vor ihm auf.

„Was tun Sie da?" fragte er.

„Ich fotografiere", antwortete B.T.

„Schau an, er fotografiert! Darf ich wissen, was Sie an uns so interessiert? Los, raus mit dem Film aus der Kamera, sonst..."

Hier platzte ich, ohne B.T. zu beachten, in die Auseinandersetzung. „Du Biest, Louis! Wart nur, diesmal bist du zu weit gegangen. Diesmal bringe ich dich endgültig dorthin, wo du schon lange hingehörst."

„Du weißt, Danielle, daß du das nicht tun wirst", erklärte er mit seiner unangenehmen Stimme.

„Diesmal sag' ich's."

„Daß ich nicht lache!" Er ließ ein amüsiertes Geglucker hören. Die Vorstellung, ich würde zur Polizei gehen und ihn anzeigen, weil er meinem Vater ein paar gestohlene Schnitzereien verkauft hatte, schien für ihn unglaublich komisch zu sein. Allerdings hatte Papa tatsächlich einen Grund, die Polizei mit diesem Fall nicht zu belästigen: Er hatte, als er von der Herkunft der Holzfiguren erfuhr, das Diebsgut bereits weiterverkauft.

Erst in diesem Moment wurde mir bewußt, daß da noch jemand war. Neugierig musterte ich B.T. Ich sah einen sehr großen, schlanken Jungen mit einem unerhört schmalen Gesicht und einem Ausdruck in den Augen, wie ihn kein anderer Mann aus meinem Freundeskreis besaß. Diese Augen waren es, in die ich mich sofort verliebte.

„Monsieur!" sagte ich überrascht und schon überrumpelt. „Was machen Sie hier? Sie haben auch Streit mit Louis?"

„Er hat uns fotografiert", sagte der dicke Louis düster.

„Ach ja?" Ich sah verwirrt zur Seite und dann wieder zu B.T. zurück und bemerkte, daß er seine Augen immer noch mit dem gleichen Ausdruck wie vorher auf mich gerichtet hatte. „Warum?"

„Ausgerechnet während unserer kleinen ... kleinen Auseinandersetzung", murrte Louis.

„Stimmt das?" fragte ich B.T. „Warum machen Sie das?"

„Ich bin Student und verdiene mir mit Fotografieren

etwas Geld dazu. Ich biete die Bilder Zeitschriften an, zu Hause, wissen Sie."

„Zuhause, das ist Deutschland?"

„Ja, natürlich."

„Er muß den Film rausgeben!" bohrte Louis. „Was er da mit seiner Kamera treibt, nennt man Verletzung der Intimsphäre, und das ist verboten."

„Überschlagen Sie sich nicht", sagte B.T. und betrachtete Louis, als sei dieser eine Kröte. „Wenn Sie den Film haben wollen, müssen Sie sich ihn holen. Ich kann allerdings nicht garantieren, ob mir dabei meine Faust nicht ausrutscht."

„Ausrutscht?" fragte Louis. „Wohin ausrutscht?"

„In Ihr Gesicht."

„Probieren Sie's doch!"

„Nur wenn es sein muß. Ich möchte mich nicht schmutzig machen. Bei dem Aufwand an Ölfarbe, den Sie mit Ihrem Gesicht treiben!"

Ich lachte bei dieser Bemerkung B.T.'s schallend auf.

„Außerdem . . ." fuhr B.T. fort.

„Außerdem?"

„Ich habe einen Widerwillen gegen schlappe Gesichter", erklärte B.T. arrogant. „Ich schlag' da nicht gern rein."

„Wir sehen uns wieder", sagte Louis. „Darauf können Sie eine hübsche Summe wetten. Diese Ausländer. Immer Ärger mit ihnen!"

Ohne einen weiteren Blick für uns, machte er auf dem Absatz kehrt. Mit eingezogenen Schultern rollte er über den Quai eilig davon, eine braune fette, unsympathische Kugel, die nichts zurückließ als ein Gefühl ungewisser Drohung.

„Scheußlich", sagte ich. „Einfach scheußlich."

„Wie?" B.T. hörte auf, Louis nachzusehen. „Was ist einfach scheußlich?"

„Louis. Seine Manieren." Ich hob die Schultern. „Wirft einfach meine Staffelei ins Wasser. Toll, was?"

„Ja. Am liebsten hätte er Sie selbst in die Seine gepfeffert."

„Glauben Sie wirklich?" Ich versuchte herauszubekommen, ob er scherzte. „Ich glaube es nicht. Schön, er ist gewalttätig. Aber gleich so was! Warum sollte er?"

„Er liebt Sie. Sie lieben ihn nicht. Deshalb haßt er Sie. Ist das weit hergeholt?"

„Nein, eigentlich nicht", meinte ich. „Ich liebe ihn bestimmt nicht. Können Sie sich vorstellen, daß ein Mädchen wie ich Louis liebt? Können Sie das?"

B.T. nahm meine Frage zum Vorwand, mich unverschämt zu mustern. Lächelnd betrachtete er meine Figur. Erst jetzt, erzählte er mir später, fiel ihm auf, daß ich helle grüngraue Augen hatte: „Mit langen, dunklen, gebogenen Wimpern, lustig aufregend, offen und voller Mädchengeheimnisse zugleich. Du hast die schönsten Augen, die ich je gesehen habe."

„Ich habe viel Phantasie", sagte B.T. „Aber daß Sie sich in Louis verlieben, kann ich mir nicht vorstellen."

„Na, sehen Sie!"

Wir lächelten uns an. Ich bückte mich und verstaute Pinsel und Palette in einem Korb, der neben meinen Beinen stand. Ich holte den Stielkamm aus der Hosentasche und kämmte mir die Ponys in die Stirn.

„Ich bin übrigens Danielle Dorsat", sagte sie.

„Ich bin B.T. Ein Deutscher, wie gesagt."

„Das macht nichts."

Ich ging in die Knie, so gut sich das bei meinen engen

Jeans machen ließ, nahm den Korb auf und setzte mich in Marsch. B.T. blieb an meiner Seite.

Während ich mit ihm die steinerne Treppe zum Cours Albert hochstieg, spürte ich wieder, daß an diesem Vormittag die Luft von Paris voller Zärtlichkeit war.

„An einem solchen Tisch habe ich noch nie gegessen", sagte B.T., und man merkte ihm an, wie er alles hier genoß. „Weder zu Mittag noch zu andrer Zeit."

Der Tisch, von dem er sprach, hatte eine fahl grünweiß gebleichte Platte aus Eiche, acht Säulenbeine, war rechteckig, riesengroß und uralt. Um ein Ende des Tisches zum Essen freizubekommen, hatten wir die Gegenstände eng zusammenschieben müssen, die darauf in wahlloser Unordnung standen und lagen: mehrere alte Pendeluhren; zwei mächtige flache Glaskästen voller Ringe, Armbänder, Ketten und Broschen, ein Sammelsurium aus Edelsteinen, Halbedelsteinen, bunten Glassplittern, Platin, Gold, Silber, Kupfer und Blech in allen Farben, Formen und Werten, modern und antik; ein Stab mit einer künstlichen Hand zum Rückenkratzen; ein schwarzer Kasten mit angelaufenem Silberbesteck; zwei Messingtischlampen aus der Gründerzeit; Kupferkessel, alte Kutscherlampen, Vasen jeder Größe, einige Dutzend Mokkatassen (natürlich Einzelstücke); Münzen, Flaschen, Aschenbecher in Form von Hunden und Katzen und Fischen und Fröschen; ein Schachspiel aus Marmor, bei dem nur zwei Bauern und ein König fehlten; ausgefranste Damaststücke, verbeulte Schnupftabakdosen, die Laterne eines aufgelassenen Freudenhauses — um nur einiges aus dem Durcheinander aufzuzählen.

Und doch war das, was hier auf dem Eichentisch lag,

beinahe nichts, verglichen mit der Menge von Möbeln, Pretiosen und mehr oder minder merkwürdigen gebrauchten Gegenständen im Innern des Behelfsladens, an dessen einer Seitenwand unser Tisch draußen im Freien stand.

Dabei war die Fülle im Innern des Ladens wiederum wenig in der unglaublichen Vielfalt, die ringsum auf großer Fläche in Hunderten ebenerdiger Buden und Geschäfte und auf Tischen zum Verkauf angeboten wurde.

Mein Vater war Trödler auf dem berühmten Pariser Marché aux Puces.

Hier auf dem Flohmarkt konnte man alles finden und kaufen: vom gebrauchten Druckknopf bis zum alten Brillantenhalsband, vom beschädigten Hosenbandorden bis zum erstaunlich neuwertigen Löwenzwinger. Man mußte nur die Augen aufmachen und von den geforderten Preisen die Hälfte zahlen.

„Die Geschichte mit Louis gefällt mir gar nicht", sagte mein Vater. „Absolut nicht. Pfui Teufel!"

Papa war der Besitzer des Eichentischs und der darauf liegenden Gegenstände, des Ladens neben dem Tisch und des ganzen darin verstauten Krams. Ich hatte B.T. zu ihm geführt und von Louis' Benehmen am Quai erzählt. Papas Gesicht mit den tiefen, von der scharfen Nase zum schmalen Mund verlaufenden Falten wirkte besorgt.

„Dir wäre es lieber, ich lasse mir alles von ihm gefallen!" fuhr ich ihn an.

„Red nicht so einen Unsinn! Du weißt genau, was ich meine. Nicht wahr?"

„Ja. Doch!"

Ich hatte den Platz am Ende des Tisches. Mein Vater und B.T. saßen sich zu meinen beiden Seiten auf unbequemen, halb durchgekrachten Empirestühlen gegenüber.

67

Unter dem Tisch gab ich B.T. einen Tritt gegen das Schienbein, mehr zärtlich als schmerzhaft. Er blinzelte mir zu.

„Lassen wir doch den dicken Louis", sagte ich.

„Ich weiß noch immer nicht genau, warum Sie ihm eine geklebt haben, Danielle", meinte B.T.

„Er versucht ständig, an mir herumzutapsen."

„Aha! Unverschämt, aber verständlich."

„Pardon, was kostet dieser russische Samowar, den Sie in Ihrem Laden haben?" mischte sich eine unbekannte Männerstimme in unser Gespräch. Ein Kunde, ein langer, hagerer Mann in einem grauen Tropicalanzug, war neben uns stehengeblieben. Er deutete ins Innere der Bude. Ich stieß noch einmal B.T. an und grinste ihm zu. Ich wußte, was jetzt kam.

„Wir machen gerade Mittagspause", klärte mein Vater den Kunden auf.

„Können Sie nicht wenigstens —"

„Nein."

„Hm." Der Kunde überlegte. „Wie lange dauert die Mittagspause?"

„Bis wir Kaffee getrunken und unsere Gauloises geraucht haben", sagte Papa ungerührt.

„Sie sind ja erst beim Camembert!"

„Richtig."

„Ich kann unmöglich solange warten. Ich muß wieder ins Geschäft."

„Wie bedauerlich."

„Ich möchte nur wissen, was er kostet. In einer Sekunde ist das gesagt. Nichts als eine Zahl!"

„Wir machen gerade Mittag, Monsieur", wiederholte mein Vater geduldig.

„Der Teufel soll Sie holen, Monsieur!"

„Er wird sich's überlegen, Monsieur."

Wütend machte der Hagere kehrt. Ohne ein Wort über ihn zu verlieren, steckte Papa ein dickes Stück Camembert in den Mund, kaute genußvoll und spülte mit einem halben Glas Rotwein nach. Ich beobachtete B.T. von der Seite und stellte fest, daß er meinen Vater mit mühsam verheimlichter Faszination anschaute. B.T. hatte etwas gelernt, die Szene eben hatte schon Vorhandenes in ihm geweckt.

Mein Vater war zwar nur ein grauhaariger Mann in Hemdsärmeln und Hosenträgern, der im Schatten seiner wenig eleganten Bude saß und eine einfache Mahlzeit genoß. Er war sich keineswegs zu fein, um außer mit Schmuck, schönen alten Möbeln und Porzellan auch mit getragenen Kleidern und Pfennigramsch zu handeln. Aber er war ein freier Mann. Das hatte er einem Kunden, sich selbst und uns bewiesen.

„Ich fange an, in Monsieur Dorsat mehr zu sehen als den Vater einer bezaubernden Tochter", erklärte B.T.

„Übernehmen Sie sich nicht", sagte Papa.

Nach dem Essen schoben wir das Geschirr zur Seite. Ich füllte das kleine Kupferkännchen, um darin auf einem Spirituskocher Mokka zu kochen. Papa bot mir und B.T. Gauloises an und steckte sich selbst eine in den Mund. Wir lehnten uns behaglich zurück und stießen Qualmwölkchen gegen den silberblauen Himmel.

„Sind Sie schon lange in Paris?"

Mein Vater stellte die Frage scheinbar ohne besonderes Interesse und sah dabei zwei eleganten Engländerinnen nach, die zwischen den Buden dahinstöckelten. Ich ließ mich nicht täuschen. Er war mehr als neugierig, Näheres über B.T. zu erfahren. Ein Mann, den ihm seine Tochter sofort nach dem Kennenlernen vorführte, schien ihm ein kleines Verhör wert zu sein. Auch konnte nicht einmal ein Vater übersehen, daß B.T. etwas Besonderes war.

„Ich bin noch nicht lange in Paris", antwortete B.T. Dann rauchte er wieder und schwieg, er machte es meinem neugierigen Vater nicht leicht.

„Mai in Paris... eine schöne Zeit zum Ferienmachen."

„Ich mache keine Ferien. Es sieht nur so aus. Das heißt, ich habe eine hübsche Menge freie Zeit."

„Tatsächlich?" – „Ja."

„Was tun Sie, wenn Sie keine freie Zeit haben?" mußte mein Vater schließlich doch direkt fragen.

„Ach, wissen Sie, ich studiere so herum. Philosophie, Sprachen, Literatur. Leider bin ich kein Millionär. Einen Teil meines Studiums finanziert mein Bruder. Aber nur einen Teil. Deshalb fotografiere ich für deutsche Zeitschriften, um mir ein bißchen was nebenher zu verdienen. Das ist gar nicht so angenehm, wie es klingt. Zum Glück hat man mich gebeten, ein Fotobuch über Paris zu machen, für einen deutsch-englischen Verlag. Mit Tips für Touristen und so was."

„Lohnt sich das?"

„Ich kann mich nicht beschweren. Es ist ein fester Auftrag, verstehen Sie. Mit einem schriftlichen Vertrag und Spesen und so weiter. Vorschuß natürlich auch."

„Natürlich auch." Mein Vater lachte, B.T. gefiel ihm. „Anders gesagt, Monsieur: Sie verzehren in aller Gemütsruhe ein Ei, das noch nicht gelegt ist."

„Was wollen Sie?" fragte B.T. amüsiert. „Ich bin kein Beamter. Ich muß das Leben nehmen, wie und wo es sich mir bietet."

„Und wie bietet es sich Ihnen zur Zeit?"
„Unvergleichlich", antwortete er und sah mich an.

Von Ferne her schwebten die Glockenklänge von Notre-
Dame über das Wasser. Mitternacht. Ein voller Mond
hing als Märchenlampion über Paris. Sein Licht schimmerte in dem großen Fluß, dessen eilige Wellen es aus-
einanderzittern ließen und wieder zu einer verzerrten
Scheibe vereinten. Der Lärm und die Lichterfassaden lagen
irgendwo hinten weit weg, jenseits. Die Gegenwart war
lautlos in einen Zustand der Verzauberung geglitten. B.T.
und ich standen wieder an der Seine.

Für unser Rendezvous am Abend hatte ich die Blue
Jeans mit einem ärmellosen, sehr enganliegenden, sehr kurzen Kleid aus dunkelgrünem irischen Leinen vertauscht.
Ich wollte B.T. zeigen, daß ich schlanke Arme und hübsche Beine hatte. B.T. trug stolz seinen hellen Sommer-
anzug, ein aus Bequemlichkeit und Sparsamkeit bisher
kaum benütztes Galastück für besondere Gelegenheiten.

Wir hatten uns zum Aperitif im Café de la Paix getroffen und unsere gemeinsame Liebe zum Absinth fest-
gestellt. Anschließend saßen wir in einem Restaurant am
Boulevard Malesherbes. Im Cinéma des Champs Elysées
übten wir im Dunkeln zum erstenmal das Händehalten.

Nun waren wir zu dem Ort zurückgekehrt, an dem wir
uns heute vormittag kennengelernt hatten. Nachdem wir
eine Weile den Mond im Wasser bewundert hatten, stiegen wir vom Quai zur Place de l'Alma hoch. Ich erwartete,
B.T. würde vielleicht zärtlich werden, aber seine Gedanken kreisten um ganz andere Dinge.

„Werden Sie einmal das Geschäft Ihres Vaters übernehmen?" fragte er.

„Ja. Ganz bestimmt. Ich liebe dieses Milieu. Es ist die Welt, in der ich aufgewachsen bin, und ich möchte weiter in ihr leben."

„Können Sie das überhaupt? Man muß viel wissen und verstehen und immer auf dem laufenden sein."

„Natürlich kann ich das."

„Reicht das Geld, das man da verdient, einigermaßen zum Existieren?"

Ich lachte. „Lassen Sie sich durch das legere Äußere von Papa nicht täuschen. Das gehört zu seinem Beruf und allerdings auch zu seinem Naturell. Aber von dem, was er verdient, könnte eine große Familie fabelhaft leben."

„Das klingt ja sehr erfreulich!" sagte er interessiert und hängte sich bei mir ein.

„Das soll uns Franzosen mal einer nachmachen", sagte ich ein wenig später, als wir in B.T.'s alten Zweisitzer kletterten und das Verdeck zurückschlugen.

„Was?"

„Diese Luft." Ich schnupperte in den lauen Nachthimmel. „Die wunderbare Luft von Paris. Mag schon sein, daß es irgendwo eine gibt, die weniger nach Benzin stinkt. Na, wenn schon! So aufregend wie die Luft von Paris ist sie auf keinen Fall. Ausgeschlossen."

„Ausgeschlossen!" spottete er.

„Wohin fahren wir jetzt? Was sollen wir noch unternehmen?"

„Natürlich verreisen wir."

„Ach, wir verreisen natürlich." Unter den zahlreichen romantischen Vorstellungen, die in meinem Kopf über das umgingen, was wir in den nächsten Stunden tun würden, war diese Idee nicht gewesen. „Weit?"

„Sehr weit weg, ja."

„Ich fürchte, das wird nicht gehen", meinte ich und kam mir alt und spießig vor.

„Nein?"

„Wissen Sie, ich muß mich doch um meinen Vater kümmern und habe auch sonst einiges zu tun, obwohl es nicht so aussieht — genau wie bei Ihnen."

„Dann machen wir einfach eine Reise durch Paris", erklärte B.T. ungeniert. Sein Tonfall verriet, daß ich mit meiner Weigerung keine Illusionen zerstört hatte.

„Wunderbar!" rief ich begeistert. „Eine nächtliche Reise durch meine Stadt, die schönste Stadt der Welt. Wissen Sie was? Jeder von uns darf sich abwechselnd eine Station wünschen, zu der wir fahren."

„Los Danielle! Sie fangen an."

„Trocadéro!" sagte ich.

Er schaltete die Zündung ein. Ein müdes Orgeln, das beängstigend rasch müder wurde, war das Resultat. B.T. legte eine kleine Pause ein und schob mir und sich eine Zigarette in den Mund, um die Panne zu vertuschen. Dann probierte er es noch einmal. Ein müdes Gurgeln, das schnell vergurgelte — sonst nichts.

Ich bekam einen Lachkrampf. „Schon am Ziel? So schnell bin ich noch nie von der Place de l'Alma zum Trocadéro gekommen", sagte ich schließlich atemlos.

„Sie nehmen mich und meinen Rennwagen nicht ernst", brummte B.T.

Ohne Überzeugung drehte er ein drittes Mal den Zündschlüssel um. Eine donnernde Fehlzündung dröhnte wie der Abschuß eines schweren Böllers, gleich darauf noch eine. Im Rückspiegel sah ich schwere dunkle Benzinwolken, die sich über die nächtliche Place de l'Alma wälzten.

„Monsieur B.T., horchen Sie!" flüsterte ich.

73

„Was?" – „Der Motor!"

Tatsächlich, das Wunder war geschehen. Der Motor lief — lief nicht wie früher schlecht und recht, sondern schnurrte wie ein geölter Hauskater.

„So habe ich ihn nicht mehr gehört, seit ihn ein Gebrauchtwagenhändler meinem Bruder Gregor aus vierter oder fünfter Hand aufgeschwatzt hat", erklärte B.T. „Das Auto ist ein Geschenk meines Bruders, wissen Sie." Wir legten die kurze Strecke zum Trocadéro in Bestzeit zurück. „Champs Elysées!" wünschte sich B.T. dort.

Wieder fuhren wir, zumindest nach B.T.'s Behauptung, eine neue Rekordzeit.

„Opéra!" wünschte ich mir.

„Louvre!"

„Notre-Dame!"

„Montmartre, Sacré-Coeur!"

Es war stiller geworden in den Straßen und auf den Plätzen von Paris. Natürlich waren noch Nachtwandler unterwegs, einsame Männer, Pärchen, ab und zu Taxis, Privatautos und Motorroller, Radfahrer. Aber verglichen mit dem Strom, der sich tags durch die Boulevards und Avenuen kämpfte, wirkte der Verkehr jetzt nur noch wie ein versickerndes Rinnsal. Der Alltag schlief. Im Zwischenreich zwischen der ganz späten Nacht und dem ganz frühen Morgen erstarrte die Stadt zu einer vorübergleitenden Theaterkulisse. Ich steckte eine neue Zigarette an und begann, leise vor mich hinzupfeifen, weil ich über mir die Schwingen der Unwirklichkeit, eines Traumes spürte.

Auch B.T. fühlte sie. Er erschauerte leicht. Er zog mir mit der Rechten die Zigarette aus dem Mund, zündete sich damit selbst eine an und schob mir meine Zigarette zwischen die Lippen zurück. Wir schwiegen.

Manchmal warf ich B.T. einen kurzen Blick aus den Augenwinkeln zu. Er merkte es nicht. Er saß ganz ruhig am Steuer und sah aus nächtlichen Augen auf die vorbeigleitenden Häuserzeilen meiner Heimatstadt, die sich verwandelt hatte und die märchenhaft unbekannt und ungewiß wie eine Stadt irgendwo ganz in der Ferne geworden war, durch die er und ich zum erstenmal im Leben fuhren.

Ich achtete nicht auf den Weg. Alleen, deren alte Bäume mit massiven schwarzen Rümpfen ihre Äste und blätterbeschuppten Zweige in den noch neonhellen Himmel reckten. Statuen im Dreivierteldunkel, Denkmäler für längst tote Generäle und Pferde. Metallisch schimmernde schmutzige Gitter vor dem Zugang in die Unterwelt, zu den Stationen der Métro. Häuser, grau, tot, riesig, im Stil des vergangenen Jahrhunderts erbaut, mit wuchtigen Fassaden und mehreren übereinanderliegenden Reihen von Mansardenfenstern. Erloschene Beleuchtungseffekte über den Plakaten und Eingängen der Vergnügungslokale und Touristenfallen. Weite Straßen, die sich zu noch weiteren runden oder eckigen Plätzen dehnten und in gewundene Gassen mündeten.

Paris auf der Schwelle zum neuen Tag.

Vielleicht war es mehr Zufall, daß wir nach einer Kreuz- und Querfahrt doch noch oben am Sacré-Coeur landeten, auf dem Hügel von Montmartre. Auf dem Platz vor der Kirche hielt B.T. an. Wir verließen den Wagen und gingen einige Schritte nach vorne. Hinter uns ragten die Kuppeln der Kirche hoch. Vor uns, unter uns, lag Paris, immer noch von Perlschnüren aus Lichtern durchzogen, ein Meer aus Parks, Plätzen, Straßenzügen und Gassen, aus mächtigen Geraden, Kreisen und engen Winkeln.

„So hab' ich Paris noch nie gesehen", sagte ich leise. „So noch nie."

„Ich auch nicht, Danielle."

„Hat Ihnen schon einmal eine Frau oder ein Mädchen gesagt, daß sie ein . . . ein seltenes Stück sind?"

„Machen Sie mich nicht verlegen", antwortete er und wirkte überhaupt nicht verlegen.

„Das ist natürlich Geschmacksache", schränkte ich ein. „Sie wären zum Beispiel ganz und gar nicht der Typ von Mama gewesen."

„Glauben Sie? Wir können sie ja mal fragen."

„Mama ist seit zehn Jahren tot. Ich war damals knapp neun."

„Entschuldigen Sie."

„Was gibt es da zu entschuldigen? Jedenfalls wären Sie nicht ihr Typ gewesen."

„Was hatte sie denn für einen Typ?" fragte er neugierig. Die Vorstellung, er hätte einer Frau nicht gefallen, schien ihn zu stören, auch wenn diese Frau längst tot war.

„Sie war ganz klein und zierlich. Deshalb hatte sie eine Schwäche für breite, bullige Kerle. Sie sind viel zu schlank."

„Aber Ihr Vater ist auch schlank, alles andere als bullig. Trotzdem ist er Ihr Vater. Das heißt, Ihre Mutter . . ."

„Tatsächlich", gab ich überrascht zu. „Dieser Gedanke ist mir noch nie gekommen. Er war nicht im geringsten ihr Typ. Wie er das wohl geschafft hat?"

„Das sollten Sie sein Geheimnis bleiben lassen."

„Warum?"

„Selbst ein Vater hat das Recht auf einige kleine Geheimnisse. Sogar seinen Töchtern gegenüber."

„Merkwürdige Ansichten haben Sie manchmal. Dabei haben Sie selbstverständlich unrecht."

„Selbstverständlich."

„Und ich werde Vater also nicht danach fragen", beschloß ich mit einer weiblichen Spielart der Logik.

Die Lokale, Kneipen und Künstlerkeller am Montmartre hatten geschlossen. Vielleicht malten die jungen Maler ihre Lieblingsmodelle jetzt im Mondschein, überlegte ich in einem Anfall von Romantik, an dem B.T.'s Nähe schuld war. Plötzlich mußte ich gähnen.

„Müde?" fragte B.T.

„Auf einmal. Zum Umfallen."

„Fahren wir?"

„Ich glaube, ja."

„Wohin?"

„Nach Hause."

„Wo ist das?"

„Monsieur!" Ich hatte ihn genau verstanden, und im Grunde wollte ich das gleiche wie er. Doch ich hatte Angst, wenn ich ihm schon nachgab, würde ich mich billig machen. „Zu Hause, das ist für Sie in Ihrem Hotel. Und für mich . . . nun, zu Hause eben. Bei meinem Vater."

„Bei Ihrem Vater."

„Wir kennen uns erst seit heute vormittag", sagte ich möglichst ernst. „Würde es Ihnen gefallen, wenn ich jetzt mit Ihnen fahre? Würde Ihnen das auch morgen noch gefallen?"

Ich merkte, wie er „ja" sagen wollte, weil er es sich im Augenblick einbildete. „Nein", antwortete er zögernd. „Natürlich nicht. Verzeihen Sie bitte. Es ist wohl nicht so schlimm, wenn ich Sie im Bett haben möchte?"

„Das Gegenteil wäre eine Unverschämtheit. Und jetzt, bitte, fahren Sie mich nach Hause."

Gemessen an den Entfernungen, die wir in dieser Nacht

zurückgelegt hatten, war der letzte Teil der Fahrt ein halber Katzensprung. Mein Vater und ich wohnten in einem schmalen Sträßchen des Faubourg Montmartre. Der Hauch einer Morgendämmerung lag über den Dächern, als wir vor dem alten schwarzgrauen Mietshaus hielten.

In einem Zimmer des zweiten Stocks brannte Licht. Sein Schein traf einen weit aus dem offenen Fenster gebeugten Kopf, dessen Gesicht im Dunkeln blieb. Ich schaute in die Höhe. Da wurde ich von oben angerufen.

„Danielle!" Das war Papa.

„Ja, Papa." Ich sprang aus dem Wagen. „Warum bist du wach? Geht's dir nicht gut?"

„Mir schon, aber —"

„Was?"

„Eine schlechte Nachricht für dich, aus Amiens. So komm schon rein!"

Ich machte zwei Schritte auf die Haustür zu. Dann blieb ich stehen und drehte mich um. „Kommen Sie mit!" Ich hörte selbst die Panik, die aus meiner Stimme klang.

B.T. zögerte. „Glauben Sie nicht, ich —"

„Sie sollen mitkommen!"

Ohne mich weiter um ihn zu kümmern, rannte ich ins Haus. Ihm blieb nichts übrig, als mir zu folgen. Erst im zweiten Stock, vor der Tür mit dem schwärzlich angelaufenen Namensschild DORSAT, holte er mich ein.

„Sie haben ein dringendes Telegramm geschickt", sagte mein Vater statt einer Begrüßung. „Es ist vor drei Stunden bei mir abgegeben worden. Seitdem warte ich auf dich." Er stand in seinem verschlissenen blauen Bademantel, übernächtigt, im matt beleuchteten Flur unserer Wohnung und blickte mich vorwurfsvoll an. „Wo steckst du so lange?"

78

„Ich ... wir ...“

„Ach so.“ Erst jetzt bemerkte er B.T. und streckte ihm die Hand entgegen. „Guten Abend. Oder gute Nacht. Oder soll ich guten Morgen sagen?“

„Wie es Ihnen gefällt“, meinte B.T. ein wenig verlegen.

„So erzähl schon!“ fuhr ich dazwischen. „Was ist mit dem Telegramm los? Was haben sie telegrafiert?“

„Roger bittet dich, sofort zu kommen.“

„Ist es soweit?“

„Ich fürchte, ja.“

„Bring mir bitte den kleinen gelben Koffer, Papa.“

Mein Vater verschwand durch die Tür, die vom Flur nach links abzweigte. Gleich darauf hörten wir ihn rumoren und fluchen. Ich trat von einem Fuß auf den anderen und biß die Lippen aufeinander, um nicht zu weinen. Als ich B.T. ansah, merkte ich, daß ihm die Aufregung um den ihm unbekannten Roger sehr mißfiel.

„Wer ist das?“ fragte er.

„Wie? Wer?“

„Dieser Roger.“ Er sagte es gepreßt. Obwohl nichts ihn dazu berechtigte, litt er unter einem scheußlichen Gefühl: der Eifersucht.

„Machen Sie sich nicht lächerlich“, sagte ich heftiger, als ich beabsichtigt hatte, und fügte, nicht gerade beruhigend für ihn, zur Erklärung hinzu: „Roger ist ein junger Mann.“

„Tatsächlich!“

„Er bittet mich, sofort zu ihm zu fahren. Er hat seine Gründe. Ernste Gründe.“

„Gründe mitten in der Nacht!“

„Er war früher in Paris. Seit ein paar Jahren wohnt er in Amiens, und ... und ...“ Ich drehte mich um. Er sollte meine Tränen nicht sehen.

„Wer ist dieser jugendliche Held?" fragte er, und er mußte wissen, wie geschmacklos er war. „Sie lieben ihn wohl?"

Ich drehte mich wieder um, es war mir nun gleichgültig, wenn er die Tränen in meinen Augen bemerkte. „Es geht Sie zwar nichts an, Monsieur. Aber weil Sie es unbedingt wissen wollen: Roger ist ein junger Mann, den ich sehr liebe. Er hat Blutkrebs, und dies sind seine letzten Tage oder Wochen. Er will, daß ich jetzt bei ihm bin."

„Und ich?" fragte B. T. Sein schmales Gesicht verriet, er war zutiefst gekränkt, und ich begriff nicht, was er meinte.

„Wie soll ich das verstehen?"

„Ich verlasse Paris in fünf oder sechs Wochen", versuchte er zu erklären. „Sie müssen hierbleiben, bei mir. Das mit uns hat erst angefangen."

„Aber Roger geht doch vor! Ein junger Mann, der stirbt!"

„Ich gehe vor", sagte er, und ich merkte, er meinte es ganz ernst. „Ich gehe immer vor. Sie müssen wählen, Danielle."

„Ich habe schon gewählt", antwortete ich und nahm meinem Vater den Koffer aus der Hand.

B. T. zögerte noch einen Augenblick, als könne er meine Entscheidung nicht glauben. Dann erkannte er, es war mir ernst. Ein Ausdruck des Staunens erschien in seinem Gesicht. Achselzuckend wandte er sich um und ging.

Von der Zärtlichkeit, mit der die Luft von Paris seit gestern vormittag erfüllt gewesen war, blieb nichts zurück. B. T. tat mir leid.

Der Wind auf dem Hügel peitschte knatternd die von
zwei Mädchen mit vor Anstrengung zusammengebissenen
Lippen gehaltene weiße Seidenschleppe und ließ den Spit-
zenschleier wie eine Turmfahne flattern, als sei das Ganze
nur malerisch für die Kameras eingerichtet und im Hintergrund der Szene jaulten unsichtbar Hollywoods vielbe-
schäftigte Windmaschinen, Hochzeit wie sie im Drehbuch
steht, Happy-end, Ende des Films, und die Ausgänge sind
bitte rechts. Die Braut war groß, schlank und, wie jeder
sehen konnte und wie jeder sah, für die Liebe gewachsen,
denn entgegen den dezenten Absichten des Schneiders mo-
dellierte der starke Wind die Vorzüge ihres Körpers in
Seide, Neid war am Platze und traf je nach Geschlecht des
Hochzeitsgastes den Bräutigam oder die Braut, deren
schönes Gesicht unter blonden Locken in der Freude der
Stunde schimmerte, und niemand, der an diesem Vormittag Clarissa so auf die Kapelle zuwandeln sah, konnte sich

vorstellen, daß sie siebzehn Jahre später ihren Mann auf eine kleine schäbige Party im Stil der beliebten Provinzstadtschmutzereien schicken würde, weil es Vorteil bergen konnte oder weil er ihr nichts mehr bedeutete.

B.T. hängte die Fotografie auf ihren Platz an der Seitenwand des Bücherregals zurück, neben den Scherenschnitt einer Tänzerin in koketten Dessous. Er besaß selbstverständlich noch eine Unzahl anderer Bilder von seiner Hochzeit, drei Fotografen hatten das Brautpaar und die Gäste vom Anfang bis zum Ende umwedelt und Spule für Spule durch ihre Apparate geklickt, aber er liebte nur dieses eine so, daß er es aufgehängt hatte, vielleicht mochte er den vielen Toten unter den fröhlichen Hochzeitsgästen nicht mehr begegnen, vielleicht wollte er selbst nicht zu sich in die Vergangenheit hinuntersteigen, so allein entsprach die Stunde der wirklichen Bedeutung, die sie besessen hatte, nur Clarissa, begleitet von einer schattenrißhaften Gestalt, die Stunde der Braut.

Und doch war es zugleich die Stunde eines Mannes gewesen, nicht des Bräutigams, sondern eines Verzweifelten, Unberücksichtigten, die absolut negative Stunde eines Menschen, der sinnlos gegen sein Wissen gehofft hatte und nun erst mit einem geradezu metaphysischen Entsetzen in sich aufnahm, daß ihm endgültig entglitt, wofür er bis zum letzten Augenblick zu kämpfen glaubte, ein Irrtum, denn er war von Anfang an der einzige gewesen, der hier kämpfte, der andere hatte nicht eine Faust, nicht einen Finger gerührt, es war ein Schattenboxen gegen einen Feind, der schon beim ersten Gongschlag kein Gegner mehr gewesen war, sondern längst der Sieger.

Gerade hatte B.T. auf der windumbrausten Kuppe des Hügels ein kurzes Scherzgespräch mit einem Freund beendet, die letzten Minuten eines ledigen Mannes, Mut alter Junge und ein blödsinnig lustig eingekniffenes Auge, er hielt den Zylinder mit der linken Hand am Kopf fest und wollte, während die Frackschöße in Flossenschlägen um ihn schwammen, Clarissa und dem Gros der Hochzeitsgäste in die Kapelle folgen, da fühlte er die aufgeregte Hand auf der Schulter. Er wandte sich um und sah in ein Gesicht, das er so nicht kannte. Grobmassig damals schon, mit wulstigem Mund und hoher und trotzdem unschöner Stirn, leuchtete es diesmal nicht in vulgär prallem Rot, sondern war mattes Altweiß mit Quittenflecken, fast durchgeistigt und wie in seiner Einheit aufgerissen und zerlaufend, ein Mond aus Käse, der die Konsistenz verlor.

„Du kannst sie nicht heiraten", sagte Persotzky mit einer fremden Glasstimme, die so schwach war, daß B.T. sie kaum verstand, bevor der Wind sie über den Hang hinab fortriß. „Das kannst du nicht."

„Wie meinst du das?" fragte B.T. nervös und sah sich um Hilfe um, aber Hilfe kam nicht, im Gegenteil, seine Cousine und ihr Mann, die über den Stoppelrasen auf ihn zugegangen waren, drehten um, als sie Persotzky erkannten, flohen gemessenen Schrittes, das hier war nicht ihre Angelegenheit.

„Du darfst einfach nicht."

„Woher weißt du überhaupt davon?"

„Ich habe es im letzten Moment erfahren."

„Wir wollten dich schonen."

„War es wirklich nur das?"

B.T. antwortete nicht. Selbstredend war es nicht der übertriebene Wunsch nach Schonung einer zarten Seele gewesen, weshalb er Persotzky durch eine Mauer aus Verheimlichung von der Hochzeitszeremonie fernzuhalten gehofft hatte, sondern die Möglichkeit eines Unbehagens, ihn als Figur des Protests gegen die stattfindende Szene auftreten sehen zu müssen, aufgeregt, für die Versammelten unstandesgemäß, zutiefst verzweifelnd, störend, in einem seiner schmerzend häßlichen genoppten Sportsakkos das Bild der festlichen Garderoben vergewaltigend, genauso, wie er es nun tat.

„Clarissa und du, ihr bleibt gute Freunde", sagte B.T. leer. „Anderes wart ihr ohnehin nie."

„Weißt du das so sicher?"

„Ja. Ganz sicher."

Persotzky versuchte nicht mehr, seinen Haß zu verbergen, und B.T. gestand sich seinen Fehler sofort ein. Es war unklug gewesen, dem anderen auf die Narbe zu schlagen, denn genau dort saß der Schmerz, wer weiß, ob Persotzky, hätte ihm Clarissa nur ein einziges Mal den Eingang zu dem geöffnet, was er für einen Garten Eden halten mußte, dann weiterhin in seiner heißen Phantasie überschätzt haben würde, was zwar annehmlich, aber doch eben nicht zu überschätzen war.

„Du hast sie mir gestohlen!" Zum erstenmal im Leben stotterte Persotzky.

„Bestimmt weißt du, daß das Unsinn ist", antwortete B.T. und wiederholte sich eine schon früher getroffene Erkenntnis, daß Menschen im Schmerz an einfachstem Geschmack verlieren und Groschenroman sprechen. „Ich kann die Gesellschaft unmöglich länger warten lassen."

„Aber ich habe sie zuerst gekannt. Das willst du doch nicht leugnen." Er war nicht mehr in der Lage, einen Dialog zu führen, das Brüllen der Gedanken unter seiner Schädeldecke blockierte jede fremde Mitteilung.

Gewiß, wörtlich genommen, ohne jede Ahnung von

Hintergründen, stimmte diese Behauptung. Clarissa war Schülerin der Journalistenschule gewesen, Laune und falsch verstandene Romantik einer zu früh eleganten Tochter aus reichem Haus, und während ganzer zwei Doppelstunden in der Woche gockelte der damals minderbezahlte kleine Redakteur Persotzky dort als Lehrer, und es ließ sich nicht sagen, was er notwendiger brauchte, das Zusatztaschengeld oder den Auftritt vor jungen, ihm an Habitus bereits überlegenen Männern und teilweise attraktiven Mädchen, er schmeichelte sich, Bewunderung zu schlürfen, obwohl sein Lehrfach nicht das Üppigste war, der Marktbericht und die chiens écrasés. Immerhin zählte, was er lehrte, wie er es nannte, als Examensfach, Clarissa als seine leuchtendste und plump bevorzugte Schülerin übernahm die Aufgabe, ihn kurz vor dem Prüfungstermin zu einer glänzenden Party der Klasse zu bitten, niemand spürte Lust, für Persotzky und sein Fach Lächerliches zu pauken, und da gleichzeitig auch niemand durch die Falltür schlechter Zensuren stürzen wollte, galt es, den Lehrer rechtzeitig ohne handgreifliche Bestechung zu korrumpieren. In Clarissas weißem Sportwagen fuhren sie an einem warmen Sommerabend zu dem Bungalow am Stadtrand, den der Vater eines der Schüler für wenige Tage einer Geschäftsreise wegen verlassen hatte, ihrer Gewohnheit folgend hatte Clarissa sich verspätet und hatte den vor Nervosität berstenden Persotzky mit einer runden Stunde Verspätung vor seinem Haus aufgekarrt, und sie mußte ihn auf der Fahrt durch besondere Freundlichkeit wieder lockern, was, wie sie B.T. später schilderte, dadurch erschwert wurde, daß sie noch nie einen Mann getroffen hatte, dem ein Smoking auch nur annähernd so miserabel zu Gesicht und zu Leibe stand. Jedenfalls saß die andere Gesellschaft längst vollzählig auf Kissen und Matratzen am Rand des scheußlich illuminierten Seerosenteichs, der noch jugendliche B.T. unter ihnen, der eingeladen war, weil er blendend aussah und mit zwei Schülerinnen der Journalistenklasse ein Verhältnis pflegte, mit den blauschwarz-haarigen Stocker-Zwillingen, er hatte vor wenigen Minuten, um der drohenden Öde der Veranstaltung vorzubeugen, Marihuana-Zigaretten verteilt und alle rauchten eifrig, da trat endlich mit idiotischem Besitzerstolz Persotzky neben Clarissa aus der Kulisse einer Ligusterhecke und insofern, aber nur insofern, war es richtig, daß Clarissa zuerst mit Persotzky zusammengewesen war, bevor B.T. sie zum erstenmal sah und sofort begehrte, nicht zuletzt deshalb, weil ihr blondes Benehmen zu dem der Stocker-Mädchen so kontrastierte.

Längst empfand B.T. Abscheu, wenn er an die Rampe vortreten sollte, er war für Solonummern ohne Publikum, bestenfalls Duette, und auch in jenen jungen Tagen bezog er Wirkung und Erfolg lieber aus halbblauten, elektrisch knisternden Worten und fast stilisierten, gleichsam zurückgenommenen Ausdrucksmitteln. So war es für ihn und die anderen, die ihn kannten, schon ein ungewohnter Auftritt, wie er seinen Platz am Teich verließ, zwei volle Champagnergläser von der Gartenbar nahm und damit, einer Eingebung folgend, Clarissa und Persotzky fast feierlich entgegenging. Persotzky lächelte beglückt und streckte die Hand aus, aber beides entsprang Mißverständnissen, denn B.T. reichte ein Glas Clarissa und hob das zweite, sie stießen an und tranken und lächelten sich zu, und als sie die leeren Gläser sinken ließen, hatte der Funke schon gezündet, B.T. bot ihr seinen Arm, sie gingen redend eine halbe Stunde auf dem Rasen hin und her, mehrmals versuchte Persotzky, sich einzudrängen, aber er prallte ab wie ein Körper ohne jedes Gewicht, dann verließen Clarissa und B.T. die Einladung ohne ein Wort des Abschieds oder Kommentars, es gab keinen Persotzky mehr an diesem Abend und in dieser Nacht.

Als Persotzky vom nächsten Vormittag an aus dem Stadium der Verehrung zu einem Hagel von Sturmangriffen auf Clarissa überging, mit Heiratsangeboten, Auflauern hinter Häuserecken, Gegeifer, Selbstmorddrohungen, leidenschaftlichen Briefen, Ruf-Totschlagversuchen an B.T., indem er Wahres über ihn erzählte, hatte seine vorher anonyme Aussichtslosigkeit bereits die feste Kontur von B.T. angenommen, die sie bis zu dem Tag behielt, den man vergeblich aus seinem Terminkalender fernzuhalten gehofft hatte, den Tag der Hochzeit.

„Du darfst sie nicht heiraten", sagte Persotzky noch einmal. „Weil du sie nicht liebst wie ich."

Aber B.T. ließ ihn einfach stehen, allein, im Wind, halb verrückt vor Traurigkeit, ohne Antwort, Clarissa wartete, und es gibt Augenblicke, in denen wir nur lügen können oder töten oder schweigen.

Die Stocker-Zwillinge

Ich sah B.T. zum erstenmal in der kleinen Zweizimmer-
wohnung, die meine Zwillingsschwester und ich für die
Dauer unseres Kurses an der Journalistenschule gemietet
hatten.

Er muß damals schon den Schlüssel für unsere Wohnung
gehabt haben, denn er kam herein, ohne zu läuten. Ich
hörte nur draußen die Tür ins Schloß fallen, und dann
trat er ins Zimmer und sah genauso aus, wie ich ihn mir
vorgestellt hatte, und auch ganz anders.

„Hallo!" sagte er zur Begrüßung. „So wohnt du also."

„Hallo", antwortete ich überrascht.

Ich erwartete, B.T. würde sich vielleicht setzen und
etwas erzählen oder erklären, aber er dachte nicht daran.
Er ging im Zimmer umher, musterte die Poster an den
Wänden, betrachtete interessiert den Schallplattenberg am
Boden und die Stereo-Anlage, würdigte die drei moder-
nen, orangefarbenen Plastiksessel keines Blicks und prüfte

unverschämt mit der Hand die Qualität des mit einem orientalischen Teppich bedeckten Französischen Bettes. Obwohl er dabei keine Miene verzog, hatte ich das Gefühl, daß ihm das alles nicht sehr gut gefiel.

B.T. war groß und jung und schlank und hatte eines jener schmalen Gesichter, bei denen Frauen sofort glauben, daß ein Mann mit einem solchen Gesicht ein Herr sein muß, was immer das letzten Endes sein mag. Er trug ein dunkelblaues, fabelhaft geschnittenes Sakko zur hellgrauen Hose und eine dezente Schottenkrawatte auf weißem Hemd. Obwohl wir damals schon anfingen, solche Kombinationen als unschicken Opazopf zu empfinden, kamen wir nie auf die Idee, für B.T. könnte eine aufgelockerte Kleidung angemessen sein.

„Und was ist das da?" fragte er und wandte sich zu mir um.

Ich trat neben ihn. Er hielt das helle, an den Seiten filigran ausgesägte Döschen in der Hand, das Geschenk eines gutgewachsenen Studenten aus Kenia, der sich damit bei mir bedankt hatte. Leider hatte der Gute aus einem geringfügigen Anlaß durchgedreht, einen Professor verprügelt und den Hörsaal verwüstet, wofür er abgeschoben worden war, ein Opfer seiner zu kräftigen Muskeln und seines Minderwertigkeitskomplexes.

„Das ist aus einem Elefantenstoßzahn gesägt", antwortete ich, ohne auf die Geschichte einzugehen. „Es kommt aus Kenia."

„Hübsch." B.T. stellt die Dose auf den Tisch zurück und lächelte zum ersten Mal. Er drehte sich ganz zu mir herum. „Wir haben ja das kleine Muttermal noch gar nicht begrüßt", murmelte er.

„Was?" fragte ich. „Was haben wir nicht?"

Statt einer Antwort begann er, mir die Bluse aufzuknöpfen. Er beugte sich vor, um mich zwischen die Brüste zu küssen. Doch obwohl ich dort einwandfrei gebaut bin, führte er sein Vorhaben nicht aus, sondern hob überrascht den Kopf.

„Da ist ja gar kein Muttermal", sagte er nachdenklich. „Wo ist es hingekommen?"

„Bei mir!" rief Verena, die eben das Zimmer betrat und seine letzten Worte noch verstanden hatte. „Du hast meine Zwillingsschwester Ada mit mir verwechselt. Verena mit dem Muttermal bin ich."

„Eine Verwechslung!" Seine Augen wanderten amüsiert zwischen mir und Verena hin und her. „Und sie sagt kein Wort. Wie mir das peinlich ist."

„Das muß Ihnen nicht peinlich sein", meinte ich. „Wir werden häufig verwechselt."

„So." Er überlegte, und dann sah man förmlich, wie ihm ein Gedanke, den er lustig fand, durch den Kopf schoß. „Wer sagt mir, daß das tatsächlich Verena ist, und nicht ihr zweiter Drilling?"

Verena stieß ein wütendes Zischen aus. B.T. kümmerte sich nicht darum, sondern öffnete mit Eleganz auch ihre Bluse. Er ließ ein befriedigtes „Also keine Drillinge!" hören, neigte den Kopf und gab Verenas Muttermal einen Wiedersehenskuß.

Obwohl meine Schwester und ich wenig zur Befangenheit neigen, waren wir B.T. dankbar, wie souverän er die ungewöhnliche Situation überspielte und die Handlung vorantrieb. Er ging zur Stereoanlage, schaltete sie ein und begann, in den Schallplatten herumzusuchen. Was er fand, befriedigte ihn nicht.

„Habt ihr keine klassische Musik?"

„Doch, sie liegt ganz unten im Stoß", antwortete ich. „So ein komischer Typ vom Staatsorchester hat sie uns einmal mitgebracht. Aber um die Wahrheit zu gestehen, wir brauchen sie kaum. Bei der Musik wird keiner warm."

„Es kommt ganz darauf an."

Er drehte den Plattenstapel um, suchte nochmals kurz und legte eine Platte auf den Teller. Eine klassische und dennoch beschwingte Musik erklang.

„Mozart", erklärte B.T.

„Und was ist das genau?" wollte Verena wissen.

Er stellte sich zwischen uns, legte seinen rechten Arm um mich und seinen linken um Verena. Als sei nie an etwas anderes gedacht gewesen, führte er uns zu dem großen Französischen Bett mit dem orientalischen Teppichüberwurf.

„Das", sagte B.T., „ist ein Trio."

Leider blieb es nicht Mozart. In B.T.'s Verhalten traten Veränderungen ein, das heißt wohl besser, er änderte sich nicht, er weigerte sich vielmehr, sich uns weiter aufzuschließen. Obwohl ihn Verena, bevor er in unsere Wohnung gekommen war, nur ein paarmal getroffen hatte, mußte sie Schwierigkeiten vorausgesehen haben. Deshalb hatte sie einer Ausweitung zum Trio sofort zugestimmt, aber es war ein Irrtum gewesen. Der Mann, den sie allein nicht in den Griff bekommen konnte, war für zwei Frauen noch viel weniger zu fassen.

Was Verena und mir an dieser Situation an die Nerven ging, war kaum die Tatsache an sich, als der Umstand, daß wir nicht erkennen konnten, woran es lag. Im körperlichen Umgang mit uns beiden ließ B.T. keinerlei Vorbehalte oder Reserven erkennen. Im Gegenteil. Er war, um

91

ein Bild aus seiner manchmal lästig werdenden klassischen Musik zu verwenden, ein vorzüglicher Instrumentalist, der auf dem Klavier der Lust das piano genauso gut beherrschte wie die Pedale.

„Der hat uns in unserer zoologischen Männchensammlung gerade noch gefehlt", sagte Verena eines Nachts zu mir. Wir hatten versucht, B.T. so geschickt zur Person zu interviewen, wie wir das auf unserer Journalistenschule und im Psychologiekurs gelernt hatten. Aber er hatte uns lächelnd auf Distanz gehalten und irgendwann einmal unbemerkt einen Bogen geschlagen. Plötzlich waren wir es, die ihm erzählten, warum wir unsere Mutter haßten und was wir tun würden, wenn wir Königinnen eines Eingeborenenstammes wären. Als wir das Rad zurückdrehen wollten, war er geschickt, und wieder als vorzüglicher Instrumentalist, zum Wesentlichen gekommen und dann gegangen. Nun lagen Verena und ich etwas echauffiert auf dem Französischen Bett und ärgerten uns, daß wir uns schon wieder über ihn unterhielten, weil er uns beschäftigte.

„Wollen wir ihn abstoßen?" fragte ich zweifelnd. „Einfach nicht mehr sehen?"

„Nein, Ada. Nein." Verena strich sich die Haare aus der Stirn, sie waren genauso lang und blauschwarz wie die meinen, und sie versuchte zu erklären, warum wir uns von B.T. noch nicht trennen durften. „Bisher haben wir mit Männern immer dann Schluß gemacht, wenn wir sie zu genau kannten. Das war nach einer Nacht oder nach Monaten. Willst du behaupten, daß du B.T. zu genau kennst?"

Ich schüttelte den Kopf.

„Siehst du. Außerdem ist B.T. ein Mann, um den uns

viele beneiden", schloß sie etwas unlogisch und stand auf, um in ihr Zimmer hinüberzugehen. „Warum sollten wir ihn jetzt schon freiwillig irgendeiner Ziege überlassen?"

Ein wesentlicher Tag in den Beziehungen zwischen uns und B.T. war, glaube ich, der Tag der Flußbootfahrt mit ihm und den zwei schrecklichen Familien. Er hatte uns dazu überredet, indem er unseren Sinn für das Skurrile ansprach und seine ungewohnte Begeisterung auf uns übertrug.

„Stellt euch vor, da habe ich zwei Familien kennengelernt, die geschworen haben, nur noch auf ihrem Flußboot zu leben und nie mehr festen Boden zu betreten", erzählte er, und wir merkten, daß etwas in seinem Kern dadurch angesprochen wurde.

„Warum tun sie das?" fragte ich.

„Warum, warum?" Er schüttelte ungeduldig den Kopf. „Sie tun es, ohne es zu erklären. Wahrscheinlich empfinden sie es als ein Symbol."

„Und wer kauft ein, was sie brauchen?" erkundigte sich Verena mit ihrem Sinn fürs Praktische. „Um einzukaufen, muß man das Boot verlassen und an Land gehen."

„Der Bootsmann oder Kapitän oder wie ihr ihn nennen wollt. Er hat nichts geschworen. Wahrscheinlich hält er auch nichts von Symbolen."

„Von was leben sie? Was arbeiten sie? Was tun sie?"

„Ich nehme an, sie beschäftigen sich mit sich selbst", meinte B.T., und ich merkte, daß ihm unsere Fragen nicht gefielen. „Natürlich tun sie was. Aber im vulgären Sinne arbeiten werden sie wohl kaum."

„Ach so", warf ich ein und freute mich, einem Geheimnis auf der Spur zu sein. „Sie haben Geld."

B.T., der sonst nie die Fassung verlor, mußte erst nachdenken, bevor er zu meiner Bemerkung Stellung nahm.

„Natürlich", antwortete er in einem Ton, als hätte ich eine Dummheit gesagt. „Natürlich haben sie Geld."

Das Schiff, auf dem die zwei Familien wohnten, die natürlich Geld hatten, war vor ziemlich vielen Jahrzehnten mal ein Linienboot gewesen, mit dem Passagiere im fast autolosen Zeitalter — romantischer Omnibusersatz — die am Fluß liegenden Ortschaften erreichen konnten. Es war vorne flach und offen. Die rückwärtige Hälfte wurde von einer großen, hochgezogenen Kabine mit Fenstern überdacht. Im Bauch des vielleicht fünfzehn Meter langen Schiffes lagen die Küche, der Maschinenraum und weitere kleine Kabinen.

Die beiden Paare erwarteten uns am Teil der Gangway, der auf dem Boot auflag — weiter durften sie uns nicht entgegenkommen. Herr und Frau Stork: ein schwarzbärtiger und dort schwarzhaariger Mann, wo die Glatze noch nicht den Schädel kahlgefressen hatte, mit Knopfnase und roten Lippen, den Biervertreterbauch in einem ausgewaschenen Pullover über blauen Flatterhosen hängend. Sie drahtig dünn in Jeans, die langen Haare hinten zusammengebunden, ein scharfes blauäugiges Gesicht aus Hamburger Juchten mit Sommersprossen. Herr und Frau Bromberger: ein langmähniger Spät-Twen mit einstmals schönem, nun von der mangelnden Bewegung an Bord zerschmelzendem Gesicht und gut erhaltenem Körper, wie die Badehose verriet. Sie eine einstige Schönheit mit der Betonung auf einst, die noch gute Figur im langen Zigeunerkleid und ein noch gutes Gesicht mit tausend Spinnennetzfältchen, die langen schwarzen Haare offen.

Ich habe mir diese Menschen nur deshalb so in allen Einzelheiten gemerkt, weil ich aus der Erzählung B.T.'s wußte, daß sie ihn faszinierten, und ich den Grund dafür erkennen wollte. Vielleicht ließ das endlich Rückschlüsse auf ihn selber zu.

Vorderhand wirkte er allerdings weniger fasziniert als ernüchtert. Leicht angewidert ließ er die Präsentation der fünf Kinder zwischen zwei und elf Jahren über sich ergehen, deren Zusammenhänge mit den Erwachsenen ihn beleidigend desinteressierten. Auch der bürgerlich gedeckte Kaffeetisch auf dem sonnigen Vordeck verdroß ihn sichtbar. So ging vorläufig die einzige Faszination von Verena und mir aus, als wir unsere Kleidchen abwarfen und in winzigen Bikinis das Mißtrauen der Frauen und den Appetit der beiden Männer weckten. Wenn ihre Gattinnen es nicht gemerkt hätten, würden der Schwarzbart und der Spät-Twen mit Verena und mir wahrscheinlich sogar gegen ihren Grundsatz festes Land betreten haben.

Wir nahmen um den runden Kaffeetisch Platz. Einer der Männer machte mit der Hand ein Zeichen. Ein plumper Mann im Seemannsanzug erschien aus der Kabine und zog die Gangway ein. Gleich darauf tuckerten wir gemächlich die weiten Bögen des Flusses entlang. Man hatte sich vorgenommen, uns etwas zu bieten.

Ich glaube, die Befürchtung des ersten Augenblicks, statt in eine Ausnahmewelt in einen ganz normalen Familienclan mit schwimmendem Eigenheim geraten zu sein, lähmte B.T. zunächst. Doch nachdem er dem Kaffee sparsam und dem Armagnac großzügig zugesprochen hatte, kehrte seine frühere Neugierde zurück. Zum ersten Mal konnte ich an anderen als an Verena und mir beobachten, wie unerwartet konsequent er vorging, wenn es galt, Menschen und ihre Situationen zu ergründen und Ablenkungen abzuwehren, zu ignorieren.

Natürlich versuchten die Mütter zunächst wie alle Mütter, jedes vernünftige Gespräch abzuwürgen, indem sie ihre Kinder als Themen und auftretende Personen ins Spiel brachten. Das war verständlich und menschlich und weiblich, aber B.T. blieb eisig. Ihm ging es, wie so oft, außer in der direkten Erotik, nicht um die menschliche Natur selbst, sondern um ihre Hintergründe. Weil ich nicht in den Höhen dachte wie er, empfand ich diese lieblose Einseitigkeit seines geistigen Interesses als krassen Egoismus.

„Bernd spielt auf seiner vom Vati geschnitzten Flöte schon wie ein kleiner Pan", sagte die drahtige Frau Stork und wollte einen pudelhaarigen, etwa neun Jahre alten Jungen in den Vordergrund schieben. „Wie wäre es mit einer kleinen Improvisation, Bernd?"

Der Junge grinste und hob die Flöte an den Mund, aber B.T. griff blitzschnell zu. Er nahm dem verdutzten Kind das kleine Holzinstrument aus der Hand, setzte es selbst an die Lippen und blies zur allgemeinen Überraschung eine fließende Kadenz, die mit einem amselartigen Triller endete.

„Großartig!" lobte Herr Stock. „Ich wußte gar nicht, was für ein fabelhaftes Instrument ich da geschnitzt habe. Aber bitte spielen Sie doch weiter!"

„Lieber nicht." B.T. verzog den Mund und gab das Instrument nicht dem Sohn, sondern der Mutter zurück. „Die Töne stimmen noch nicht ganz. Ich richte Ihnen das später. Leider habe ich ein feines Ohr. Da schmerzt so etwas."

Man verstand wohlerzogen. B.T. goß sich ein neues Gläschen Armagnac ein. Er wirkte animiert und deutete auf eine herrliche Gruppe uralter Weiden, die an einer weiten Flußkrümmung ihre Zweige auf dem Wasser schleifen ließen wie Angler ihre Schnüre.

„Schön", sagte er. „Das Land von einer anderen Dimension aus zu sehen. Wie gut ich Sie verstehe! Auf Ihre Art sind Sie Verwandte des Barons auf den Bäumen."

„Was für ein Baron?" fragte der Spät-Twen Bromberger und lachte nicht verstehend.

B.T. wollte eine unwillige Antwort geben, doch eine neue Störung hinderte ihn daran. Moni Bromberger, pummelig und nach den Auskünften ihrer Eltern seit gestern sieben, zupfte B.T. am Arm.

„Was trinkst du da, Onkel?" fragte sie und deutete auf das Gläschen in B.T.'s Hand.

„Armagnac", antwortete B.T.

„Wie schmeckt das, Onkel?"

„Gut." Er beherrschte sich noch und wich dem Lächeln ihrer Mutter aus.

„Warum schmeckt das gut?"

„Weil es *mir* schmeckt."

Das Mädchen überlegte. Es sprach für das Kind, daß es hinter dieser Antwort mehr vermutete als die banale Oberfläche, einen doppelten Boden, aber natürlich blieb es bei der Ahnung. Doch es war ein hartnäckiges kleines Ding, das mit seinen Mitteln auftauchenden Rätseln nachging.

„Laß mich mal trinken, Onkel."

Das Lächeln der Mutter erstarb, aber da war es schon zu spät. In einer Sekunde hatte B.T. dem Kind das Glas gereicht, und in der zweiten hatte Moni es mit einem Schluck ausgetrunken wie ein Limonadenglas ihrer Puppenküche. Das Gesicht des Mädchens schwoll an, wie ein roter Luftballon, den man aufbläst und der dabei nicht nur dicker wird, sondern immer röter. Frau Bromberger sprang hoch und schlug dem Kind mit der flachen Hand auf den

Rücken, bis sich sein Erstickungsanfall in einer gehusteten Spuckfontäne löste und das Gesicht an Dicke und Rot verlor. Auch Frau Stork war aufgesprungen. Die zwei Familienväter saßen unnatürlich auf ihren Stühlen und wußten nicht, wie sie sich verhalten sollten, und deshalb verhielten sie sich gar nicht.

„Ar-man-jac", sagte B.T. in einem teuflischen Anfall von Guter-Onkel-Pädagogik und beugte sich zu Moni herab. „Das war Ar-man-jac."

Mit der dünnen Erklärung, die weinende Moni und alle anderen Kinder müßten jetzt wegen der Zugluft auf dem fahrenden Schiff in die Kabinen, brachte Frau Bromberger den B.T. störenden Nachwuchs fort. Ich sah ihn an und merkte, daß er lächelte, ohne zu lächeln. In diesem Augenblick spürte er wohl den Blick Frau Storks. Sie stand immer noch und starrte ihn an wie ein Ungeheuer, vor dem sie Abscheu empfand und das sie gegen ihren Willen faszinierte. B.T. straffte sich in seinem Stuhl, er erwiderte den Blick. Ich beobachtete ihn nun aufmerksam und sah, daß auch Verena ihn genau studierte. Irgend etwas mußte von B.T.'s Blick ausgehen, was die drahtige junge Frau in Jeans traf, wo ihr Mann sie nicht mehr treffen konnte oder niemals getroffen hatte. Ihr Hamburger Juchtengesicht mit den Sommersprossen verfärbte sich, sie setzte sich, ihre Lippen öffneten sich halb, sie atmete schnell und schwer.

„Sie kennen den Baron auf den Bäumen nicht?" nahm B.T. das Gespräch mit Herrn Bromberger gerade wieder auf, als dessen Frau zurückkam und sich schweigend mit immer noch beleidigtem Gesicht wieder zu uns setzte. „Das ist ein Buch des Italieners Italo Calvino. Die Geschichte des Mannes, der eines Tages beschließt, den Erdboden nicht mehr zu betreten. Wie Sie. Nur daß er nicht auf die Flüsse ausweicht, sondern auf die Bäume. Er zieht dem Wasser die Höhe vor, soweit sie Wesen ohne Flügel eben zugänglich ist. Aber das Prinzip bleibt, nur die Wahl des Elements ist Geschmacksache."

„Richtig. Und mein Geschmack wäre weder das eine noch das andere", warf Verena ein, und das war wirklich nicht übertrieben originell.

„Das glaube ich dir gern", antwortete B.T. und ließ sich nicht anmerken, ob er sich über ihren dummen und ablenkenden Kommentar ärgerte. „Was Verena und Ada betrifft, so würden sie vielleicht auch ganz gern den Boden nicht mehr betreten. Aber nicht als Baroninnen auf den Bäumen, sondern in den Betten."

Die zwei Ehepaare lachten leicht geniert, und die zwei Männer sahen Verena und mich herausfordernd und die zwei Frauen sahen uns etwas neidisch an. B.T. redete schon weiter.

„Der Gedanke ist in seiner Direktheit einleuchtend. Um das Land, das wir bewohnen, auch im übertragenen Sinn bewohnen, richtig zu sehen, betrachten wir es aus der Distanz. Nicht selbst vom Land aus, als Landbewohner, sondern als Schauspielbühne aus dem Wasserparkett oder vom Baumrang herab. Natürlich müssen Variationen möglich sein. Der Baron auf den Bäumen ist nicht nur in einem kleinen Park behaust, wo er sich zwischen ein paar Ästen und Gipfeln hin- und herschwingen kann, ohne den Boden zu betreten. Er wohnt in einer waldreichen Gegend, und wo der Wald endet, beginnen, sich überschneidend und ineinander übergehend, endlose Alleen. So bleiben sein Arm, sein Auge und sein Geist beweglich."

„Vielleicht hätten wir uns doch statt eines Schiffes einen

Wald kaufen sollen", warf Herr Stork ein und amüsierte sich. „Nur mit den Kindern wäre es etwas mühsam, finden Sie nicht auch?"

„Variationen sind genauso auf dem Wasser möglich", sprach B.T. unbeirrt weiter und beantwortete damit ganz unabsichtlich die störende Zwischenbemerkung. „Denn Sie haben sich ja nicht auf den Fluß zurückgezogen mit ihrem Boot, sondern auf die Flüsse, auf ein ganzes System und Netz von Flüssen. Sie bleiben mobil, und das ist ungeheuer wichtig. Wahrscheinlich nicht einmal so sehr aus optischen Gründen, als aus metaphysischen."

„O Gott, jetzt wird er auch noch metaphysisch." Verena gab sich keine Mühe, ihre schlechte Laune zu verbergen. Sie war empfindlicher als ich und trug B.T. seinen Scherz über die Baroninnen in den Betten nach. Außerdem langweilte sie sich, und das war das Schlimmste, was ihr passieren konnte. „Gibst du mir ein Stäbchen?"

B.T. zog sein Etui und bot ringsum an. Aber nur Verena, ich und B.T. selbst machten davon Gebrauch. Die anderen rauchten nicht. Das bestätigte mich in der Befürchtung, daß ihre Bootsexistenz mehr einer schlichten Naturapostelphilosophie entsprach als einem tief durchdachten und gelebten Symbol. Armer B.T.

„Wir sind alle vier Nichtraucher", erklärte der schwarzbärtige Stork, nachdem wir drei schon einige genußvolle Züge inhaliert hatten. „Zum Teil erst geworden." Er lächelte seiner Frau zu. „Wir sind nämlich der Ansicht, daß Nikotin für den menschlichen Organismus ein schweres Gift ist."

„Das ist kein Nikotin", meinte B.T. und deutete auf sein Stäbchen.

„Sie scherzen." Aber Herr Stork war sich doch nicht

sicher. Er schnüffelte. „Es riecht tatsächlich merkwürdig. Was ist das?"

„Hasch", sagte B.T. selbstverständlich, obwohl diese Selbstverständlichkeit damals keineswegs so üblich war wie heute. Die zwei Männer und die zwei Frauen fuhren zusammen, als hätte die Sünde persönlich ihren Kahn geentert. „Reines Haschisch", fuhr B.T. dozierend fort, „enthält *kein* Nikotin."

Wieder fiel mir Frau Stork auf, die ihr scharfes, blauäugiges Juchtengesicht einfach nicht von B.T. wenden konnte und die sich auch keine Mühe mehr machte, das zu verbergen. Es gab Frauen, später Clarissa, die Hochmütige, Frauen, die von der ersten Begegnung an B.T. ausgeliefert waren. Frau Stork jedenfalls hätte Kinder, Schiff und Mann — in dieser Reihenfolge — auf seinen kleinsten Wink am Ende der Fahrt hinter sich gelassen und wäre ihm gefolgt, auch wenn sie sich sagen mußte, daß sie damit nicht die Hälfte eines Paares werden würde, sondern bestenfalls das Viertel eines ungleichen Quartetts. Doch auch so, ohne diesen Wink, konnten die wenigen Stunden mit B.T. nicht spurlos an ihr vorüberstreichen. Er war in ihre Vorstellungswelt eingebrochen, ein Tamerlan der Dekadenz, und er würde dort noch Verwüstungen anrichten, wenn er längst nicht mehr an sie dachte.

Herr Stork verschwand in Richtung des kleinen Aufbaus, in dem der Bootsmann hinter dem Ruder stand. Gleich darauf wendete das Schiff, was bei der trägen Strömung kein großes nautisches Manöver erforderte, und tuckerte die Strecke, die wir gekommen waren, zurück.

„Wenn wir später wollen, können wir den Fluß ja von unserem Ausgangspunkt aus noch ein Stück in der anderen Richtung befahren", sagte Stork, als er zu uns zurück-

101

kam. Sogar er hatte wahrgenommen, daß mit seiner Frau eine Veränderung vorgegangen war.

Das Schiff schwamm jetzt ziemlich nahe dem Ufer. Ein Steg mit zwei daran festgemachten Fischerkähnen tauchte auf. Dahinter lag, in die Mulde zwischen sanften Hängen windgeschützt eingebettet, ein Spielzeugbauernhof. Eine unsichtbare Glocke läutete auf Bestellung. Zwei Kinder, die mit einem großen schwarzen Hund gespielt hatten, kamen angelaufen und winkten uns mit riesigen roten Taschentüchern zu.

„Das war es wohl unter anderem", meinte B.T., „was Sie für immer verlassen wollten."

„Was?" fragte Bromberger verständnislos.

„Die mörderische Idylle."

Verena und ich lachten los, aber unser Gelächter kam weder bei den Ehepaaren noch bei B.T. gut an. Wir erkannten es und verstummten. Nicht, daß uns das Befremden der Gastgeber etwas ausgemacht hätte. Aber ich und auch Verena, wie sie mir später berichtete, hatten zum ersten Mal das Gefühl, daß B.T. sich für uns schämte.

„Wir haben nichts gegen Idyllen." Frau Bromberger sprach wieder mit. „Und wir finden sie alles andere als mörderisch. Wenn wir uns auf das Schiff zurückgezogen haben, dann nur, weil wir hier ein Leben führen können, das noch intakt ist. Unseren Sinn für die Wirklichkeit haben wir dadurch keineswegs verloren."

„Was ist schon Wirklichkeit. Das?" B.T. deutete auf das Boot. „Oder das?" Er zeigte auf seine Haschischzigarette. „Oder das?" Mein Busen. „Oder das?" Seine Stirn. „Sie reden über die Wirklichkeit, als sei sie ein Konto auf der Bank oder ein Huhn im Topf."

„Wir haben nichts gegen Idyllen", wiederholte Frau

Bromberger aggressiv, und das Spinnennetz ihrer Fältchen im Gesicht vertiefte sich. „Obwohl wir das Schiff nicht verlassen, wissen wir ganz genau, was Wirklichkeit ist. Wir wollen keineswegs ungastlich sein. Aber ich glaube, Sie täuschen sich in uns."

Ihr Mann und Herr Stork nickten zustimmend. Nur Frau Stork nickte nicht, sondern starrte B.T. weiter mit halb geöffneten Lippen an.

B.T. stand auf. „Vielleicht sollte ich mal nach den Kindern sehen", meinte er.

„Um Himmels willen!" Drei Händepaare streckten sich abwehrend nach ihm aus.

„Dann werde ich mir ein wenig die Beine vertreten."

Ohne noch die geringsten Rücksichten auf Verena, mich und die Bootsbewohner zu nehmen, stand B.T. auf und isolierte sich. Während wir Zurückbleibenden uns verzweifelt bemühten, eine stockende Unterhaltung nicht ganz versickern zu lassen, saß B.T. schamlos mit dem Rücken zu uns zehn Schritt entfernt auf den Planken und ließ die Beine unter der Reling über den Schiffsrand baumeln. Er rauchte, starrte auf die breit ausrollenden Bugwellen und schaute pausenlos auf die Uhr, wie um zu zeigen: Hier verlor er Zeit.

Der Abschied war kurz. Nur Frau Stork lud B.T. zum Wiederkommen ein. Er schenkte ihr und der Einladung keine Beachtung. Wir gingen aufatmend über die Gangway an Land. Dort drehten wir uns noch einmal um, weniger um zu winken als um festzustellen, daß wir dieses Boot und die schrecklichen Familien wirklich hinter uns gebracht hatten. Dann hängten wir uns rechts und links bei B.T. ein und gingen schnell davon.

„Es war ein Irrtum", sagte B.T.

Verena und ich ruhten auf dem Französischen Bett, und aus der Stereo-Anlage erklang das bewußte Mozart-Trio. Die Flußbootfahrt lag schon einige Tage zurück. Aber wir waren noch nicht fertig damit, sie immer wieder durchzusprechen und zu verarbeiten. Zwar hatten wir die äußeren Abläufe und die Oberfläche der Gespräche minutiös rekapituliert. Doch der schale Geschmack des Unvollkommenen blieb. Denn wir spürten genau, daß unter der Haut der Ereignisse sich etwas abgespielt hatte, das wesentliche Grundzüge und Tendenzen in B.T. berührte und das wir trotzdem nicht erkennen konnten, weil es sich uns — wie er selbst — entzog.

„Gegen ihn war mein kleiner psychopathischer schwarzer Student aus Kenia ein unkompliziertes Wesen", meinte ich zu Verena. „Bei ihm wußte man wenigstens, woran man war und was er gerade im Sinn hatte: Jazz hören, essen, mit mir ins Bett gehen oder sich als spätes Opfer der einstigen weißen Kolonialteufel fühlen. Das Schlimmste, was passieren konnte, war, daß er das alles gleichzeitig wollte."

„Auch B.T. hört gern Musik", warf Verena ein.

„Ja. Aber keinen Jazz. Er mag keine Musik mit unkontrollierbaren, vierbeinigen Wirkungen."

„Er ißt auch gern."

„Schon. Aber nicht wie ein Löwe, der ein Tier gerissen hat und sich vollschlingt, sondern nur als Gaumenkitzel, als Raffinesse. Er ißt aus Perversität."

„Auch B.T. geht gern mit dir ins Bett." Verena spielte das Schema konsequent durch. „Das heißt, mit uns."

„Richtig. Mit uns beiden. Das gibt schon mal einen Unterschied. Versteh mich bitte nicht falsch, Verena, ich will seine Virtuosität als Liebhaber nicht schmälern. Wahrscheinlich ist er im Bett zu uns am ehrlichsten, weil er da am direktesten sein muß. Trotzdem habe ich sogar in diesen Situationen oft das Gefühl, er liebt uns, wie er ißt: nicht wie ein Raubtier, das aus Hunger eine Beute reißt, sondern aus Perversität. Er spielt mit uns."

„Das stimmt", antwortete Verena träumerisch. „Aber er spielt schön."

Selbst in seiner Abwesenheit beschäftigte uns B.T. weiterhin so stark, daß wir eines Tages sogar Clarissa von ihm erzählten. Wir hatten in der Journalistenschule eine der schwer erträglichen Stunden Persotzkys hinter uns gebracht, den Verena und ich zum Gaudium der Klasse völlig aus dem Konzept warfen, indem wir uns mit abgrundtiefen Dekolletés in die erste Reihe flegelten und ständig so weit vorbeugten, bis Persotzky ins Stottern kam. Nun saßen wir zum Mittagessen in unserem kleinen Stammlokal. In der vollen Enge hatte sich Clarissa zu uns an den Tisch gedrückt, obwohl wir uns eigentlich nicht sehr mochten.

Clarissa war, wie die meisten Schüler und Lehrer des Journalistenkurses behaupteten, eine Feine. Das klare, schmale Profil unter den blonden Haaren, ihre ironische Distanziertheit Männern gegenüber, die kühle Art zu Denken und zu Sprechen und ihr nur zu ahnender Hochmut gaben ihr in unserem Kurs eine Sonderstellung, die sie als Selbstverständlichkeit hinnahm. Es paßte gut dazu, daß man hörte, Clarissas Eltern seien vor kurzem gestorben und hätten ihr zu einem großen Haus ein großes Vermögen vererbt. Verena und ich nannten sie blutleer, und sie hielt uns für ordinär.

Wir nahmen es als Höflichkeit, daß Clarissa aufmerksam zuhörte, als Verena von B.T. zu sprechen begann. Obwohl es weder Verena mit ihrer Schilderung noch mir mit meinen Einfügungen gelang, zumindest B.T.'s Erscheinung unverwischt zu skizzieren, muß sie aus unseren Worten doch herausgehört haben, daß um ihn etwas Besonderes war, was uns anzog und abstieß, kurzum beunruhigte.

„Und wer von euch beiden ist mit ihm befreundet?" erkundigte sich Clarissa.

„Wir beide", sagten wir und lachten laut, um sie zu schockieren.

„O Gott." Clarissa blickte auf ihren Teller mit der Königinpastete, ihr feines Gesicht rötete sich leicht. „Wohl eine an den geraden und die andere an den ungeraden Tagen?"

„Weder noch", erklärte Verena brutal. „B.T. ist eine so vorzügliche Viola d'amore, daß es ein Jammer wäre, mit ihm nicht Trio zu spielen."

Clarissa stocherte angestrengt in ihrer Pastete herum.

„Ihr hebt euch wohl gar nichts für morgen auf", murmelte sie.

Unbewußt woben wir in dieser Nacht das Muster weiter und erzählten B.T. von Clarissa. Er war erst am späten Abend zu uns gekommen, merkwürdig unruhig und ohne Fröhlichkeit leicht betrunken. Wir wußten, was er vertrug, und konnten uns gut vorstellen, was er konsumiert haben mußte, um in einen solchen Zustand zu geraten. Obwohl er uns am Rande der Selbstkontrolle nicht gefiel, verdankten wir nur diesem Zustand seine Offenbarung, die wir als Bombe krachen hörten.

„Mein Vermögen ist so gut wie aufgebraucht", berichtete er ohne Einleitung und Übergang. „In spätestens zwei Monaten bin ich ohne Geld."

Verena und ich warfen uns einen kurzen, erschrockenen

Blick zu. Warum erzählte er uns das? Hatte er das alles in den vergangenen Wochen nur aufgebaut, seine Rolle als ungewöhnlicher Mann und psychischer Geheimnisträger, um uns jetzt plump zur Kasse zu bitten? Ohne uns abzusprechen, wußten Verena und ich im gleichen Moment, daß das als Motiv ausschied. Wenn B.T. jetzt mit uns über dieses Problem redete, das seine selbstherrliche Existenz in Frage stellte, dann nur, weil er, auch er, einmal so weit war, daß er Gesprächspartner brauchte. Endlich, zum ersten Mal, kam er aus der Reserve. Wir atmeten auf, wir freuten uns, wir waren stolz, wir waren ihm dankbar, obwohl wir B.T. ein klein wenig deshalb verachteten.

„Du kannst zu uns ziehen", sagte ich. „Dann wird man weitersehen."

„Nur das nicht!" Er lachte kränkend. „Damit ihr mich auffreßt."

„Was dann?" fragte Verena. „Willst du arbeiten? Einen Beruf ergreifen?"

„Ergreifen?" Sein schmales Herrengesicht verzog sich schmerzlich. „Wie soll ich einen Beruf ergreifen? Wie geht denn das?"

„Das lernt man schnell", sagte ich.

„Ja, Ada? Lernt man das schnell? Hast du es schon einmal versucht?"

„Ich nicht", meinte ich, wütend über seine Arroganz. „Aber Millionen andere."

„Andere. Immer die anderen." Er nahm einen großen Schluck von dem Cognac, den er mitgebracht hatte, und wanderte dann mit dem Schwenker in der Hand hin und her. „Sicher versteht ihr mich falsch. Ich habe gar nichts dagegen, etwas zu tun. Aber ich muß frei bleiben."

„Er sollte Clarissa heiraten", schlug Verena vor.

„Wer ist das?" fragte B.T., und ich merkte, wie seine Neugierde zurückkam.

„Eine bildhübsche Kollegin in unserem Journalistenkurs. Das genaue Gegenteil von uns. Blond, kühl, vornehm, intelligent und atemraubend reich."

„Das klingt gut. Clarissa." B.T. lächelte uns an, schon wieder spöttisch, und ließ das Wort auf der Zunge zergehen. „Clarissa. Den Namen muß man sich merken."

Damit war das Thema für ihn erledigt, aber nicht nur dieses Thema. Als hätte er uns mit dem Einblick in seine Vermögensverhältnisse bereits zu viel gewährt, stellte er nicht nur das Trinken ein, sondern auch das Reden. Einsilbig beantwortete er unsere Bemühungen, ihn aufzulockern, das heißt, er antwortete uns eigentlich nicht, sondern wich uns wortkarg aus. Dies wurde keine fröhliche Nacht. Und als Verena und ich versuchten, die verlorene Zeit aufzuholen und mit allen bewährten und uns bekannten Mitteln B.T.'s Bogen seiner Viola d'amore zu spannen, stand er einfach auf und verließ uns ohne Beschönigung.

Dieser Abend war nicht nur im wahrsten Sinne unbefriedigend verlaufen. Was wir dem B.T. der Flußbootfahrt noch ohne Vorbehalte zugestanden und dem sarkastischen B.T. von gestern Nacht lachend abgenommen hatten, sahen wir ihm heute, da sein Nimbus zum ersten Mal matte Flecken aufwies, nicht mehr nach. Wir fühlten uns gekränkt.

„Dafür revanchieren wir uns bei ihm", schwor Verena, nachdem er gegangen war. „Jetzt stoßen wir ihn ab, wie du neulich vorgeschlagen hast. Ich hätte ausnahmsweise auf dich hören sollen."

„Wollen wir ihn brieflich aufklären, daß unsere Gefühle für ihn nicht mehr sind, was sie einmal waren?"

schlug ich vor. „Oder lassen wir einfach ein anderes Schloß in die Wohnungstür machen?"

Verena wehrte ab. „So billig sollten wir ihn nicht davonkommen lassen. Ich glaube, das sind wir ihm schuldig." Sie zündete sich ein Stäbchen an, lehnte sich bequem im Sessel zurück und begann mit jenem leicht maliziösen und vulgären Lächeln, von dem ich fürchte, daß ich es auch manchmal zeige, ihren Plan zu entwickeln. Ich hörte ihr mit wachsender Spannung zu und pflichtete ihr dann bei. Ihr Plan war gut und, mehr noch, angemessen. Wir würden B.T. treffen, wo er uns am teuersten gewesen war.

Der Abend war warm, trotzdem kamen nur wenige Mükken aus den Büschen und versuchten, zu stechen, und einem Gelingen der Party stand nichts entgegen als die Einfallslosigkeit des Gastgebers und der Gäste. Verena, ich und B.T. waren früh gekommen. B.T. hatte es zu unserer Verwunderung kaum erwarten können. Seit jener Nacht, in der er angetrunken bei uns erschienen war, schien er verändert. Nichts mehr von jener manchmal blutleeren Arroganz und auch nichts mehr von der Betroffenheit über das drohende Ende seiner finanziellen Unabhängigkeit waren an ihm. Vielmehr umgab ihn eine neue Aura unbekannter Energie, ein Kaum-Erwarten-Können, wer weiß was. Noch einmal gelang es diesem neuen, unbekannten B.T., Verena und mich zu faszinieren und zu beunruhigen.

Das Fest, mit dem wir unseren Lehrer Persotzky kurz vor der Prüfung geistig bestechen wollten, war im Garten eines Journalistenkurs-Kollegen programmiert. Sein Vater hatte ihm und uns die Freundlichkeit angetan, für einige Tage zu verreisen. Als wir zu dritt ankamen, war schon alles bereit. Gläser auf Gartentischen und einfallslose kalte Platten, von einer Kusine in stundenlanger Fron zurechtgeklatscht, ein Faß Bier und wenige Schnäpse und Sekt und, als Drohung im Hintergrund, eine riesige Schüssel voll grünlicher Bowle.

„Er hat mit Instinkt den furchtbarsten Winkel des Gärtchens ausgewählt", meinte B.T., als wir auf einigen der um den Seerosenteich ausgelegten Kissen Platz nahmen.

„Und was macht er jetzt? Er wird doch nicht —"

B.T.'s Ahnung war richtig. Mit einer auf der Spitze einer Stange brennenden Kerze wanderte unser Mitschüler wie ein Mesner zwischen Büschen und Bäumen umher und entzündete die dort aufgehängten Lampions. In wenigen Minuten gingen mehrere Sonnen und Monde auf, die meisten von ihnen mit Gesicht und grinsend. Dazwischen schwebten Leuchtwürste, papierene Chinoiserien und illuminierte Kugeln jeder nur denkbaren Farbe und Ornamentik. Ich überraschte mich bei dem Gefühl, daß mir das alles ohne B.T.'s ätzende Kommentierung ganz gut gefallen hätte. Das zu erkennen war gut gegen das schlechte Gewissen, das sich in einem Zwischenboden meines Bewußtseins hartnäckig hielt. Es unterstrich die Notwendigkeit, uns von B.T. zu trennen. Denn er ruinierte sein geistiges Einzugsgebiet, nicht nur sich selbst.

Die Reihen füllten sich. Kurs-Kolleginnen, teils als rührende Damen-Imitation, teils betont salopp in Lässighosen, trafen ein und wurden vom Gastgeber auf die verschiedenen Kissen verteilt. Viele von ihnen hatten als Begleiter jene Knaben, die sie sich im Kurs geangelt hatten. Andere kamen mit dem bisher Großen Unbekannten, dem reichen älteren Herrn, dem Jugendfreund von nebenan, dem nützlichen leitenden Redakteur einer Zeitung, oder dem sportlichen Bullen, von dem wir bisher nichts gekannt hatten als eine prahlerische Schilderung unserer Mitschülerin oder ihr Gähnen in der ersten Unterrichtsstunde.

Leider erwies sich bald, daß die nach optischen Gesichtspunkten erfolgte Verteilung der Sitzkissen und Matratzen um den illuminierten Seerosenteich kein guter Einfall gewesen war. Eine fröhliche Gesellschaft, die sich untereinander nur durch lauten Zuruf verständigen kann, ist nicht lange fröhlich. Doch ganz anders als auf dem Flußboot der zwei schrecklichen Familien, litt B.T. diesmal nicht im geringsten. Er stand immer wieder auf, pilgerte zwischen den Kissenstationen hin und her, unterhielt sich kurz hier und dort und bemühte sich um eine Verbesserung der Stimmung, indem er Marihuana-Zigaretten anbot und gleich Feuer dazu gab. Dann kam er wieder zu uns zurück, um ungeniert bis zur Handgreiflichkeit mit uns zu flirten. Die ganze Zeit über verließ ihn nicht dieses neue Federnde, ein Angespanntsein in der Erwartung eines Ereignisses, das viel entschied.

„Was ist denn heute mit dir los!" sagte Verena verwundert. Ihr war die verborgene Hochstimmung B.T.'s, die so wenig zu seiner Lage paßte, nicht entgangen. „Hast du geerbt?"

„Ich weiß nicht." B.T.'s Lächeln wirkte so aufrichtig, daß es mir fast peinlich war. „Ich habe das Gefühl, irgendetwas Entscheidendes wird sich bald ereignen."

Verena und ich wechselten einen kurzen, hämischen Blick. Wie recht er hatte! Bald, jeden Augenblick mußte unser Kollege Mandi Reiter erscheinen und, ohne es zu ahnen, Hauptdarsteller des von Verena entworfenen Stückes werden. Mandi Reiter, eine Mischung aus Kitz-

111

büheler Skilehrer und Fotomodell für die Abteilung Herrenoberbekleidung eines kleinstädtischen Kaufhauses, verehrte Verena und mich schon lange auf eine Weise, daß ihm fast die Nähte platzten. Natürlich hatte es sich längst auf der Journalistenschule herumgesprochen, daß meine Zwillingsschwester und ich einen Mann gleichzeitig liebten, und die Vorstellung, daß er einmal dieser Mann sein könnte, raubte Mandi beinahe den Verstand, was zugegebenermaßen kein schwerer Raub war. Trotzdem sollte er heute nacht wenigstens die erste Stufe seines Traumtriumphs erleben dürfen. Wir hatten vor, uns allen sichtbar von B.T. abzuwenden und Mandi an den Hals zu werfen, ein Tausch im vollen Rampenlicht. Wenn wir dann mit ihm abzogen, jeder und jede glaubte zu wissen wohin und wozu, würde B.T. zurückbleiben, fassungslos, ausgespielt, tödlich getroffen an seiner stärksten und schwächsten Stelle: in seinem Egozentrum, dort wo andere ihr Herz hatten und er nur seine Haltung und seine ewigen Gedanken.

„Ist dieser Affenmensch Persotzky?" B.T.'s Frage riß uns aus unseren bösen Träumereien. Wir blickten uns um und sahen Persotzky in einem Scheusal von Smoking an der Seite eines Mädchens aus der Kulisse der Ligusterhecke treten.

„Ja, das ist er", antwortete ich und fügte überflüssig hinzu: „Und diese blonde Feine neben ihm ist Clarissa. Ein Name, wie du gesagt hast, den man sich merken muß."

„Ach richtig", sagte er amüsiert.

Verena und ich wurden durch den Applaus abgelenkt, der weniger Clarissa als Persotzky galt, er war schließlich der Lehrer, durch dessen unbedeutende Prüfungsfächer man beim Examen nicht fallen wollte. Meine Schwester stieß mich an und deutete mit dem Finger: Soeben trat auch Mandi Reiter durch einen anderen Einschnitt der Hecke ins Licht der Lampions. Niemand beachtete ihn, er hatte einen ungünstigen Augenblick gewählt.

„Nichts wie rauf auf Mandi", flüsterte ich und stutzte. Ich hätte nicht zu flüstern brauchen.

Denn B.T., dieser unwägbare B.T., saß nicht mehr bei uns. Noch während wir uns suchend umsahen, kam er mit zwei Flöten voll Sekt von einem der Tische auf Clarissa und Persotzky zu, der dümmlich grinste und ein Glas geschmeichelt nehmen wollte. Er hatte B.T.'s Absicht verkannt. Ich hörte Verena mit den Zähnen knirschen, als Clarissa eines der Sektgläser nahm und mit B.T. redend, diskutierend, hingerissen auf und ab zu gehen begann. Nur aus den Augenwinkeln beobachtete ich, wie Rosi Winter sich an Mandi heranmachte und in der Bestzeit von fünf Minuten mit ihm hinter dichtem Zierbuschwerk verschwand. Es dauerte lange, bis sich Persotzky aus seiner lähmenden Überraschung löste und in das Gespräch zwischen Clarissa und B.T. einzubrechen versuchte. Doch da war es längst zu spät. Clarissa hatte sich in den giftfarbenen Netzen B.T.'s verfangen, wer war schon Persotzky, Persotzky zählte nicht mehr, so wenig wie wir selbst.

Eine halbe Stunde später ging B.T. mit Clarissa, ohne sich zu verabschieden. Wir wußten, wir hatten verspielt. B.T. oder vielmehr das in ihm, was wir immer erreichen wollten und nie erreichen konnten, war wieder einmal stärker gewesen. Wir waren wie die meisten, die das Glück hatten, B.T. zu begegnen, die Dummen.

Wenn B.T. die Landschaft seines Lebens übersah, mußte er sich eingestehen, daß der einst glatt geglaubte Globus seiner Existenz seit einiger Zeit in schwarzen Sprüngen aufriß. Was eine Einheit gewesen war oder zumindest so geschienen hatte, reduzierte sich zu einem Klumpen Mensch, getroffen, zerschnitten von widerstreitenden Linien, ein hohler Wind sirrte, wo vormals eine Glocke schützend endgültig Gewordenes zu überdachen schien, die Erosion der Persönlichkeit ging weiter, Rost am Ich, und während B.T. durch die von Clarissa und Persotzky ausgelöste Mechanik der Geschehnisse auf ungewünschte Formen und Möglichkeiten zugetrieben wurde, taten sich anderwärts Erdspalten auf und gefährdeten den Marsch in eine zweite Richtung, den er gleichzeitig angetreten hatte, heimlich und fast listig, so, daß nur er selbst ihn klar fühlte, ersehnte und sah, den totalen Rückzug.

Im Gefälle der Jahre, in denen B.T. dem schwarzen

Loch entgegengeschwommen war, in das die Kadaver stürzen und das trotzdem oder womöglich gerade deshalb hin und wieder schon eine bittere Anziehungskraft auf ihn gewann, hatte er in den Brackwassern viele schäbig gewordene Bilder endgültig hinter sich gelassen. Eines davon war das Bild vom Helden, vom männlichen Sieger, B.T. glaubte weder als Ideal noch als Wirklichkeit noch an die Kraft des Schwertes und seiner tausendfältig denkbaren Variationen im Alltag und in sofern war der Vorwurf der Retrospektive, den Persotzky immer wieder gegen ihn schwang, eine Fälschung, B.T. bemühte sich um die ihm noch einzig sichtbare Form des Sieges, stilvoller Verlierer zu sein, Niederlagen einfach zu absorbieren und durch Haltung unkenntlich zu machen, und mit dieser Haltung stand er keineswegs in der Vergangenheit, sondern auf der Schwelle zu neuen Generationen. Doch befand er sich hier, wie er sich ohne Beschönigung eingestand, auf einer der wenigen fertigen Plattformen seiner Klarsicht. Andere Gesichtspunkte, andere Bilder, ja ganze Gegenden waren noch kaum deutlich, bisweilen doppelsichtig gleich den zwei Kreisen eines noch nicht gültig eingestellten Entfernungsmessers, bisweilen aufgelöst wie die Arbeit eines zu radikalen, mit überhöhter Sprengwirkung tätigen Pointillisten, manchmal auch zu früh, im Rohzustand geronnen oder schlicht bis zur Unkenntlichkeit verschwommen, bis auf weiteres in der Anlage mißglückt. Das ging so weit, daß B.T. daran zweifelte, das erkannte Ziel ohne Änderung auch der äußeren Bedingungen zu erreichen, zu stark lähmte oft Altgewohntes, sei es geliebt oder gehaßt oder achtlos hingenommen, und möglicherweise klebte sogar die Muttersprache, die er seit annähernd fünfzig Jahren ja nicht nur sprach, sondern gleichfalls dachte, fataler Leim,

ein milieutreuer Fliegenfänger, an dem der Entwicklungs-
flug von Phantasien, Gedanken, dem ‚man' nicht hörigen
Perspektiven endete, Flügel klebten fest und nur zap-
pelnde Beine ohne Halt arbeiteten noch eine Weile so als
ob mit zunehmend härter rasselnden Gelenken. In B.T.'s
Vorstellungen gewann das Wort Emigrant an Reiz und
Gehalten.

Das Geschäftsgeheimnis Camillo Bohrs bestand, neben
einer fast keimfreien Abwesenheit von Gewissen, in dem
Vermögen, immer Zeit zu haben. Er war Makler, Liegenschaften aller Art, Größen, Länder, Provenienzen, und
obgleich B.T. ihm einmal vor einem breiteren privaten
Auditorium klargelegt hatte, daß Angehörige dieses Geld-
erwerbs Schröpfköpfe der menschlichen Gesellschaft seien,
empfing er B.T. sofort und frei von Vorbehalt. Bohr hatte
Büro und Wohnung in einem atemberaubenden Haus am
anderen Ende der Stadt, eine architektonische Rarität, die
jeden Sammler neugotischer Müllverbrennungsanlagen
entzückt hätte, sie war bis vor wenigen Jahren im Besitz
der Fürsten Tucker gewesen und dem Makler sozusagen
zwischen den Fingern geblieben, nachdem er im Auftrage
dieser berühmten, aber längst nicht mehr solventen Familie einige Geschäfte abgewickelt hatte, die sich in ihrer
Essenz mehr gegen als für seine Auftraggeber gezielt zeigten, wobei ihm natürlich keinerlei Absicht nachzuweisen,
ja aus Gründen der Vorsicht nicht einmal zu unterstellen
war. Er empfing B.T. in seinem üppig möblierten Büro an
dem weitschwimmigen Aquarium stehend, in dem einige
Forellen und Schleien bei klarem Wasser und durch ein
Röhrchen einperlendem Sauerstoff fasteten, ein Mann in
B.T.'s Alter, mehr klein als groß, weder dick noch dünn,

mit braunen Haaren, feuchten braunen Augen, mildem
blaß orangefarbenen Gesicht und zu vollen und zu sanften Lippen, die ihm das Aussehen eines unkeuschen Aske-
ten gaben.

„Ein Haus", sagte er. „Ein Haus im Ausland. Das Ausland ist groß."

„Ich habe an Irland gedacht", engte B.T. ein. „Oder
Portugal, Sizilien. Vielleicht auch der Süden oder Westen
Frankreichs. Ein altes Haus in der Stille."

„Auf der Suche nach der Einsamkeit. Was sagt Ihre
Frau zu diesem Plan?"

„Es soll eine Überraschung werden."

„Das wird es sicherlich." Camillo Bohr deutete mit
leicht gekrümmtem Zeigefinger auf eine Regenbogenforelle,
die in nicht endenden Kreisen durch das Aquarium zog.
„Ein schönes Tier. Ich liebe Fische. Diese Eleganz."

„Und so schweigsam."

„Ich besitze Zuchtteiche auf dem Land. Von dort hole
ich mir die schönsten Exemplare für das Aquarium, Auserwählte. Sie schwimmen hier in glasklarem Wasser, bis
sie auch den letzten Rest von moosigem Geschmack verloren haben."

„Sie essen sie?" fragte B.T. und wunderte sich über sein
Unbehagen.

„Auch. Aber in der Hauptsache beobachte ich sie. Tagelang, bis mich der Rausch packt, diesen oder jenen muß ich
tot sehen, mir einverleiben. Ich läute dem Koch, deute auf
einen bestimmten Fisch. Zwanzig Minuten später wird er
mir serviert."

„Mordbefehle", sagte B.T. mit dem mühsamen Versuch
zu scherzen. „Und ich habe Sie für einen Naturfreund gehalten."

117

„Das bin ich. Kann ich dafür, daß die Natur eßbar ist?"

Camillo Bohr trat an seinen lederbezogenen, ledergenoppten, ledergemästeten Schreibtisch, er drückte auf den Knopf der Sprechanlage, ein Lämpchen flammte auf, und während er sprach, veränderte sich sein schlappes Asketengesicht, jetzt befahl Napoleon, in Moskau einzurücken, oder der amerikanische Präsident jagte einen weltentödlichen Befehl durch das rote Telephon. „Die Mappen Irland, Eva, Fotos und Details, aber nur Landhäuser und Villen, da ist vor allem was unter Connaught, wie Cäsar, außerdem Frankreich, Provence, Gegend Biarritz, und Südportugal, Stichwort Faro. Herrn B.T.'s Zeit ist kostbar."

B.T. fühlte sich nicht geschmeichelt. Zu offensichtlich lag unter dem Firnis der Worte das eigentlich Gemeinte, nicht die Zeit des Besuchers war kostbar, wer hier drängte war Bohr persönlich, nur er hielt seine Minuten für Geld, und Geld war sein Leben, das er wegen Geld versäumte, ohne daran zu leiden, denn er wußte es nicht. Trotzdem roch es nicht nach Eile, als die beiden Männer an die aus der Wand klappbaren Auflegetische traten, auf denen die Sekretärin Eva Fotografien und Beschreibungen von Häusern auffächerte, ein verhuschtes, völlig unbarockes Mädchen, dessen einzig erkennbares sekundäres Geschlechtsmerkmal in einem Hauch von Lippenrouge bestand.

„Da wäre einiges", sagte Camillo Bohr. Er deutete auf Fotos und psalmodierte Zahlen. B.T. nickte, vertiefte sich. Die fremde Stimme trat zurück, verschwand wie hinter einem dämpfenden Paravent, zerfloß von der Erläuterung zur Geräuschkulisse und wurde überdeckt von B.T.'s Phantasie, die sich an den Bildern fremder Gebäude und Landschaften abstieß und auf Reisen ging, der nicht nur Augen wuchsen, sondern Nasen, Ohren, Haut.

Für endlose Augenblicke bezog er ein Haus auf den Klippen, der Ozean hatte sich zackig und weit in das irische Land gefressen, salzige Böen nagten an den geduckten Gemüsestauden im schmalen Garten, dabei war noch Sommer, wie war das erst im Herbst, im Winter, wenn die Gewalten Wasser und Luft die Barrieren berannten, die sich der einsame Bewohner errichtet haben konnte in seiner Zuflucht vor der Zeit. Er floh südwärts, aber der Wind begleitete ihn, der Dunst des Meeres, der Schatten der Einsamkeit, die er ja suchte, nicht frei von Furcht. Der schneeig gekalkte Palazzo in der Nähe von Syrakus, von seiner Hängematte unter der Pergola aus konnte B.T. die ferne Stadt in der Hitze flimmern sehen, während ihm ein träger Ostwind das Mittelmeer in Schwaden wie eine Decke über Gesicht und Körper zog, ein Leichentuch für ihn, den Mann aus dem Norden, mit Webmustern der in Jahrtausenden hochgeschäumten und ertrunkenen fremden Kulturen. Die Herrschaftsvilla an der Küste Südportugals, kein gutes Zuhause, weil ihm von Süden her der Wind in die brennenden Augen blies und lockte, der Wind Afrikas. Das aus braunen Blöcken gewuchtete Gebäude in der Provence, eine bäuerliche Burg mit Türmen, von deren Höhe B.T. atemlos beobachtete, wie der Mistral die Bäume zu straffen Bogen spannte und auf die Landschaft mit flammenden Farbenkeulen einschlug. Wo unter diesen Häusern und Orten war das Ziel?

„Ich muß mir das alles ein paar Tage durch den Kopf gehen lassen", sagte B.T.

Eine Polstertür im Hintergrund des Raumes öffnete sich und ließ ein Gewölbe herein, das alle von der Sekretärin aufgeblätterten und von dem Makler gepriesenen Gebäude übertraf: Frau Bohr. Sie trug ein Baby auf dem

Arm und führte einen kleinen Jungen an der Hand, eine weit ausladende Blondine in einem resedafarbenen Sommerkleid, dessen Ausschnitt, wenn sie sich entsprechend neigte, bei dem oder jenem empfänglichen Kunden beitragen konnte, Herrn Bohrs Angebot zu bejahen, und sie erinnerte B.T. sofort durch ihre frappante Ähnlichkeit an einen Filmstar, dessen Namen und dessen Gesicht er vergessen hatte. „Die Reichsmuttersau", dachte er, und er verneigte sich.

„Störe ich, Camillo?" fragte sie mit einer Stimme, die keinen Zweifel an ihrer blonden Echtheit aufkommen ließ.

„Du störst nie, Schatz. Das ist der berühmte B.T."

„Ich habe viel von Ihnen gehört", sagte sie und war schon heran. „Entschuldigen Sie bitte die Linke. Mach einen schönen Diener, Charly. Warum trifft man Sie nie bei gesellschaftlichen Ereignissen?"

Der Junge verbeugte sich geziert und Frau Bohr ließ ihre gepolsterte linke Hand in Richtung auf B.T.'s Lippen steigen, gerade noch rechtzeitig zog er das Gesicht nach seitwärts oben ab, und die Hand begann zu sinken, fast sah es aus, als runzle sich ihre Haut wie ein Ballon, dem das Gas entwich.

„Ich halte nichts mehr von gesellschaftlichen Ereignissen" erklärte B.T.

„Ach." Sie sah ihn verständnislos an, als habe er ein Sonett auf Kisuaheli rezitiert. „Der Kreis der Familie genügt Ihnen?"

„Sogar weniger."

„Sie haben Kinder?"

„Nicht daß ich wüßte."

Camillo Bohr meckerte dünn los, aber sie flammte ihn

120

an, daß er sofort verstummte. B.T. betrachtete ihn, seine Frau, das Kind auf ihrem Arm, ob es wohl ein Kind der Liebe war, möglich, aber in seiner Stimmung entschloß er sich mehr für das zufällige Produkt eines mit zwei Flaschen extra Cuvée begonnenen, halbwegs vergnügten Abends.

„Finden Sie nicht, es gibt mehr als genug davon?" murmelte er unhöflich.

„Kinder?" fragte sie, und aus ihrer Stimme klang eine unbewußte Angst.

„Ja."

„Aber die eigenen, die sind doch was Besonderes."

„Richtig, das hört man allgemein."

B.T. konnte das Schweigen wachsen hören. Er hatte an ein Tabu geätzt, Zweifellauge über das „Mehret-Euch" gespritzt, eine Vereinbarung des Menschengeschlechts spöttelnd bezweifelt, und die Getroffenen, Camillo Bohr, Frau Bohr, spürten ein Frösteln, das Fürchten vor der Frage der Fragen: War Fortpflanzung ein Postulat oder nur Kumpanei mit der Fortführung des großen Spiels Leben und seinen unbarmherzig ungefragten Spielern?

B.T. verabschiedete sich, als hätte er die angerichtete Verwüstung nicht erkannt. An der Tür drehte er sich noch einmal um und sah das mit den Kindern wie schutzsuchend beisammenstehende fruchtbare Paar, der erfolgreiche Mann und sein Venusberg, der ihm nichts bot als Üppigkeit. Kein Einzelfall, aber was mochte einen Mann zu solchem Entschluß bewegen, was dachte er sich dabei, was war das, die Hand fürs Leben einem Euter reichen.

Clarissa eins

Ich sah B.T. zum erstenmal auf jener verhängnisvollen
Party — für mich verhängnisvoll und, wie man gerechter-
weise sagen muß, möglicherweise auch für ihn —, bei der
mir die Aufgabe zugefallen war, Persotzky für die be-
vorstehende Journalistenprüfung mild zu stimmen. Bis zu
diesem Abend hatte ich mir von B.T. bereits ein Bild gemacht. Denn gehört habe ich von ihm schon früher.

Ich saß beim Mittagessen in unserem kleinen Stammlokal, und ein unglücklicher Zufall und Platznot hatten
mich an den Tisch der Zwillingsschwestern Stocker ge-
spült. Wir mochten uns nicht. Verena und Ada Stocker
waren zwar zwei intelligente und dekorative Mädchen,
von schnellem, nicht seichtem Verstand, schlank und mit
hübschen Busen und rassigen Gesichtern unter den langen
blauschwarzen Haaren. Aber beim näheren Hinsehen und
vor allem Hinhören entpuppten sie sich, nicht nur ihrer
zu vielen und zu wahllos genossenen Männeraffären we-

gen, als zwei Kellerkinder, die in den Lift gestiegen und einige Etagen zu hoch geraten waren. Ihr Vater, ein reicher Gärtnereibesitzer, bewunderte und verwöhnte sie. Zum Dank dafür genierten sie sich seinetwegen. Verena und Ada glaubten, daß ich sie vulgär fand, und ich wußte, sie hielten meine Reserviertheit für Ablehnung und Arroganz. Ich nehme an, keine von uns dreien irrte.

Bei jenem Mittagessen in unserem Journalisten-Stammlokal, bei dem die Stocker-Mädchen gierig die Blutwürste und den Bauchspeck einer Schlachtschüssel schlangen und ich schon deshalb von meiner Pastete nur kleine Bissen schaffte, berichteten sie mir zum erstenmal von B.T. Ich horchte auf. Diesmal klang das anders. Wenn Ada und Verena bisher von ihren Eroberungen erzählt hatten, was manchmal einfach nicht zu überhören war, erfolgten die Schilderungen — ob es nun um einen Studenten aus Kenia ging oder um ein potentes Westernhelden-Double — nach Gesichtspunkten, die höchstens einen Verfasser von Aufklärungsschriften oder Turnvater Jahn oder Journalistenschüler gefesselt hätten. Dieser B.T., das mußten sogar die Stocker-Zwillinge erkennen, war etwas, das sich in ihre Erfahrungen nicht einordnen ließ. Sie waren stolz darauf, einen so seltenen Fisch an der Angel zu haben, und zugleich beunruhigte es sie zutiefst, seinen Gattungsnamen nicht zu kennen.

Umso mehr schockierte es mich, auf eine unvorsichtige Frage hin zu erfahren, daß B.T. es mit den zwei Stocker-Mädchen zugleich trieb. Ich spürte das Vergnügen, mit dem mir die Zwillinge das lachend berichteten, und ärgerte mich zu erröten, was ihre Freude verdoppelte. Sie konnten ja nicht wissen, daß es nicht Verlegenheit war, die mir das Blut ins Gesicht steigen ließ, sondern eine aus der Phantasie gespeiste Erregung. Die Erkenntnis, daß auch mir der Gedanke an einen B.T., über den ich bereits in Einzelheiten nachzudenken anfing, in seiner Tätigkeit als amouröser Doppeldecker den Atem schneller gehen lassen könnte, hätte Verena und Ada überrascht. In ihrer Weltschau war eine Dame, wie ich, zugleich eine Dame ohne Unterleib. Doch solche Damen gibt es nur in Zauberbuden und im Zirkus.

Ich kam mit Persotzky, der in seinem Smoking wie ein scheußlicher Pfau neben mir einherstolzierte, durch die Ligusterhecke. Beifall erklang für den Herrn Lehrer, ich sah mich um und musterte die um den Seerosenteich Gelagerten und schloß schnell alle aus: Keiner von ihnen, wenn die Stocker-Zwillinge nicht logen und ich mich nicht in meiner Vorstellungskraft bitter täuschte, war B.T.

Auch bei Ada und Verena saß er nicht. Doch mußte er sie eben erst verlassen haben, denn Ada sagte ein paar Worte zu Verena oder umgekehrt, und erst dann schienen sie zu merken, daß er nicht mehr an ihrer Seite saß. Da trat, zwei Sektgläser in den Händen, ein Mann auf mich zu, ein Herr, und ich wußte, das war er.

„Sie sind Clarissa", sagte er und reichte mir ein Glas. „Ich habe viel von Ihnen gehört."

„Hoffentlich nur Gutes", antwortete ich und ärgerte mich im selben Moment über meine Antwort.

„Nicht nur Gutes." Er schüttelte seinen schmalen, so unverschämt vornehm wirkenden Kopf. „Aber nur Interessantes. Kommen Sie, Clarissa, hängen Sie sich ein."

Persotzky wollte nach dem in B.T.'s Hand verbliebenen Glas greifen, aber dieser machte ihn auf seinen Irrtum aufmerksam, indem er ihn absolut ignorierte. Ich hängte mich bei B.T. ein. Wir begannen, an unseren Gläsern nippend auf und abzugehen, und schon nach den ersten Sätzen waren die Worte nur noch Staffage. Irgendwann einmal später bin ich in einem Café zufällig Verena Stokker begegnet, und sie erzählte mir von einer Flußbootfahrt, auf der B.T. eine solide junge Frau und Mutter nur durch seinen Blick verzauberte oder, wie Verena es ausdrückte, „unterwarf". „Du kannst dir das nicht vorstellen, Clarissa", sagte sie, als müsse sie meine Zweifel zerstreuen. „Aber ich habe es selbst gesehen." Ich lächelte, wahrscheinlich wieder zu hochmütig, und unterdrückte, was ich hätte sagen können: „Und ich, Verena, habe es an mir selbst erlebt."

Noch einmal versuchte Persotzky Terrain zu gewinnen, das er verloren zu haben glaubte, obschon er es nie besessen hatte. Er stellte sich uns in den Weg, ließ seinen hündischen Verehrerblick über mich gleiten, erkannte, wie eng ich mich bei B.T. eingehängt hatte, und sagte zu diesem: „Kommt ihr mit, jetzt wird die Bowle ausgeschenkt?" B.T. antwortete nicht, er ging mit mir am Arm weiter, sprach zu mir weiter, und Persotzky glitt ab wie ein Insekt über eine Windschutzscheibe und verschwand jenseits unseres Weges.

„Wir sollten dieses prachtvolle Fest verlassen", schlug B.T. nach einer halben Stunde vor. „Wir haben hier nichts mehr verloren."

„Und Ada und Verena?" warf ich ein.

B.T. machte eine kleine Handbewegung, durch die er die Stocker-Mädchen in Luft aufzulösen schien. „Das war schon aus, als wir hier ankamen. Sie müssen sich keine Gewissensbisse machen. Glauben Sie mir, ich habe dafür einen Instinkt. Sind Sie mit dem Wagen da?"

Ich nickte.

„Sehr fein", sagte er vergnügt. „Ich habe meinen nämlich gestern verkauft."

In meinem offenen weißen Auto fuhren wir langsam durch die warme Sommernacht. B.T. hatte es sich auf dem Beifahrersitz bequem gemacht, er rauchte eine merkwürdige riechende Zigarette. Ich schnüffelte.

„Marihuana", erklärte er. „Wollen Sie eine?"

„Ich habe noch nie Marihuana geraucht", wehrte ich ab und kam mir dabei etwas lächerlich vor.

„Dann probieren Sie es."

„Später", sagte ich und erkannte erst dann, was dieses Wort bedeutete. „Vielleicht sollte man seine erste Marihuana-Zigarette nicht gerade am Steuer rauchen."

„Vielleicht." Er lachte leise. „Sie tun selten etwas, ohne Ihre kleinen grauen Gehirnzellen zu bemühen, ja?"

„Sehr selten", gab ich zu. „Aber es kommt vor."

Er schwieg und rauchte. Einige Funken lösten sich im Fahrtwind von seiner Zigarette, segelten, wie ich im Rückspiegel sah, als Zwergkometen gegen das zurückgeklappte Verdeck und zersprühten, ohne Feuer zu legen. Ich spürte, wie er mich von der Seite ansah, und im gleichen Augenblick sprach er schon aus, was ich überlegte.

„Fahren wir zu Ihnen, Clarissa? Man erzählt sich, Sie haben ein schönes Haus."

Ich dachte an Emmanuele, den kleinen Italiener, der in unserem Doppelbett lag und mich auf seine sorglose Art, das heißt schlafend, erwartete. „Lieber zu Ihnen, B.T.", bat ich. „Es gibt da einen Grund."

„Das ist Ihr gutes Recht", antwortete er in einem Ton, der verriet, daß er es so meinte. Ich überlegte, wie sich Persotzky in seiner Lage benommen hätte, schäumend wahrscheinlich, schmerzhaft getroffen und wieder einmal verletzt in seiner nie verheilenden Narbe, der Minderwertigkeit. In B.T.'s ungewohnter, überwältigender Nähe kam mir ein anderes Wort für Persotzky, das Wort menschlich, noch nicht in den Sinn.

B.T. bewohnte das untere Stockwerk einer alten Villa mit Säulen zwischen den einzelnen Räumen und bröselnden stuckverzierten Decken. Ich wunderte mich, daß ein so junger Mann schon derart im Abseits der Zeit hausen mochte, doch es gefiel mir, denn es verriet Stil. Allein der größte Raum, die Bibliothek! Aus bis zur Decke ragenden Regalen schienen die Bücher überzuschäumen, Lederrükken, bunte, moderne Werke, kostbare alte Erstausgaben, Kunstbücher, Theaterbücher, Nachschlagebücher, Philosophen. Dazwischen, in bewußt ausgesparten Schneisen, standen exotische kleine Dosen, geschnitzte oder geformte Figuren, gemalte Miniaturen, Geräte und Kunstwerke und Erinnerungen an alle Zeiten und aus aller Welt. So, dachte ich plötzlich und vergaß diesen Gedanken viel zu schnell, lebte einer, der überall und nirgendwo zu Hause war.

B.T. öffnete die Tür zum Schlafzimmer. Es war mit alten Teppichen ausgelegt und enthielt außer einem breiten, tiefen Bett nur eine Vielzahl geschickt gehängter Venezianischer Spiegel.

„Werden Sie Verena und Ada nicht vermissen?" fragte ich und zögerte. „Ich bin nur eine."

„Keine Angst. Ich werde mich so verhalten, als seien Sie Zwillinge. Und ich schwöre Ihnen: Weder Sie noch ich werden den Unterschied merken."

Eins muß man B.T. lassen: Er schaffte die Übergänge unmerklich fließend. Nichts schien sich verändert zu haben, obwohl sich alles änderte, und wenige Wochen nach der Hochzeit waren er und ich schon undenkbar lange verheiratet. Als ich erkannte, daß er nicht unser Leben leben wollte, sondern seins, war es deshalb wohl schon zu spät.

Souverän, wie er die Hochzeitsvorbereitungen meisterte und nach der Trauung störende Figuren aus unserem Leben verwies. Briefe der Stocker-Zwillinge, denen das Ende der Romanze mißfiel, weil es sein und mein Ende war und nicht das ihre, flogen ungeöffnet in den Papierkorb. Indem er mich bewog, den Journalistenkurs nicht mehr zu besuchen, verschwand Persotzky. Als ich meinen kleinen Italiener Emmanuele entschädigen wollte, der sein Schicksal tapfer und traurig trug, und beschloß, ihm ein kleines Restaurant in seiner Heimatstadt Brescia einzurichten, redete B.T. mir das aus.

„Das kannst du nicht machen, Clarissa", beschwor er mich. „Du kränkst ihn damit tödlich."

„Aber was soll ich sonst tun?"

„Laß mich mit ihm sprechen."

Am Abend gingen B.T. und Emmanuele, wie man das in diesem Fall in Italien auch gemacht hätte, zusammen aus zum Essen. Ich weiß nicht, was B.T. dem Kleinen alles erzählt hat und womit er ihn verhexte. Bei ihrer Rückkehr war die Situation vollkommen anders als noch zwei Stunden vorher. Emmanuele begrüßte mich freundlich, aber nicht mehr mit leidenschaftlicher Trauer, sondern ein wenig respektvoll und schon sehr entfernt. Dafür hing er voller Entzücken an B.T.'s Lippen. Er hatte ein Idol gefunden.

„Was hast du mit ihm gemacht?" fragte ich später, während wir in meinem Doppelbett lagen und Emmanuele über uns im Gästezimmer hin und herlaufen hörten, er mußte packen, denn der Zug nach Brescia ging sehr früh.

„Ich habe ihn als Herrn behandelt", antwortete B.T. mit unbewegtem Gesicht.

„So billig ist das."

„Ich glaube kaum, daß Emmanuele es als billig empfindet. Doch das ist Ansichtssache. Jedenfalls kehrt er nach Brescia zwar nicht als zukünftiger Restaurantbesitzer heim, aber mit Selbstachtung. Ich halte das für wichtiger."

„Das ist Ansichtssache", äffte ich ihn nach.

B.T. gab darauf keine Antwort. Er sah mich nur mit einem Blick an, den ich damals zum erstenmal bei ihm bemerkte und mit dem er mich im Lauf der Wochen und Jahre immer öfter betrachten sollte, kühl, unbeteiligt, wie in der Verkleinerung durch ein umgedrehtes Fernglas, ein nicht uninteressantes, aber fremdes Objekt.

Obwohl B.T. keinen Beruf ausübte, er hatte das nie getan und unsere Hochzeit ermöglichte ihm, an diese Tradition anzuknüpfen, wirkte er doch selten unbeschäftigt und nie gelangweilt. Mehr und mehr wurde ihm seine Bibliothek im ersten Stock des Hauses zur Zentrale, aus der er geheime Kräfte schöpfte, die mir verschlossen blieben. Anfangs versuchte ich manchmal, bei ihm einzudringen und daran teilzuhaben, doch er wies mich ab, ohne es auszusprechen.

Wenn ich gerecht sein will, und das heißt gerecht auch gegen B.T., dann muß ich glauben, daß nicht nur ich ein Opfer war. Auch B.T. litt unter unserer Ehe, das heißt unter mir. Zweisamkeit fürs Leben war eine Daseinsform, für die er nicht geboren war. Er bemühte sich, das Beste daraus zu machen, und das mochte ihm reichen. Mir war es zu wenig. Im ersten Winter unserer Ehe brach die Krise aus.

Ich hatte hinter seinem Rücken meine Beziehungen spielen lassen und für ihn eine berufliche Position reserviert, die unlängst frei geworden war und seinen Begabungen und Neigungen zu entsprechen schien. Als Direktor der städtischen ‚Kleinen Galerie' würde er nicht unter der Arbeitslast zusammenbrechen. Aber die Beschäftigung mit Kunst und Menschen, die schon durch ihre Interessen ihm entgegenkamen, mußten ihm einen Rahmen geben, den ich bisher bei ihm vermißte. Dabei ging es nicht ums Geld. Ich erklärte ihm das, vielleicht ein wenig zu sehr aus dem Hinterhalt und zu ultimativ, beim Abendessen. Er war entsetzt.

„Aber das ist doch völlig unmöglich, Clarissa", sagte er und ließ seinen Kaviartoast sinken. „Gerade jetzt!"

„Was heißt das?" fragte ich verblüfft." „Was heißt: Gerade jetzt?"

„Ich kann doch nicht einfach alles liegen und stehen lassen." Er nahm die Schneckengabel zur Hand und deutete damit vage an die Decke hoch, in Richtung seiner Bibliothek.

„Soll das heißen, du schreibst ein Buch, oder was tust du sonst Großartiges dort oben?"

„Ein Buch, ein Buch." B.T. brachte es fertig, sein schmales Gesicht noch schmaler wirken zu lassen. „Irgendwie schreibt man immer ein Buch. Wenn du verstehst, was ich meine."

„Überhaupt nicht. Entschuldige mein mangelhaftes Einfühlungsvermögen."

Er nickte und aß ernst seinen Kaviartoast auf, der kalt zu werden drohte. Mein Vorstoß hatte ihn unerwartet getroffen. Er überlegte, wie er ihn abwehren könnte, aber er war zu intelligent und zu sensibel, um nicht zu spüren, daß ich heute nicht nachgeben würde. Er wußte, dies war unser entscheidendes Duell.

„Wenn ich deinen Vorschlag ablehne?" fragte er schließlich.

„Trennen wir uns", antwortete ich und hoffte, er würde nicht erkennen, wie mich diese Möglichkeit trotz allem noch mit Angst erfüllte.

„Wann muß ich mich entscheiden?"

„Sehr bald."

Wieder nickte er, wie um sich selbst etwas zu bestätigen. Nachdenklich hob er das Glas und nahm einen Schluck Weißwein — niemand konnte so dekorativ und bedeutungsvoll trinken wie er. Aber wenn das, was er damit sonst vorführte, ein gutes Stück Selbstdarstellung sein mochte, diesmal meinte er es nicht so. Denn sein Gesicht, mit dem er mich vielleicht noch vor einer Minute in bewährter Manier zu beeindrucken versucht hatte, veränderte sich plötzlich. Es erstarrte, und ich wußte, daß er mir hinter dieser unbewegten Edelfassade alles verbarg.

„Genügt es dir, wenn ich dir morgen abend auf dem Maskenfest meine Antwort gebe?" fragte er.

„Warum ausgerechnet dort?" Ich fühlte mich unbehaglich. „Dort sind wir nie unter uns."

„Eben."

„Wie du willst. Aber länger kann ich nicht warten. Die Leute, die über die Direktorenstelle der ‚Kleinen Galerie' zu entscheiden haben, müssen wissen, woran sie sind. Und ich muß es auch wissen."

„Dann sind wir uns einig."

„Gut." Ich stand auf, faltete die Serviette zusammen und wandte mich zum Gehen. „Ich bin fertig. Kommst du mit?"

„Ich bleibe noch etwas hier."

„Wozu?"

„Denken."

Obwohl ich mich nicht mehr nach B.T. umdrehen wollte, sah ich, schon unter der Tür, doch noch einmal zu ihm hin. Er saß auf seinem Stuhl, wie ich ihn verlassen hatte, immer noch mit dem unheimlich erstarrten Gesicht, mit dem er sich tarnen wollte, und blickte mir nach. Als er meine Augen auf sich gerichtet sah, hob er ganz leicht und spöttisch sein Weißweinglas in meine Richtung, setzte es an die Lippen und trank, ohne daß sich seine Kehle bewegte.

„Morgen auf dem Maskenball", wiederholte er, als sei das ein Kennwort, ein Kode.

Wie ein statisches Feuerwerk schwebte die Beleuchtung, in den Raum hineingeplatzt: blutig verhangene Sonnen, blitzende Sterne und meergrüne Monde, bunt geballte leuchtende Trauben und exotische fleischfressende Blüten. Dazwischen hingen, in einem riesigen, über den ganzen Saal gezogenen Spinnennetz aus flimmernden Silberfäden, halbnackte übergroße Frauenpuppen, die in der hochsteigenden Wärme leise schaukelten wie Gallionsfiguren über einem langsam rollenden Meer, in pausenlosem Wechsel schleuderten drei Kapellen ihre Rhythmen in die tanzende Menge. Bunte hektische Scheinwerfer rotierten, zuckten, flammten, machten schwindelig und tauchten die ganze Szenerie in ein unirdisches Licht.

B.T. und ich waren getrennt gekommen, wir hatten das so ausgemacht. Wir hatten unsere Masken heimlich gewählt und angelegt, ohne daß der andere es sah. Erst auf dem Ball wollten wir uns suchen und erkennen. Es war meine Idee gewesen, ich hatte das ein bißchen verrückt und reizvoll gefunden. B.T. hatte gleichgültig zugestimmt. Er haßte Maskenfeste, das Wie war ihm egal. Um eine Maske zu tragen, benötigte er keine Kostümierung.

Schon als ich an der Garderobe meinen Mantel abgab, stürzte ein dort herumlungernder Seeräuber, der heimatlos wirkte und aus einer eingeschmuggelten Flasche Schnaps trank, mit einem begeisterten Aufschrei auf mich zu. Er war klein, trug eine riesige Augenklappe, eine Zottelperücke und einen falschen Vollbart. Weil er seine Stimme fistelnd verstellte, erkannte ich ihn erst, nachdem er mich zur Tanzfläche gezerrt hatte und ich nach seinen ersten hilflosen Schritten den säuerlichen Geruch einatmete, der von ihm ausging.

„Persotzky!" sagte ich überrascht. „Was treibt Sie auf dieses Bacchanal?"

„Ich könnte lügen und behaupten, daß ich so was liebe", antwortet er und trat mir auf den Fuß. „Aber ich sage besser gleich die Wahrheit: Ich habe gehört, daß Sie kommen, Clarissa, und ich wollte — ich mußte Sie wiedersehen. Wo haben Sie Ihren Mann gelassen?"

Ich deutete auf die rings um uns wogende Schar aus Exotinnen, Vorstadtflittchen, Evas mit Feigenblättern und Kavalieren oder Ringelpulloverträgern. „Irgendwo da muß er sein. Ich habe ihn noch nicht gesehen."

„Als was geht er?"

„Das weiß ich nicht. Es soll eine Überraschung sein. Was denken Sie, Persotzky, was er sich als Maske ausgesucht haben könnte?"

„Was, was?" Er überlegte und begann so zu schwitzen, daß ich ihn von der Tanzfläche zu einer kleinen Sektbar zog, um ihn mir wenigstens einen halben Meter vom Leib zu halten. „Normalerweise geht man als etwas, das man im Leben gern wäre. B.T. könnte als Lord hier sein, zum Beispiel. Oder man wählt eine Maske, die man für das groteske Gegenteil von dem hält, was man ist. Vielleicht geht B.T. als ..." Er zögerte eine Sekunde, bevor er bitter fortfuhr: „Vielleicht geht B.T. als Persotzky."

„Aber ich bitte Sie!" sagte ich mehr angewidert als mitleidig. „Es ist Ihr gutes Recht, B.T. nicht zu mögen. Trotzdem sollten Sie ihn und seinen Geschmack nicht derart unterschätzen."

„Ich unterschätze ihn nicht, o nein, ich habe wirklich keinen Grund, B.T. zu unterschätzen." Er lachte böse, und ich erkannte, daß er die Beziehungen zwischen sich, mir und B.T. noch immer nicht für endgültig hielt. Was ihn zu der verzweifelten Hoffnung trieb, auch heute noch an mich als Frau zu denken und auf mich zu zählen, war mir rätselhaft, ich hatte dazu nichts beizutragen. Aber vielleicht glich er in diesem einen Punkt B.T. und vielen anderen Menschen, die es sich leisten konnten oder die es sich nicht leisten konnten und die deshalb daran zerbrachen, je nachdem. Dort, wo die Wirklichkeit sich mit ihren größten Wünschen schnitt, vertauschten sie beide, und mehr als einer kam damit bei seinem Schicksal durch.

Erst jetzt fiel Persotzky auf, daß ich eine Maskierung trug, die einen Teil seiner Theorie von vorhin bestätigte, weil sie in seinen Augen für mich geradezu grotesk war. Er schob die ohnehin lästige Augenklappe hoch und musterte mich: den überkurzen Fransenrock, die Netzstrümpfe, die grellrote und ziemlich offenherzige Glanzbluse, die schwarze Perücke und das frech geschminkte Gesicht.

„Was ist das, Clarissa, als was Sie hier auftreten?"

„Haben Sie noch nie ein Straßenmädchen getroffen,

Persotzky?" fragte ich und lachte möglichst ordinär. Dann
kniff ich ein Auge zu und fragte im einschlägigen Tonfall:
„Kommst du mit, Bubi?"

„Ich weiß nicht, Clarissa." Er mußte schlucken, was
seinen Adamsapfel zum Hüpfen brachte. „Ich will ja nicht
sagen, daß es nicht ... daß es nicht ..."

In diesem Augenblick brandete grell vor uns Gelächter
auf. Die Gesichter der Tanzenden wandten sich alle in eine
Richtung. Mit gespielter Ehrfurcht traten die Paare zur
Seite und bildeten eine Gasse. Durch diese Gasse kam B.T.
in einer Maske, die mir und sogar Persotzky die Sprache
verschlug, direkt auf mich zu.

B.T. hatte sich als Kardinal verkleidet. Langsam und
feierlich schritt er in seiner roten Kleidung mit der langen
Schleppe durch die Menge, als gehörten solche Auftritte zu
seinem täglichen Ritual. Am Finger trug er einen riesigen
Ring. Rechts und links von ihm, respektvoll einen halben
Schritt zurück, gingen zwei hübsche Knaben und schwangen Weihrauchfäßchen. Unheimlich war sein Gesicht: Totenbleich geschminkt, mit Augen, die in schwarzen Umrandungen wie in den Rändern von Todesanzeigen lagen.

Zufällig stellten zur gleichen Zeit alle drei Kapellen das
Spielen ein. Das Gelächter der Paare, die für B.T. eine
Gasse bildeten, verstummte. Sein Auftritt war auch gar
nicht komisch und noch weniger blasphemisch, weder in
der Absicht noch in der Wirkung, sondern von einer düsteren Feierlichkeit, die etwas anzukündigen schien, was das
Publikum — ich eingeschlossen — noch nicht wußte. Ich
fühlte mich unbehaglich, geängstigt, und warf Persotzky
einen hilfesuchenden Blick zu. Aber von Persotzky war
hier keine Hilfe zu erhoffen. Er starrte B.T. an, fasziniert,
haßvoll hingerissen, wie zur Statue erstarrt, bis auf das

perlende Schwitzen auf der Stirn unter seiner idiotischen
Perücke, ein unglaubwürdig kindischer Seeräuber-Imitator
vor einem großen Würdenträger aus einer anderen Welt.

B.T. blieb vor mir stehen und verneigte sich. Dann
lächelte er, was bei seinem fahlen Gesicht unheimlich
wirkte, und drückte den beiden Knaben etwas in die
Hand. Sie sahen neugierig nach, wie hoch der Betrag war,
bevor sie jubelnd und die Weihrauchgefäße schwingend
davonliefen. Kurz warf B.T. der komischen Figur an meiner Seite einen Blick zu. Er erkannte Persotzky und hob
mit einer Arroganz, die durch sein Kostüm und das
geschminkte Gesicht etwas aus riesiger Distanz Verlet-
zendes bekam, die Augenbrauen. Dann reichte er mir
den Arm, wie damals auf der Party des Kurskollegen,
auf der ich ihn zum erstenmal getroffen hatte. Eine Kapelle begann erneut mit harter Musik. Die Paare, schon
zu lange wider Willen abgelenkt, legten tanzend los. Die
Gasse, die sie für den Kardinal gebildet hatten, schloß sich,
schlug und wogte zusammen wie das Rote Meer hinter
Moses und verschlang Persotzky, der von uns fortgerissen
wurde und bis auf weiteres darin unterging.

Wir retteten B.T.'s Schleppe aus der um sich tretenden
Menge, bevor wir am Rande des Saales, in einem großen
Erker unter ein paar hohen Säulen, selber tanzten. Mein
Kostüm sprach etwas Verborgenes in B.T. an, ich spürte
es daran, wie er mich in den Armen hielt. Gleich darauf
gab er es zu. „Das steht dir recht aufregend, Clarissa. Du
mußt es ja nicht anziehen, wenn wir eine von diesen töd-
lichen gesellschaftlichen Verpflichtungen haben, wie du es
nennst. Aber so ab und zu, zu Hause... Erinnerst du dich
noch, als ich dir versprach, du würdest überhaupt nicht
merken, daß du keine Zwillinge bist?"

„Ich glaube schon", antwortete ich und überlegte, was er mit diesem Gespräch bezweckte. „Aber ob das ein gutes Thema ist, für einen hohen geistlichen Herrn?"

„Die Begegnung mit der Sünde ist unser tägliches Brot, mein Kind."

„Warum hast du ausgerechnet dieses Kostüm gewählt?"

„Es sollte etwas sein, was der Bedeutung dieses Abends angemessen ist."

„Was ist an diesem Abend so bedeutend?" fragte ich, obwohl ich recht genau wußte, was er meinte.

„Du wolltest eine Antwort von mir haben. Der Direktorsposten der ‚Kleinen Galerie', du erinnerst dich."

„Natürlich", sagte ich und bemühte mich, den Klang meiner Stimme nicht zu verändern. „Wie hast du dich entschieden?"

Er hörte zu tanzen auf, ließ mich los und sah mich bittend an. „Erspare mir das, Clarissa. Du weißt, das ist nichts für mich. Wozu? Du und ich, wir haben das doch gar nicht nötig."

Ich glaubte, ihn zu durchschauen, und ärgerte mich. Dazu also der Aufwand dieser beeindruckenden Maske, dazu der ganze Auftritt und seine ins Erotische schillernden Erinnerungen an unsere erste Nacht und Komplimente wegen meines leichtgeschürzten Kostüms. Er hatte wieder einmal eine Schau aufgezogen, er arbeitete mit allen Mitteln, die ihm zur Verfügung standen, es galt wieder einmal, eine dumme Gans dorthin zu bringen, wo er sie haben wollte, und die dumme Gans war ich.

„Du hast mir die Antwort für heute versprochen", erklärte ich und war stolz auf meine Unerbittlichkeit. „Dabei bleibt es, ich nehme dich beim Wort."

Er zuckte die Schultern, was in seinem Kostüm trotz

der Resignation hoheitsvoll wirkte. „Wie du willst", murmelte er. „Dann bis später."

Er drehte sich um und ließ mich einfach stehen: Ein Kardinal, der sich von einem sündigen Strichmädchen abwandte und mit müden Schritten auf eine Bar zuging, wo er sich — ein merkwürdiger Anblick — auf einen hohen Hocker schwang und sich und dem dekolletierten Fräulein hinter der Theke je einen riesigen Drink spendierte.

Ein alter, mit Weinlaub bekränzter Bacchus entführte mich auf die Tanzfläche und stellte sich als der in Pension gehende Kellermeier heraus, bisher Direktor der ‚Kleinen Galerie'. Er verlor mich bald an einen Ministerialrat des Innern, dem mich Mandi Reiter als Tarzan buchstäblich raubte, indem er mich brüllend auf die Arme nahm und davontrug. Trotzdem ließ er mich in einem unbewachten Augenblick wieder Persotzky in die Hände fallen, vor dem ich mich schließlich an den Tisch einiger adeliger Herren aus dem Baltikum flüchtete, mit denen mein verstorbener Vater befreundet gewesen war. Sie nahmen mich als Mädchen der Freude mit Vergnügen in ihren angetrunkenen Kreis auf. Persotzkys Versuch, mich wieder in seine Gewalt zu bringen, scheiterte an ihrer festen Haltung. Sie hielten mich galant fest, beschossen ihn mit Sektkorken und nannten ihn „Kujon" und „Lette", was er nicht mochte. Grollend zog er sich zurück.

Trotz des vergnügten Kreises wurde ich allmählich unruhig. Ich wartete darauf, irgendwo B.T. auftauchen zu sehen, doch ich konnte sein auffälliges Kostüm nicht entdecken. Natürlich war es möglich, daß er wie ich Bekannte getroffen hatte und bei ihnen saß. Aber ich glaubte nicht so ganz daran. Obwohl ich mich vorhin über seine Schau geärgert hatte und über seinen ausgeklügelten Versuch, mich um den Finger zu wickeln, wuchs die Sorge in mir. Da war etwas an ihm gewesen, wie er mich angesehen und wie er sich von mir getrennt hatte, das mir nicht gefiel.

Gerade wollte ich aufstehen und trotz Mandi Reiter und Persotzky losziehen, um nach B.T. zu suchen. Da blies die Kapelle einen Tusch. Die in ihren Fräcken als Pinguine verkleideten munteren Herren aus dem Baltikum jubelten auf.

„Polonäse!" riefen sie sich und mir zu. „Auf geht's zur Polonäse!"

Und schon formierten sie sich, um als Avantgarde den Kopf der Schlange zu bilden, die schließlich alle Anwesenden zu ihrem langen Leib vereinen und durch die Säle, Bars und Würstelkeller kriechen sollte. Ein kurzes und nur scheinbar ritterliches Gedränge entstand darum, wer den Platz hinter mir einnehmen und mich an den Hüften fassen durfte. Dann hatte auch hier der Kräftigste von ihnen gesiegt, ein Prachtstück von einem alten männlichen Schrank. Ein in den Ruhestand getretener Tanzlehrer, der das Jahr über nur noch für dieses Ereignis lebte, setzte sich an die Spitze und führte uns sicher an. Obwohl hochgradig kurzsichtig, kannte er sich in den Räumlichkeiten seit Jahrzehnten besser aus als jeder andere.

Der menschliche, aus lachenden Masken geformte Lindwurm zog kreuz und quer durch den Saal, schlang sich in verzwickten Figuren um Säulenarrangements, kroch Treppen hinauf und herunter, schien sich schneckenförmig und hoffnungslos festzukeilen und zu verknäulen und löste sich doch immer wieder wie durch ein Wunder auf. Am Eingang zum Spiegelsaal, dem vornehmen und etwas langweiligen Refugium für Gäste, die mehr fein sein wollten als vergnügt, sah ich es kardinalrot aufleuchten. B.T. saß auf dem Topf einer künstlichen Palme und ließ die Schlange, deren unzählige Köpfe sich ihm zuwandten wie einem General bei der Truppenparade, mit unbewegtem Gesicht vorbeigleiten.

Ich nahm die Hände von meinem Vordermann. „Hier, B.T., hier!" rief ich. „Komm vor mich rein, komm mit!"

Auch von anderen flogen ihm Aufforderungen und Scherzworte zu, Arme streckten sich werbend nach ihm aus. B.T. kümmerte sich nicht darum. Er hob nur die rechte Hand, um mir zuzuwinken, mit langsamen fließenden Bewegungen, wie man sie bei Tauchern in Unterwasserfilmen sieht. Ich wollte aus der Schlange ausbrechen, B.T. kam mir einsam vor unter all den Menschen, immerhin war er mein Mann und ich liebte ihn, wozu sonst dieser Kampf. Aber der baltische Schrank hinter mir hielt meine Hüften unerbittlich fest, dieses herbstliche Vergnügen ließ er sich nicht entgehen. Ich drehte noch den Kopf zurück, aber da bog die Schlange nach links, ich sah B.T. nicht mehr.

Erst zehn Minuten später kroch unser Polonäsenwurm, vom halbblinden Tanzlehrer vor allem im Spiegelsaal zu ständig neuen Ornamenten und Figuren verschlungen und stolz entwirrt, zum Eingang zurück. Dort mußte irgend etwas sein, denn die Schlange geriet ins Stocken und schließlich ins Stehen, nur der Tanzlehrer marschierte nach den Klängen der Musik noch weiter, bis er merkte, daß ihm niemand mehr folgte. Ich befreite mich aus den Pranken meines Hintermannes und sprang aus der Reihe.

B.T. saß nicht mehr auf dem Topf der künstlichen Palme, sondern davor, gegen den Topfrand gelehnt. Er hielt die Arme merkwürdig verschränkt. Sein Kopf schaukelte langsam hin und her, von rechts nach links und wie-

140

der zurück und wieder nach links, wie man es von uralten Elefanten gelesen hat, die am Ende ihres Weges angekommen sind. Vor und neben ihm breitete sich eine rote Lache aus, die verschüttetem Rotwein glich und schnell wuchs. Eine junge Frau etwas vor mir in der Schlange begriff als erste, was hier vorging. Sie lief auf B.T. zu, rutschte in der Pfütze aus und fiel mitten hinein. Roter Saft besudelte ihr weißes kurzes Chiffonkleid, kleckste ihr auf die bloßen Arme und ins Gesicht. Sie konnte ihr Entsetzen nicht mehr unterdrücken und schrie. Jetzt wußte auch ich Bescheid. In meiner Panik stürzte ich auf B.T. los und riß ihm die Arme auseinander, um ihn hochzuziehen. Blut spritzte, vom Herzrhythmus wie von einer Pumpe mit wechselndem Druck herausgepreßt, aus den durchschnittenen Pulsadern an seinen Handgelenken. Ich ließ seine Arme sinken. B.T. hörte auf, mit dem Kopf zu schwanken wie ein Elefant, und ich glaubte, in seinem weißen Gesicht den Ausdruck von Triumph zu lesen.

In dieser nicht mehr verkennbaren Situation liefen die alten baltischen Herren zu ihrer wahren Größe auf. Zwei nahmen mich in ihre Mitte, stützten mich, trösteten mich, führten mich ein Stück zur Seite. Mehrere andere verwandelten die jüngeren Herren ihrer nächsten Umgebung in Domestiken: in Läufer, die nach Ärzten rannten; in Träger, die B.T. hochhoben und auf ihren überkreuzten Armen zu einem Séparée schleppten, in dem Sofas stehen sollten; in medizinische Assistenten, die mit aus Batisttaschentüchern eilig gedrehten Kompressen den Blutverlust B.T.'s aufzuhalten versuchten, während sie, seine Handgelenke umklammernd, neben den Trägern herliefen; in einen Diener, der B.T.'s kardinalrote Schleppe hochnahm, damit niemand darüber stolperte.

Zwischen den beiden alten Herren gehend, folgte ich B.T. und den um ihn Bemühten. Die in Domestiken verwandelten jungen Männer hoben einen schweren grünsamtenen Vorhang und ließen uns hinter B.T. in einen kleinen Vorraum treten. Ich wollte B.T. weiter folgen, den seine Träger gerade in das vom Vorraum durch eine Doppeltür abgeschlossene Séparée brachten, aber meine zwei Begleiter drückten mich mit sanfter Gewalt in einen Sessel. Ich sollte warten, mehr war nichts für meine Nerven.

Drei Männer, denen man den Dr. med. schon an den Nasenspitzen ansah, rissen den Samtvorhang zur Seite. Komplimentiert von meinen zwei Beschützern, verschwanden sie mit diesen im Séparée. Die Rettungsaktion für B.T. begann. Ich blieb zurück, unfähig, mich zu rühren, allein mit meiner Angst. Da hatte ich geglaubt, B.T. wenigstens einmal auf einen Weg zu führen, den ich für ihn und mich für richtig hielt, und ich hatte versucht, dabei hart zu bleiben. Hier war das Resultat. B.T., in seiner Schwäche stärker, hatte eine Gegeninszenierung erdacht und damit gesiegt.

Nur gedämpft konnte die Musik aus dem nahen Tanzsaal in den fast kahlen Vorraum, in dem ich saß, eindringen. Bisweilen peitschten zwei, drei Harmonien auf, um dann abzureißen und in eine Stille überzugehen, in der man den weichen sentimentalen Strom der Musik nur mitahnen konnte. Von Zeit zu Zeit schlüpfte ein Paar herein und verließ wieder, wenn es mich sah, eng umschlungen den Raum. Die Sekunde, in der es den Vorhang hob, um sich Durchgang zu verschaffen, genügte, um einige Geräusche aus der kleinen Bar vor dem Tanzsaal an mein Ohr zu tragen: den dunklen, vibrierenden Alt einer Sän-

142

gerin, leises Klingeln von Gläsern, deren Inhalt den schwingenden Ton aufsog, halblaut plaudernde Stimmen und das übermütige Lachen einer Frau, das in einer aufwärts ziehenden Spirale verschwand. Doch schon fiel der Vorhang schützend zurück und verschluckte die Klänge, die an andere Menschen erinnerten. Nur die Musik floß weiter, leise, plötzlich losbrechend, verschwindend.

Endlich öffnete sich langsam die Doppeltür zum Séparée. Einer der baltischen Herren, die B.T. bei seiner Verarztung Beistand geleistet hatten, sah sich suchend in dem Vorraum um, als seien dort so viele Menschen, daß er mich erst herausfinden müßte. Sein Blick fiel auf mich, und sein Arm streckte sich in meine Richtung aus, um mich heranzuwinken. Ich versuchte, in seinem Gesicht zu lesen, wie es stand, das Gesicht war ernst und etwas abgespannt, aber sah nicht nach Beileid aus. B.T. hatte es wieder einmal geschafft. Ich sprang auf und lief zu ihm.

Kardinal B.T. saß und lag halb auf dem Sofa wie eine etwas unpäßliche Eminenz, die trotzdem empfing. Sie hatten ihm das Gesicht abgeschminkt, aber auch ohne Schminke war es jetzt fast so weiß wie zuvor. Feste helle Bandagen an seinen Handgelenken zeugten noch von dem Versuch, sich umzubringen oder mich entscheidend zu erschrecken oder beides. Die Ärzte, die baltischen Herren und die freiwilligen Helfer umstanden sein Sofa im Halbkreis und bewunderten ihn wie ein Kunstwerk, das ihnen gelungen war.

Er sah mich kommen und machte mit dem Arm eine hoheitsvolle Bewegung, die vollkommen mit seinem Kostüm harmonierte. Die Männer, die ihn umstanden, gehorchten der auffordernden Geste. Ihr Halbkreis öffnete sich. Ich ging langsam zwischen ihnen hindurch, trat vor das Sofa und sah B.T. kopfschüttelnd in die Augen, in denen ein Lächeln schimmerte. Meine Angst und mein Mitleid wurden kleiner. Er ändert sich nicht, dachte ich, bei ihm bleibt alles abstrakt, sogar der Versuch oder zumindest das Risiko, zu sterben.

„Entschuldige, Clarissa", sagte er. „Sicher bist du ziemlich erschrocken."

„Ja, ziemlich", antwortete ich. „War das deine Antwort, die du mir heute auf meine Frage geben wolltest?"

Er nickte. „Das weißt du doch."

„Ich verspreche dir, nie wieder eine Frage dieser Art zu stellen", erklärte ich und gab mich damit geschlagen. „Wenn du mir versprichst, nie mehr so zu antworten." Es war mir damals ernst. Und viele Ereignisse und Jahre waren von da an nötig, bis ich dieses Versprechen brach, um B.T. mit Hilfe Persotzky und des Ministerialdirigenten gegen seinen Willen als Vorsitzenden des Auswärtigen Ausschusses aufzubauen.

„Ich verspreche es dir", sagte er zufrieden. „Danke, Clarissa."

Ich wollte zurücktreten und den Trägern Platz machen, die ihn zum Krankenwagen bringen sollten, denn eine Bluttransfusion in der Klinik war trotz allem geboten. Aber dann kehrten noch einmal der Schrecken und die Angst um ihn zurück und verwandelten sich in Zorn. Ich konnte mich nicht abwenden, ich mußte es ihm sagen.

„Warum tust du das?" fragte ich ihn. „Es hätte trotz allem bessere Möglichkeiten gegeben. Da muß noch etwas anderes mitgespielt haben. Warum tust du so was?"

Er blickte mich überrascht an und überlegte, bevor er

antwortete. „Vielleicht war Neugierde dabei. Vielleicht auch Langeweile."

„Nicht Angst?" schrie ich ihn an. „Nicht Verzweiflung?"

Einer der Ärzte gab mir ein energisches Zeichen. Ich senkte beschämt den Kopf und gab den Trägern den Weg frei. Dadurch hörte ich gerade noch, wie einer der baltischen alten Herren, der mir den Rücken zukehrte und mich deshalb nicht sehen konnte, zu einem anderen sagte und er meinte damit ohne jeden Zweifel B.T.: „Jetzt ist er noch so jung und macht schon dies — der geht mit einem feinen Ballast in die Zukunft."

Es war das einzige vernünftige Wort, das ich in dieser Nacht hörte.

Manchmal ertappte sich B.T. dabei, wie er in das Innere des Wasserschlosses eindrang und durch lange, von stockig gewordenem, bröselndem Anstrich gesprenkelte Korridore und Zimmerfluchten wanderte, vor einem beißend verlöschenden Kaminfeuer stehen blieb oder sich in einen Sessel der erhöhten, verkanteten Erker sinken ließ und erstarrte, und eigentlich hätte der B.T., der bewegungslos aus den vor Schmutz milchigen Fenstern blickte, einen anderen B.T. bemerken müssen, der ihm gegenüber ebenso bewegungslos in einem Löwenstuhl saß und zu ihm über die Weite eines Schreibtisches herübersah. Er bedauerte, nie gefragt zu haben, wie sein Bruder Gregor die Räumlichkeiten des alten Hauses gesehen hatte, ein amüsantes Spiel mit der vielstrahligen Unterschiedlichkeit der an ein und demselben Objekt entzündeten Phantasie zweier Menschen, die sich doch nahe standen, hätte sich Zug um Zug entwickeln lassen. Vielleicht jedoch, und auch das wäre interessant gewesen, womöglich sogar unheimlich, vielleicht sah Gregor gar nicht weiter als auf die dreieckige, begrünte Flußinsel und die äußere Kontur des Gebäudes, das er nach den Angaben seines Bruders gemalt hatte. Für einen Mann, der wie er im Leben sein normales Zuhause besaß, mochte das Betreten des Wasserschlosses überflüssig oder bei Strafe verboten sein.

Daneben behielt die am Bücherregal hängende Kette schmuckloser Fotografien von Hotels ihre Attraktion. B.T. konnte sich selbst nicht genau Auskunft geben, ob seine Abenteuer in jenen Hotels schon damals, als er sie erlebte, über das Alltägliche hinausweisende Bedeutung für ihn annahmen, oder ob sie sich ihm nur als vorübergehende Aufenthalte boten, als mehr oder minder zufällig gewählte Zäsuren in seinen Reisen, Farbkleckse oder Tinten, aus denen der Betrachter erst viel später in der Rückschau den für ihn bestimmten Inhalt herauszuschälen verstand. Überhaupt — warum ausgerechnet die Hotels? Hier glaubte B.T. eine Antwort zu wissen, die zeigte, wie sehr das Leben an eindrucksvoller, andere Momente überragender Kraft gewinnt, wenn es sich einiger Mittel der Kunst bedient, das heißt in diesem Falle der dramatischen Konfrontation oder eines von Prototypen belebten, auch von Ort und Zeit her streng begrenzten Milieus, in dem ein Hauptdarsteller Erfahrungen erleidet. So waren für B.T. die Hotels nichts anderes als das womöglich gefährdete Luxusschiff, an dessen Bord Theaterdichter und Romanciers der Wirksamkeit halber gerne ihre Handlungen verlegen, und die einzige Minderung im Hinblick auf mögliche Effekte und Symbole bestand darin, daß Hotels nicht untergehen.

Das dritte von unten in der Reihe der Bilder war das

‚Sirena'. Ein vielstöckiger weißer Betonklotz mit Fenstern und davorgeklebten, wabenhaften Loggien, am Fuß einer von steil abfallenden Olivenhainen umrandeten Meeresbucht irgendwo zwischen Neapel und Salerno, B.T. erinnerte sich nicht an den Namen des armseligen Dorfes, dessen Hütten das Hotel überragte wie eine Zwingburg oder eine Kathedrale, vielleicht hatte er ihn nie gewußt, ein Name tat nichts zur Sache. Der Fotograf hatte die Aufnahme vom Kamm des Hanges aus gemacht, eine Draufsicht, schräge Vogelschau auf das flache Hoteldach mit der riesigen Terrasse, an Tische gelehnte Stühle und in Haltern zusammengeklappte Sonnenschirme, immer wieder hatte B.T überlegt, was auf diesem Bild nicht stimmte und was fehlte und erst als er diesmal aus dem Wasserschloß zurückkehrte, sah er es. Sofort entfernte er Schirme und Halter, stattdessen wuchs ein leichtes Schilfdach über die Terrasse, ein Schutz gegen die Hochsommerglut, den man natürlich auch in den Nächten nicht abnahm, nicht in jener ganz bestimmten Augustnacht, für die das Bild in der Bibliothek hing, B.T. löschte die Sonne, entzündete Windlichter an den hell gedeckten Tischen, sprenkelte den sichtbaren Teil des Horizonts mit Sternen und malte in das Wasser der Bucht eine zitternde Bahn aus Mondlicht. Jetzt noch einige Tupfen auf das Bild, schwarz und weiß auf die Stühle, die Männer, und bunt die Frauen, das Blitzen von Gläsern, Besteck, Geschirr, eilende Ober und rechts und links von sich selbst zwei gut gelaunte Männer, Conte Barbera und Dottore Maffei: Genauso war es gewesen.

„Damit wäre der normale Teil des Abends zu Ende", sagte Barbera und zielte mit dem Zeigefinger auf einen Mann, der die Terrasse betreten hatte und sich suchend umsah.

„Wie?" fragte B. T. überrascht.

„Il Cacciattore", antwortete Maffei grimassierend, er hielt das für eine ausreichende Erklärung.

„Der Jäger?"

Weitere Erläuterungen zur Person mußten unterbleiben, denn der Neuankömmlung hatte sie entdeckt, schon stand er neben ihrem Tisch und lächelte freundlich, ein schlanker junger Mann mit hübschem, mädchenhaft weichem Gesicht und dunklem Schnurrbart, er begrüßte den Dottore und den Conte herzlich, er war von Glück überwältigt, B. T.'s Bekanntschaft zu machen, und bei all dem Reden mit Händen, Lippen, dem ganzen Kopf trug er weiter das Futteral mit einem Gewehr auf der Schulter seiner dunkelgrünen, nach Jägerart zubereiteten Jacke, dazu hielt er ein kleines graues Buch in der Achselhöhle festgeklemmt.

„Machen Sie uns das Vergnügen, mit uns ein Glas Wein zu trinken?" fragte der Conte Barbera.

„Ich möchte Ihr Beisammensein auf keinen Fall stören", antwortete der Cacciattore kopfschüttelnd. Und schon hatte er das Futteral von der Schulter geschwungen und an den Tisch gelehnt, sein Buch lag vor ihm auf der hellen Decke, er setzte sich und kostete fast andächtig von dem rubindunklen, an den Hängen des Vesuv gewachsenen Wein, den Barbera ihm eingegossen hatte.

„Gut", sagte er. „Sehr gut. Man kann sich förmlich vorstellen, wie das schmeckt, wenn man ihn im Mund abwechselnd über Brocken parmiggiano laufen läßt, und Oliven, und Brot, und Fetzen von scharfem prosciutto crudo."

Erschrocken versuchte er abzuwehren, als der Dottore den Kellner heranwinkte und das Aufgezählte bestellte, aber seine Gegenwehr drang nicht durch, vielleicht lag es nicht nur an seiner mädchenhaften Sanftheit, daß ihm die letzte Überzeugungskraft fehlte, er resignierte und fiel, als die Platte auf dem Tisch stand, wie ein verschämter Löwe über Brot, Käse, Schinken und Oliven her, kein Zweifel, er war halb verhungert. Die anderen Drei lächelten sich verstohlen an und schoben sich zu seiner Tarnung den einen oder anderen Bissen in den Mund. Eine Weile bestand keine Notwendigkeit, eine Unterhaltung zu führen, das Orchesterwerk der Gespräche ringsum wurde zu genußvoller Aufführung gebracht, in den Pausen füllte eine Brise vom Meer her die Stille mit dem Rascheln des Schilfdachs, es war angenehm hier zu sitzen und Wein zu trinken und ohne Peinlichkeit freundlich zu schweigen. Als B.T. das Schweigen brach, geschah es nur, weil er damals kein Buch sehen konnte, ohne sich für den Inhalt zu interessieren.

„Was lesen Sie da?"

„Ich lese es nicht, zumindest nicht im herkömmlichen Sinn, den Sie meinen." Der Cacciatore strich zärtlich über den Deckel des kleinen grauen Buchs. „Ich lerne es."

„Kein Roman?"

„Ein Lehrbuch der französischen Sprache. Grammatik, Wortschatz, Übersetzungsübungen, in Lektionen unterteilt. Wer heutzutage Fremdsprachen beherrscht, ist ein ungekrönter König. Sie öffnen uns das Tor zur Welt, wissen Sie."

B.T. fühlte sich überwältigt von dieser Mischung aus Ernsthaftigkeit und Banalitäten. „Warum lernen Sie nicht Englisch?" fragte er.

„Jeder Zweite spricht es heute. Außerdem ziehen meine Ohren Französisch vor. Es ist die Aristokratin unter den Sprachen."

„Er trägt den Schlüssel dazu ständig mit sich herum", sagte der Conte und deutete auf das Buch. „Ich kann mich nicht erinnern, mein Lieber, Sie jemals ohne das gesehen zu haben. Wenn die französische Sprache eine Aristokratin ist, wie Sie sagen, dann besitzt sie in Ihnen einen ihrer treuesten Verehrer."

„Sie lernen also sozusagen unterwegs Französisch?" erkundigte sich B.T. „Auf Schritt und Tritt?"

„Es finden sich immer Gelegenheiten", erklärte der Cacciatore, geschmeichelt von dem Interesse, das man ihm entgegenbrachte. „Andere werfen im Autobus einen Blick in die Zeitung, sie schwätzen beim Anstehen am Bankschalter, sitzen im Espresso und gucken den Frauen nach. Ich habe mein Buch dabei, lerne, es sind anscheinend nur Minuten, aber wie schnell sind sie zu Stunden geworden, wenn man sie zusammenzählt. Sobald meine Kenntnisse noch perfekter sein werden, gehe ich für ein Jahr nach Paris."

„Was macht die Jagd?" fragte der Dottore und deutete auf das Gewehrfutteral um abzulenken, denn die französischen Studien des Cacciatore hatten ihn in eine Heiterkeit gesteigert, deren explosiven Ausbruch er offensichtlich nicht mehr lange zurückstauen konnte.

„Sie wird täglich härter", sagte der Cacciatore ernst.

„Kein Großwild mehr — wie Carlino oder die alte Maria?"

„Bitte, Dottore!"

„Es sind hier in der Gegend gewisse Vorurteile gegen unseren Freund aufgetaucht", meinte Maffei erklärend zu B.T. „Im vergangenen Herbst bekam der alte Carlino das Gesäß voller Schrot, während er zur Ernte auf einem Olivenbaum saß, und wenig später wurde der alten Maria ein Auge ausgeschossen, als sie in der Küche stand und sich den Schnurrbart rasierte."

„Alle Versuche, das mir in die Schuhe zu schieben, waren Schläge in die Luft!"

„Wegen dieser mißglückten Beweisführung habe ich ja auch von ‚Vorurteilen' gesprochen."

„Warum wird die Jagd immer härter?" fragte B.T.

„Weil so etwas wie Hegen, Wildpflege, hier unbekannt ist", antwortete der Cacciattore. „Das genaue Gegenteil spielt sich ab. Sie kennen ja die Liebe meiner italienischen Landsleute, zu töten. Was nur an Getier über den Weg läuft oder an ihren Nasen vorbeifliegt, wird totgeschossen."

„Schießen Sie nicht auch?"

„Aber ich bin Jäger!"

„Und die anderen?"

„Nichts als Mörder."

Das Schweigen kehrte zurück. Unten im Meer, draußen, war eine Perlenkette aufgeleuchtet, sie spannte sich in dem aufs offene Wasser gewölbten Bogen fast von Spitze zu Spitze der Landzungen links und rechts der Bucht, die Kette der Fischerboote, an deren Bug die glotzenden, mit Karbidgas gespeisten Scheinwerfer standen, um nächtliche Beute aufzuspüren, anzulocken, zu verraten, in ihre an- und abschwellenden Strahlenarme zu zwingen und zu hypnotisieren. Stunde um Stunde würden die Fischer dort draußen bleiben, langsam in geschlossener Reihe näherrückend mit ihren Netzen, jetzt galt es noch vorzusorgen für die Zeit, in der die Stürme die Boote am Ufer festhielten und die Früchte des Meeres in unzugängliche Tiefen und ruhige Unterwasserspalten der Felsen schüttelten. Aber meist war die Beute der Mühen spärlich, selten hatten sie mehr in ihrem Boot als in einer Spankiste ein paar silberschuppige, aluminiumartige oder rötlich glitschige Fischkörper mit platten Flossen und aufgerissenen Mündern. In diesen Breiten war das Mittelmeer fast zur Wasserwüste geworden, zu wenige achteten auf die Vernunft und zu viele suchten trotz angedrohter Bestrafung ihre Beute mit Dynamit aus den Wellen zu sprengen, wobei sie die junge Brut abtöteten, die Fischsaat, das wachsende Korn der Fischer.

„Was werden Sie morgen unternehmen?" fragte der Cacciattore. „Oder heißt es schon heute?"

„Ich habe für morgen ein Motorboot gemietet", antwortete B. T. „Wenn man weit fort ist, lächelt und spottet man zwar immer darüber. Aber wenn man hier ist, muß man einfach hinüberfahren und sie wiedersehen, die alte Hure Capri."

„Dann werde ich oben am Hang stehen und Ihnen ‚Gute Fahrt' zurufen."

„Aber ich will sehr früh losfahren."

„Ein Jäger ist früh auf den Beinen."

Er schob den Stuhl zurück, der Wein und das Essen und das Gespräch hatten ihm gut getan und in sein Mädchengesicht einen härteren Glanz scheinbarer Männlichkeit geschminkt, es stand ihm und für die Wirkung des Augenblicks bedeutete es wenig, ob dieser Glanz trog, weil hier im Wein nicht Wahrheit lag, sondern von einem beschwipsten Gefühl nach außen getragene Illusion. Schon als der Cacciattore sich verabschiedet hatte und durch die Kerzenreihen der Tische hindurch zum Lift ging, wollte B. T. ihm nachrufen, er habe seine zwei wichtigsten Attribute vergessen, aber er entdeckte, der andere trug seine Gewehrhülle längst wieder auf dem Rücken, das kleine graue Buch klemmte in der Achselhöhle, er hatte sie so selbstverständlich vom Tisch aufgenommen, daß man es nicht wahrnahm, er konnte sie nicht vergessen, niemals, denn sie waren mehr, mehr das heißt Unabdingbarkeiten seiner gewählten Existenz.

„Haben Sie gehört, daß er in seinem Futteral nur ein Holzgewehr für Kinder herumschleppt?" fragte der Dottore Maffei.

„Ich weiß nicht, ob ich Sie ganz verstehe", sagte B.T. überrascht.

„Seit den Geschichten mit Carlino und der schnurrbärtigen Maria ist ihm das Tragen von Schußwaffen streng verboten."

„Und das Lehrbuch?"

„Wahrscheinlich hat er es nie geöffnet. Ich weiß, er spricht nicht ein Wort Französisch."

„Wovon lebt er eigentlich? Er wirkt wohlhabend. Allerdings, sein Hunger —"

„Er bekommt Geld von seiner Frau. Sie ist Stubenmädchen in einem Hotel in Neapel."

„Warum macht er das nur?"

„Er muß wohl, weil es in ihm steckt", sagte Conte Barbera, da der Dottore schwieg. „Er muß sich und anderen die Rolle vorspielen, in der Sie ihn heute gesehen haben. Es ist seine einzige Rolle. Dafür lebt er."

Es gibt, dachte B.T., schlechtere Gründe für ein Menschenleben.

Eine Handspanne hoch kroch weißer Dunst über dem Meer und machte das Wasser in der Bucht zu einer Bouillabaisse, die in einem Riesenkessel unter den ersten Sonnenstrahlen von einem kosmischen Chef de Cuisine bereitet wurde, aber der Suppendampf reichte bei weitem nicht bis auf das Deck des kleinen rotbraunen Motorbootes, B.T. saß im Klaren und gähnte fasziniert, ein Nachtmensch, bedrängt von der Müdigkeit und dem fremden Zauber eines ganz frühen Morgens. Ungefähr in der Mitte der Bucht warf der junge Fischer das Steuer scharf herum, das Boot gehorchte mit einem Schwenk nach rechts und dröhnte mit hochragendem Bug auf die Felsnase zu, die als letzte Bastion des Landes den öden Hang gegen das Wasser begrenzte. Aus der Kahlheit des Gesteins hob sich, gegen den dunstigen Horizont geklebt, die rauchgraue Silhouette eines Mannes, ein Marionettenarm fuchtelte, schwenkte unermüdlich, im Näherkommen gliederte sich für B.T.'s Augen der überlange Arm, ein Gewehrfutteral wurde da in weiten schnellen Kreisen geschwungen, gleichzeitig gewann die Fläche des Gesichts Schnurrbart und trotzdem mädchenweiche Züge, aber erst als das Boot direkt unter der Gestalt scharf am Felsen vorbeischoß aufs offene Meer zu, duldete der Lärm des Motors für ein paar Sekunden, daß der winkende B.T. die Rufe hörte, der Cacciattore, der große Jäger, war schon in seinem Revier und grüßte wie versprochen den reisenden Fremden. In seiner Achselhöhle klemmte ein kleines graues Buch, Lehrbuch der französischen Sprache, ein Schlüssel zum Tor der Welt.

Nur selten, fand B.T., ging man in die nächste Zukunft, ohne sie schon beim ersten Schritt über die Schwelle nach eigenem Körpermaß zurechtgefälscht zu haben, aber hier versagte jede dämpfende Umdeutung, keine Schleimspur linderte das Gleiten in die deutliche Situation, und selbst Persotzky litt an der Peinlichkeit, genau zu wissen, wohin man eintrat. Erbittert, Clarissa nachgegeben zu haben, ein wenig klamm durch die Erwartung des Kommenden, stand B.T. mit seinem spöttischen Strauß weißer Lilien vor Müller-Kroppaus messingbeschlagener Wohnungstür, sie hatten schon geläutet, und er bestaunte wieder einmal die unglaubliche Dehnbarkeit von Sekunden, da platzte Persotzky aus seiner Verlegenheit und mußte zwei, drei glitschige Bemerkungen reißen, jetzt war die Eindeutigkeit vollkommen, zwei Pennäler besuchten zum erstenmal ein Bordell.

Hans Müller-Kroppau, vermuteter Nachfolger des Gra-

fen Oynenboyn, der in rätobollischem Übereifer an den
falschen Mechanismus geraten war und sich mit Schleuder-
sitz selbst aus dem Auswärtigen Ausschuß katapultiert
hatte, öffnete das Tor zu seinem weitläufigen, mit silber-
grauem Velours ausgelegten Paradies im obersten Stockwerk des Hochhauses, das als eine seiner Kapitalanlagen
in den städtischen Schmutzhimmel stach.

„Das Personal hat Ausgang", sagte er, aus seiner Stimme klang ein Zwinkern. „Kommen Sie herein."

Hart atmend bemühte er sich, die Mäntel von Persotzky
und B.T. auf lederbespannte Bügel zu zwingen und an den
goldenen Galgen der Garderobe aufzuhängen. Ohne Bos-
heit konstatierte B.T. eine Ähnlichkeit mit der Kategorie
von Persotzky, vielleicht war es nur die Statur, sie stammte noch aus der Zeit, als Müller-Kroppau Möbel nicht in
der eigenen Fabrik herstellte, sondern in einer Hinterhof-
baracke, plumpe, vierschrötige, niedere Schränke für Zim-
merdecken von geringer Höhe, dazu ein rosa Babyschädel
mit spärlichen, aschblondenden Seidenhaaren, Schmoll-
mund, ein Mensch kurzum, wie ihn ein gehässiges Ausland
immer noch in dem Volk, dem er angehörte, als typisch
anzusiedeln pflegt. Jetzt tauchte zwischen den blauen Vor-
hangdonauwellen eines türlosen Durchgangs mit Rund-
bogen eine rothaarige Frau in einem farngrünen Samt-
futteral auf, fast ungläubig bewunderte B.T. das exotische
Farbenspiel, das also war sie, schlank und strapazierfähig,
noch unter dreißig, aber schon so tief dekolletiert wie es
meist ältere Damen sind.

Das also war Lilith, gekaufte und angeheiratete Müller-
Kroppau, nach der Charakterisierung Persotzkys pikant,
unter kompromißloser Umgehung des Begriffs Dame die
Frau des Hauses.

„Weiße Lilien. Wie keusch!" sagte sie mit einer Stimme, die auf den Strich ging, und schlürfte das Adjektiv wie eine Auster. „Die hat mir noch nie ein Mann geschenkt."

„Nein", gab Müller-Kroppau zu. „In meinen Kreisen ist man direkter, man versteht sich nicht sehr gut auf Ironie."

„Noch dazu von einem so blendend aussehenden Mann."

„Ja, Lilith."

Nachdenklich beobachtete B.T. den sich rötenden Babyschädel, mit Eifersucht zog man böse Kinder heran, und häßliche Männer waren oft mehr noch als Frauen Gefäße für Komplexe, wenn der Weg zum Direktorenstuhl der Gesellschaft für Vaterländische Kontakte mit dem Ausland demnächst von dem Möbelfabrikanten freigegeben werden mußte, dann leistete Frau Müller-Kroppau jetzt schlechte Vorarbeit durch die Errichtung einer Seelensperre. Sogar Persotzky schien zu erkennen, welche Bärendienste drohten, denn trotz seines Neides auf die gehaßt gewohnte Bevorzugung von B.T. stellte er sich im Interesse des von ihm und Clarissa verfolgten Plans als Ablenkung zur Verfügung.

„Machen Sie B.T. keine überflüssigen Komplimente, Frau Lilith. Er gilt als unzugänglich. Aber ich bin zugänglich, und auch ich sehe blendend aus."

„Wollen wir doch mit den Füßen auf der Erde bleiben", sagte sie amüsiert. „Ich darf bitten. Wir sind komplett."

Das hauptsächliche Merkmal des übergroßen Müller-Kroppauschen Wohnzimmers war ein allgemeines Schwellen. Schwellende Smyrnateppiche über dem Seidenveloursboden, auf den Quadratmeter messenden Gemälden — Rubensschüler — schwellende Frauenkörper, schwellende Kissen auf schwellenden Sesseln und schwellenden, überraschend zahlreichen Couches eigener Fabrikation der Luxusklasse, die sofort patschende horizontale Assoziationen weckten, wer diese Möbel kaufte, fürchtete B.T., kaufte notgedrungen auch bald Hormontabletten, und so greift in der Konsumgesellschaft das eine in das andere.

Es gehörte nicht viel dazu, um komplett zu sein. Die Vorstellung beschränkte sich auf Herrn Dr. Burnas, Prokurist der Firma, einer jener saftlosen bürograuen Männer, die zu jeder Mode zu weite Hosenbeine tragen und es sogar bei Windstille flattern lassen können, doch wie B.T. erkannte, war Burnas gar nicht gemeint, sondern seine junge, pralle Frau, dazu als unheilige Sieben eine Vierzigerin von der drahtig haltbaren Blondinenart, Witwe des hingeschiedenen Seniorpartners von Müller-Kroppau, wie Persotzky bei Gelegenheit zuflüsterte, ihr Wunsch, dabei zu sein, konnte nicht ausgeschlagen werden, denn sie besaß als Erbin ihres Selig unter anderem ein kräftiges Mitspracherecht, für dessen Verzicht sie von Müller-Kroppau in vielerlei Währung ausbezahlte erotische Scheidemünze erwartete.

„Mixt den Jungens doch endlich einen Martini, Mädchen", befahl der Hausherr munter. „Aber spart nicht mit dem Gin. Wir wollen heute abend lustig werden."

Nach dem Martini gingen alle fast hastig zu schweren Weinen über, auch die Damen. Müller-Kroppau zog dunkle Vorhänge über die breiten Aussichtsfenster, damit es im Raum das werden könne, was man in derartigen Fällen gern ‚gemütlich' nennt, schon gingen auf den Backen der Versammelten rote Flecken auf, doch als die Anregung fiel, es sich bequem zu machen, schlüpften nur Persotzky und Müller-Kroppau, durch Veranlagung ohnehin schon schwitzend, aus ihren Jacken, Frau Lilith schlenkerte die Pumps von den Füßen, und die blonde Witwe öffnete kühn einen weiteren Knopf ihrer Abendbluse aus schwarzem Satin, ohne daß dadurch mehr sichtbar geworden wäre als ein zusätzliches Stück pigmentierter Haut. Obwohl jeder wußte, wozu man sich eingefunden hatte, stellten sich noch alle dumm, wie es sich gehörte. Auch Orgien haben heutzutage ihre konventionellen gesellschaftlichen Riten.

„Vielleicht wollen unsere Freunde den Film sehen, den wir das letztemal gedreht haben", schlug der Hausherr vor.

„Ach ja." Frau Burnas klatschte bei ihrem ersten Beitrag zum Gespräch kindlich in die Hände, und wie um zu zeigen, daß ihre Vorzüge nicht auf dem Gebiet der Konversation lagen, blieb sie bei dem einmal gewählten Wortschatz. „Ach ja."

„Helfen Sie beim Aufstellen, Burnas?"

„Gerne, Chef."

B.T. erkannte mühelos die Lüge, das Gesicht des Bürograuen wurde noch um Schatten glückloser als vorhin, wahrscheinlich demonstrierten seine Frau oder er oder sogar beide in diesem Film Augenblicke der Wahrheit, vielleicht war er ohnehin alles andere als der geborene Orgiast, aber was half das, man war zeichnungsberechtigt und wollte es bleiben. Seiner Position entsprechend wurde er zugelassen, routiniert doch ächzend die Leinwand zu entrollen und aufzuhängen, während Müller-Kroppau den Vorführapparat in Feuerstellung brachte.

„Setzen Sie sich zu mir?" fragte Frau Lilith, B.T. fühlte, wie ihre Hand, die nach der seinen griff, zuckte. Ihr Mann schlug ihr scherzhaft auf die Finger.

„Er bleibt dir, Schätzchen", sagte er und zog ohne Umstände B.T. neben sich auf eine Couch. „Aber wir haben vorher noch ein wenig Geschäft zu reden. Erst die Arbeit, dann der Spaß."

Durch das Zimmer federnd löschte die blonde Witwe die Beleuchtung, auf einen Befehl Müller-Kroppaus stolperte sich Dr. Burnas durch die Dunkelheit zum Vorführapparat, viereckiges Licht, und nun erschien in großen, kunstgewerblich handgemalten Buchstaben auf der Leinwand die Verheißung: *Sklaven-Los*. B.T. hatte nichts anderes erwartet.

„Sie haben wohl gehört, man zieht mich als Nachfolger von diesem Oynenboyn in Erwägung", begann Müller-Kroppau direkt.

„Deswegen bin ich hier", sagte B.T.

„Großartig! Ich bin auch immer für das Direkte. Selbstverständlich hängt meine Berufung in den Auswärtigen Ausschuß ganz vom Ausgang einer freien, geheimen Wahl durch die anderen Mitglieder ab, da ist einfach noch alles offen. Aber ich bin Optimist. Unter uns gesagt: Ich habe die maßgeblichen Herren mit ein paar Tausendern vorsorglich geimpft."

„Ein gutes Serum."

„Meine Worte. Sehen Sie sich das an!"

Auf der Leinwand begannen der Hausherr und seine Frau in zwei mit Tüchern drapierten Armstühlen zu thronen, sie trugen Kronen, das Sklavenlos wartete also noch anderswo, während sie ernst in Fernen jenseits des Flimmerbildes blickten, in wallende weiße Laken gehüllt, wie alle Schweinereien dieser Art spielte das Kunstwerk fairerweise vor der Erfindung des Christentums zu einer saftigen Heidenzeit. Dr. Burnas gesellte sich hinzu, gleichfalls antik, ohne Mühe erkannte B.T. in ihm den Sklavenaufseher, am Symbol einer Peitsche. Aufgeregt, aber mangels Tonfilm lautlos, lieferte der Peitschenmann einen Rapport, an dessen Ende die Herrin Lilith befehlshaberisch den rechten Arm streckte, jetzt, dachte B.T., da glitt auch schon ihr Laken und enthüllte eine mittelschwere, kokosnußförmige Brust, jawohl.

„Die Meine", sagte Müller-Kroppau stolz. „Wie ich höre, sind Sie mit dem Grafen Oynenboyn im Unfrieden auseinandergegangen, weil Sie mit seiner rätobollischen Landsmannschaft nicht gen Ostland reiten wollen."

„Wenn diese Leute endlich einsehen würden", seufzte B.T., „daß sie keine Pferde mehr haben."

„Ich bin da anders. Mit mir werden Sie keine Schwierigkeiten dieser Art bekommen. Sobald ich auf dem gewünschten Stühlchen sitze, gehört Ihnen meine Stimme."

„Danke."

„Bedingungen stelle ich nicht. Ein Gentleman wie Sie weiß, wie er sich revanchiert. Was denkt sich dieser Oynenboyn, Streit sollen Sie anfangen mit unserem Absatzmarkt. Dabei geht es um vaterländische Kontakte, und die sind immer geschäftlich."

B.T. kannte keine Antwort und wandte sein Interesse wieder der Leinwand zu, die Titelheldin war erschienen, die Sklavin Burnas, von Herr, Herrin und Sklavenaufseher finster bedroht wegen einer Tat, die B.T. im Gespräch übersehen hatte oder die wegen Mängeln der Regie nicht zu sehen war. Züchtigung lag lautlos in der Luft, vergebens rang die Sklavin flehend die Hände, sie wurde erwartungsgemäß brutal entblößt, Barock, sann B.T., was mochte sie an einem Pemmikanmann wie Dr. Burnas finden, da entriß sich Müller-Kroppau der Gekrönte sein Laken und übernahm an seiner Sklavin persönlich, was man in diesem Zusammenhang Bestrafung nennt.

„Und wenn Sie Direktor sind", sagte Müller-Kroppau, „und für Ihr Büro Möbel brauchen ..."

„Ja", antwortete B.T. entsetzt. „Natürlich."

Wie er vermutet hatte, blieb die weitere Choreographie des Films im Konventionellen, kurz trat Müller-Kroppau vom Objekt der Züchtigung zurück, Ensemble bitte, Lilith enthüllte sich total, ein Ah Persotzkys aus dem Dunkeln, schon trug Burnas nur noch Peitsche, das also war es, stellte B.T. überrascht fest, was im Leben eines Mannes doch bisweilen ein Mehr von zwei, drei Zentimetern bedeutet, aber das Tempo der Handlung war langen Meditationen nicht günstig, denn als ahnten sie, daß die letzten Meter des Filmes liefen, stürzten auf der Leinwand die Darsteller der Herrenkaste, des Angestellten- und des Sklavinnenstandes plötzlich berserkerhaft aufeinander zu, und jeder strafte jeden.

Mit erhitzten Gesichtern tauchten die Anwesenden zurück in die aufflammende Beleuchtung, die Wiese war gewellt, sie konnte blühen. So wunderte sich B.T. nicht, daß alle nach einer Pirouette um den von Müller-Kroppau gemixten Spezial-Cocktail in einer Sitzecke erwartungsvoll zur Hauptnummer des glänzenden Fests zusammenfanden. Das Pfänderspiel begann heiter, es flog ein Vogel oder eine Teetasse oder ein Prokurist, und wer falsch flog, verlor und verpfändete ein Stück seiner Hülle. Bald saß B.T. barfuß ohne Jacke und Krawatte und nahm zur Kenntnis, wie rings um ihn die Veranstaltung zügig fortschritt, schon bot Frau Lilith zwei Kokosnüsse feil, ihr Mann hing rosa fett in den Maschen seines Netzunterhemdes wie eine Beute, neben dem Barock der jungen Frau Burnas kümmerte die Witwe in hellblauen Dessous als Niemandsland, noch verriet Dr. Burnas mit grauem Pokergesicht nichts von seinem Trumpf, aber Persotzky kämpfte in einer lächerlichen halblangen Unterhose bereits schwitzend mit dem kräftig ausschlagenden Baum der Erkenntnis. Mit offenen Augen zog B.T. den Vorhang vor.

Nur Anhänger einer rührend altmodischen Betrachtungsweise sahen den Feind noch dort, wo ihn politische Atlanten vermuten lassen, vielleicht des Klumpens historischer Erfahrung wegen, die vom Spermastrom endloser Generationen aus der Vergangenheit in die Gegenwart geschwemmt worden sind und die Heutigen belästigen, mit Kenntnissen von Vorgestern, unbewußter Ablagerungsweisheit, die ihnen nicht mehr entspricht. B.T. war es längst klar, was von jenseits der farbig gezackten Striche kommen würde, mit denen die Zeichner von Karten Staatsgrenzen zu markieren pflegen, ging den Einzelnen nur soweit noch an, daß er es erleben oder ersterben mußte, die Mittel zeitgenössischer Technik enthoben ihn des lächerlich gewordenen Bemühens zu reagieren oder Reaktion vorzudenken, wenn es soweit kam, war er nur Objekt, in nichts mehr als ein Moos. Der Feind, gegen den es sich zu behaupten galt, und nur gegen ihn, stand diesseits, vor Mikrophonen, am Nachbarbalkon, im Fußballstadion, an den Tischen von Werbebüros und Redaktionen, er lag als Mädchen im Bett oder saß als dampfende Gesellschaft auf Müller-Kroppaus Party-Polstern, bedrohlich in der Tuchfühlung, der Feind des Einzelnen, der andere. Bedenklich war nicht die physische Auslöschung der Persönlichkeit, sondern ihre Belästigung, ihre Verwandlung.

„Sie, B.T.!"

164

„Wie bitte?" Er schrak hoch.

„Sie sind dran", sagte Lilith Müller-Kroppau. „Träumen Sie? Ein Pirol ist doch ein Vogel und fliegt!"

Er stand auf, und während er gedankenabwesend aus seiner Hose schlüpfte, fielen ihm die Minuten ein, in denen der Ministerialdirigent seinen Dienstsaal mit dem empörten Grafen Oynenboyn verlassen hatte und in B.T. die Hoffnung aufplatzte, vom Start einer widernatürlichen Karriere schon vor dem Lauf abgeschlagen zu sein. Er dachte an seine Sehnsucht, in das Zeitgefühl und die verlorene Dimension der Jugend zurückzutauchen, an das Wasserschloß und andere Pläne von Emigration, und auf einmal fürchtete er sich, zu scheitern, weil er ein Schwächling war und weil die eigene Phantasie vielleicht in der Auseinandersetzung mit fremden Wirklichkeiten unterlag.

Das Auslosen der Pfänder fand mit Champagnerbegleitung statt. Eine Stunde später durfte B.T. konstatieren, er war glimpflich davongekommen: Ein Handstand, einmal auf allen Vieren durch das Zimmer kriechen, Apportieren eines Henkelkännchens mit Hilfe eines Körperteils, der von der Natur nicht dazu geschaffen war, eine kurze Ratespiel-Kopulation mit Frau Lilith, die ihr nach vorn geneigtes Gesicht mit verbundenen Augen in ein Polster preßte und an der zerstreuten Art sozusagen auf Anhieb erriet, daß es B.T. war, der sie da beglückte. Anschließend wurde von Müller-Kroppau die Forderung erhoben, Spiegel- und Lichteffekte in seinem Schlafraum zu bestaunen, aber nur seine Frau, Frau Burnas und Persotzky folgten der Einladung und begaben sich zum gemischten Doppel, sinnlos betrunken blieb der Prokurist mit Gummigliedern in einem Sessel, und schweigend saßen sich B.T. und die blonde Witwe nahe gegenüber. Er starrte auf ihre Brust,

165

sie lächelte komplimentiert, aber er übersah das Lächeln, seine Assoziationen waren weitergeeilt, Trockenbeerenauslese in Meran, die hängenden Gärten der Semiramis, ach ja, die Antike. Die blonde Frau sagte noch etwas zu ihm, was er nicht hörte, aber er blickte freundlich, man revoltierte gegen die anderen nicht mit Gewalt, sondern indem man sich ihnen entzog.

Clarissa zwei

Ich sah Persotzky erst neun Jahre nach dem Maskenfest wieder, auf dem B.T. das aufgeführt hatte, was er noch manchmal in der Erinnerung selbstironisch „mein Kardinalfehler" nannte. Von Persotzky hatte ich seitdem nur hin und wieder durch einen Brief Informationen über seine weiteren Lebensstationen erhalten: hinausgeworfen als Lehrer an der Journalistenschule, weil er die Tochter eines Zeitungskönigs so hartnäckig verfolgte wie mich damals nach dem Auftauchen B.T.'s; in eine andere Stadt gezogen, weil er mich und die Tochter des Zeitungskönigs vergessen wollte und wahrscheinlich nur in jener Stadt eine Stelle als Lokalredakteur fand; wieder gefeuert, weil er als Lokalredakteur versuchte, Meinung zu verbreiten, was nicht erwünscht war, und wieder in eine andere Stadt hinübergewechselt, wo sich ihm der heiß ersehnte Platz eines Kolumnisten anbot; endlich in unsere Stadt zurückgekehrt, weil er auf den richtigen politischen Strömen geschwommen war und nun als Boulevard-Kommentator einen Namen besaß oder zumindest das, was er darunter verstand. Ohne das neue Selbstgefühl, das er aus dieser einflußreichen und gefürchteten Position sog, hätte er sich nicht in mein Haus getraut. Zu sehr hatte ihn B.T.'s Mißachtung bei den wenigen Begegnungen dort getroffen, wo sich Persotzky minderwertig fühlte und es wohl auch war.

Ich bestimmte für das Wiedersehen einen Tag, an dem B.T. nicht daheim war. Zunächst hatte ich in der Begegnung nach so vielen Jahren nur eine Pflicht gesehen, der ich mich hauptsächlich deshalb nicht entziehen konnte, weil Persotzky sich am Telefon einfach nicht mehr abweisen ließ. Dann stand er vor mir, vielleicht in Erinnerung an B.T. in einem dunkelblauen Blazer und grauer Hose, beides für ihn weder gut geschneidert noch gewählt, und sein häßliches Gesicht verriet bei meinem Anblick solche Freude, daß es mir zum ersten Mal nicht mißfiel.

„Clarissa!" rief er, knallte die Eingangstür zu und drang auf mich ein, als wolle er mich in der Begeisterung überrollen. „Wie schön Sie sind!"

„Aber Persotzky!" Ich wehrte ihn lächelnd ab. „Was haben Sie denn da in dem Papier?"

„Ach so. Verzeihen Sie, das ist für Sie." Er riß den Blumen in seiner linken Hand das Papier herunter, als handle es sich um eine Vergewaltigung, und drängte sie mir auf: blutrote Rosen, ein zu großer Strauß. Persotzky hatte sich nicht verändert, er fiel noch immer mit der Tür ins Haus.

Im Damenzimmer hatte ich für ihn und mich den Teetisch gerichtet. Persotzky war entzückt. Begeistert betrachtete er den kleinen Biedermeiertisch mit der durchbrochenen Damastdecke, den Kännchen für Tee, heißes

Wasser und Milch und der Zuckerdose aus Silber, den Tassen und Tellern und gefüllten Gebäckschalen aus feinem Nymphenburger Porzellan. Er bewunderte, ohne es in Worten auszudrücken, meinen Biedermeiersekretär, die Bilder und Scherenschnitte an den Wänden, das leichte Sofa und die Stühlchen rings um den Tisch. Als ich ihn bat, Platz zu nehmen, setzte er sich wie verzaubert. Unabsichtlich hatte ich in ihm eine Saite angeschlagen, die er selbst nicht kannte oder, wenn doch, schamhaft verbarg. Er war ein Mann, auf den man in gewissen Kreisen, in denen seine Schreibmaschine Dynamit sein konnte, Rücksicht nehmen mußte. Man lud ihn ein, man fütterte ihn ab, man pumpte ihn voll Alkohol. An einen Tisch wie diesen hatte man ihn wahrscheinlich nie gebeten.

„Es ist nur für zwei gedeckt", bemerkte er.

„Für Sie und mich", antwortete ich, lächelnd über seine ungewohnte Schüchternheit. „Oder sehen Sie noch jemand, der mit uns Tee trinken könnte?"

Eine Vermutung und Hoffnung ließ ihn meine Worte falsch auslegen, und die Röte der Erregung schoß ihm in Hals und Gesicht. „Soll das heißen, Clarissa — ist B.T. nicht mehr mit Ihnen zusammen?"

„Mein Mann ist im Augenblick nicht zu Hause."

Er begriff, was ich mit diesem kurzen Satz ausdrückte, und nahm verlegen einen Schluck Tee. Ich sah, daß er dringend etwas fragen wollte, aber er drängte die Frage noch zurück und biß statt dessen in ein Stück Buttergebäck. Ein Grunzlaut verriet, wie es ihm schmeckte.

„Ausgezeichnet", lobte er. „So etwas Gutes habe ich schon lange nicht mehr im Mund gehabt. Es schmeckt beinahe, als hätten Sie es selber gebacken."

„Nein, so schmeckt es bestimmt nicht. Im Backen und

überhaupt im Zubereiten von Süßspeisen bin ich miserabel. Das macht die mangelnde Übung. B.T. schätzt keine Süßigkeiten — Weinbergschnecken oder Wildenten in Rotwein oder eine einfache Languste sind ihm lieber."

„Eine einfache Languste ist ihm lieber." Persotzky wiederholte das in einem Ton, als sei darin schon wieder eine Kränkung enthalten, die ihm B.T. zufügte, und vielleicht war es das sogar auch. Aus Opposition schaufelte er sich gleich drei Moccaschnitten auf den Teller. „Er schätzt keine Süßigkeiten."

Damit hatte er die Unterhaltung festgefahren, es war schwierig, sie wieder flottzumachen. Ich schwieg und half ihm nicht dabei, sondern beobachtete ihn interessiert. Zehn Jahre waren vergangen, seit B.T. mich seiner Meinung nach ihm weggenommen hatte, und immer noch schwelten in Persotzky die Eifersucht und das Gefühl der Demütigung. Ob man das Charakter nennen wollte, war Ansichtssache, Beharrlichkeit war es auf jeden Fall. Auch B.T. war, auf seine widerstrebende Art, beharrlich. In diesem Punkt, wenn natürlich auch nicht im Auftreten, dem Niveau und der Methode, waren beide ebenbürtige Gegner. Bei diesem Teil meiner Überlegungen angelangt, kam mir der Gedanke, der für mein und unser Leben entscheidende und fatale Bedeutung gewinnen sollte: Wann immer ich in eine neue Auseinandersetzung mit B.T. um seine und meine Art der Existenz eintreten würde, vor allem um seine, konnte Persotzky B.T.'s zähester Gegenspieler und damit mein erfolgreichster Verbündeter sein. So nahm, was sich erst Jahre später zu *der* Krise unserer Ehe und meines Lebens verdichten sollte, an diesem Nachmittag, am für Persotzky zierlich gedeckten Tisch in meinem Damenzimmer, seinen Anfang.

Persotzky hatte die letzte Moccaschnitte verdrückt. Er hielt das Schweigen nicht länger aus, und weil er ohnehin irgendein völlig neues Thema anschlagen mußte, stellte er die Frage, die ihm, seit ich ihm die Tür geöffnet hatte, auf der Zunge lag.

„Was macht B.T.?" fragte Persotzky.

„Es geht ihm gut", antwortete ich ausweichend.

„Wie sieht er aus?"

„Fabelhaft. Vielleicht etwas älter als vor neun Jahren und etwas besser."

„Natürlich." Persotzky holte ein Etui aus der Tasche, entnahm ihm einen Stumpen, zündete ihn an. „Darf ich?"

„Sie rauchen ja schon. Um ehrlich zu sein: Sehr gut riecht das Zeug nicht."

„Aber es schmeckt ausgezeichnet. Zumindest für einen Mann wie mich, mit einem einfachen, geraden Geschmack." Er kämpfte kurz mit sich und mußte es dann sagen: „Natürlich schmeckt es nicht wie eine Languste."

Ich konnte mich nicht mehr zurückhalten und brach in Gelächter aus. B.T., erinnerte ich mich, warum gerade jetzt, B.T. hatte mein Lachen vor vielen Jahren einmal hübsch und natürlich genannt, ein seltenes Lob, das mir damals schön und wesentlich klang. Mein Lachen schien, auch wenn B.T. nie mehr davon sprach, seine Wirkung nicht ganz eingebüßt zu haben, denn Persotzky, obwohl ich mich ja über ihn amüsierte, stimmte darin ein.

„Seien Sie mir nicht böse, Persotzky", bat ich und faßte ihn freundschaftlich am Arm. „Aber ich lache gern, und mit B.T. hat man dazu nicht viel Gelegenheit. Er zieht das angedeutete Lächeln vor, Sie wissen ja."

„Immer noch? Und was macht er, wenn er nicht lächelt? Arbeitet er?"

Obwohl ich mich viel in Gedanken damit beschäftigte, fiel es mir immer schwer, Auskunft zu geben, was B.T. mit seiner Zeit anstellte und ob er überhaupt etwas tat, das die Bezeichnung Arbeit annähernd traf. „Er ist ständig beschäftigt und sitzt sehr viel über seinen Büchern in der Bibliothek", erklärte ich. „Aber was er da macht ... Er spricht nicht darüber, und wir sind übereingekommen, daß ich ihn in der Bibliothek nicht störe."

„Das schönste Leben und die schönste Frau der Welt, und beides findet er selbstverständlich", grollte Persotzky. Er blickte mich so durchbohrend an, wie er konnte. „Liebt er Sie noch, Clarissa?"

„Er sagt es mir nicht."

„Und zeigt er es Ihnen?"

„Wie soll ich diese Frage verstehen, Persotzky? Wollen Sie Intimitäten hören?"

Wieder stieg ihm die Röte ins Gesicht. „Natürlich nicht, Clarissa. So habe ich es nicht gemeint. Ich wollte wissen, ob er es Ihnen ... das heißt, nicht ,es' ... ob er Ihnen zeigt, wie Sie in seinem Herzen wohnen. Entschuldigen Sie diesen kitschigen Ausdruck, aber er trifft am besten."

„Können Sie sich einen B.T. vorstellen, der seiner Frau zeigt, ,wie sie in seinem Herzen wohnt', Persotzky?" fragte ich sarkastisch.

Er muß aus meiner Stimme herausgehört haben, wie es damals schon um B.T. und mich stand. Denn plötzlich öffnete sich sein Herz wie eine Schleuse. Er faßte meine Rechte mit beiden Händen und drückte sie. Schwitzend, erregt, manchmal nach dem richtigen Ausdruck suchend und beinahe stammelnd, aber nie lächerlich in seiner Menschlichkeit, trug er sich mir zum zweiten Mal im Leben und ganz anders als vor zehn Jahren an.

172

„Wenn Sie mich schon nicht lieben können, Clarissa, schenken Sie mir Ihre Freundschaft! Gönnen Sie mir das Glück, Sie oft zu sehen! Ich weiß ja, ich bin zu klein, zu vierschrötig, zu primitiv, ein häßlicher Kerl. Mir ist ständig heiß, ich rauche Stumpen und bin nicht witzig. Aber ich bin allein, und Sie sind allein, eine geistige Witwe, weil B.T. nicht teilt. Verfügen Sie über alles, was ich kann und habe und bin. Sagen Sie jetzt nicht nein, nicht noch einmal!"

„Ich sage nicht nein, Persotzky", antwortete ich und dachte wie vorhin daran, daß ich keinen besseren Verbündeten als ihn finden konnte. „Ich nehme Ihre Freundschaft an. Und ich werde Sie um Hilfe bitten, wenn ich Ihre Hilfe brauche."

B.T. kam gegen Abend nach Hause. Persotzky war schon gegangen. B.T. legte seinen Umhang, den er neuerdings bei schlechtem Wetter bevorzugte, über eine Lehne und schnüffelte.

„Hier stinkt's", erklärte er.

„Persotzky war da", antwortete ich. „Er raucht Stumpen."

„Persotzky!" B.T. gewährte mir die seltene Genugtuung, ihn überrascht zu sehen. „Was wollte er? Dir wieder einen Heiratsantrag machen?"

„Das nicht. Aber wir haben beschlossen, uns öfter zu sehen. Du wirst dich daran gewöhnen, ihn künftig unter den Freunden unseres Hauses zu treffen."

„Warum nicht? Nimmst du einen Sherry? Was treibt er denn, ich meine beruflich?"

„Ja, ich möchte gern einen Sherry", antwortete ich. „Persotzky ist Kommentator eines sehr auflagenstarken Boulevardblattes. Ein Posten, der ihm viel Einfluß bringt, in der Gesellschaft, in der Politik, wohl auch in der Wirtschaft."

B.T. hatte aus einer Karaffe zwei hochstielige Gläser mit Sherry gefüllt. Er reichte mir eins, wir prosteten uns andeutungsweise zu und tranken. „So so, ein Boulevardmensch mit Einfluß", meinte er nachdenklich. „Hoffentlich ist das endlich Balsam auf seinen Minderwertigkeitskomplex. Wie kommt er dazu, dich zu besuchen?"

„Er hat angerufen, und ich habe ihn eingeladen. Zum Tee."

„Persotzky zum Tee!" Noch einmal zeigte sich B.T. erstaunt. „Eine merkwürdige Vorstellung. Und er ist sofort gekommen, in seinem besten Anzug und mit einem riesigen Strauß knallroter Rosen?"

„Genauso war es", bestätigte ich und nahm B.T. übel, daß er das erraten hatte.

„Hat er sich nach mir erkundigt?" Er ließ sich in einen Ledersessel fallen und zündete sich eine der aromatisch duftenden Zigaretten an, die er sich aus einer von ihm zusammengestellten Tabakmischung drehen ließ.

„Er hat gefragt, was du arbeitest."

„Was hast du ihm geantwortet?"

„Die Wahrheit. Daß ich das nicht weiß."

„Sehr gut." Meine Antwort schien ihn zu befriedigen. Doch dann kam ihm ein Verdacht, er runzelte die Stirn. „Sag mal, Clarissa, er hat dich doch nicht aufgehetzt? Er hat dir nicht eingeredet, ich müsse einen Beruf haben? Oder zumindest eine Tätigkeit, die mich ausfüllt und dir und mir einen Rahmen gibt, wie man das so schön nennt."

Ich ließ mir Zeit und überlegte. Tatsächlich hatten Persotzky und ich, nachdem er mir seine Freundschaft angetragen hatte, über dieses Thema diskutiert. Ich überlegte, ob es klug wäre, B.T. dies zu verschweigen. Doch ich kam zu dem Schluß, daß es ihm nichts schadete, ihn wenigstens zu beunruhigen.

„Er hat versucht, mich davon zu überzeugen", gab ich zu.

„Und?"

„Ich habe ihm gesagt, das Thema sei noch nicht wieder aktuell."

„*Noch nicht!* Was soll das heißen, Clarissa? Du wolltest mich mit solchen Sachen verschonen. Das hast du mir versprochen, damals auf dem Maskenball. Was könnte dich veranlassen, dich an dein Versprechen nicht mehr gebunden zu fühlen?"

„Was mich veranlassen könnte? Nur eins", antwortete ich mit Nachdruck. „Die feste Überzeugung, daß du nie mehr im Leben einen Selbstmordversuch riskieren wirst."

B.T. stieß einen leisen Pfiff aus. Er stand auf. Ich schüttelte den Kopf, als er fragend auf die Karaffe mit dem Sherry deutete. So goß er nur sich selbst nach und trank das Glas langsam, aber in einem Zug leer. Er setzte das Glas ab, drückte seine Zigarette aus und verließ mit einem leichten Nicken, das mir galt, den Raum.

Ich hatte seinen Nerv erreicht.

Die bösen Ahnungen B.T.'s sollten nicht umsonst gewesen sein. Zwar schleppte sich die Entwicklung langsam hin, über eine Reihe von Jahren, und eigentlich war es ein ganzer Strang von Entwicklungen, die wie in einem Tau miteinander verflochten waren. So beobachtete ich bei B.T., der so empfindsam zu scheinen wußte, ein großes Stehvermögen und wachsende Verhärtung, wenn es sich darum handelte, die Umwelt und damit mich von sich abzuweisen. Die Oberfläche der Gegenwart und die Menschen, die darauf lebten, bedeuteten ihm nichts. Bindungen, Aufgaben, Gesellschaften, normale Tagesereignisse ignorierte er, wo es ging. Immer hartnäckiger versuchte er zudem, sich in den Mann zurückzuverwandeln, der er vor ganz langer Zeit oder möglicherweise nie gewesen war.

Parallel dazu nistete sich Persotzky ein. Persotzky, der zu allen unseren Einladungen kam, mich zweimal in der Woche zum Tee besuchte, meine Vereinsamung mit seiner bulligen Anwesenheit füllte und gegen B.T. hetzte, den er haßte, weil er ihn bewunderte.

„Unglaublich, daß ein Mann, der so ein Schwächling ist, so stark sein kann", äußerte er einmal, und obwohl er es in der Wut sagte und deshalb das Hochkarätige seiner Bemerkung gar nicht erkannte, traf er damit die Zwölf.

Eines Tages machte mir Persotzky den Vorschlag, seine Geliebte zu werden. Ich hatte das erwartet. Und so wehrte ich den Ansturm seiner Leidenschaft, das, was er jenseits aller idealistischen Verbrämungen von mir am meisten wollte, mit einer längst fertigen und infamen Antwort ab.

„Unsere Freundschaft, Persotzky, ist das einzig wirklich Wertvolle, das mir je ein Mensch im Leben geschenkt hat", sagte ich und sah ihn innig, aber kühl an. „Wir dürfen es nicht auf ein Bett werfen wie ein billiges Mädchen. B.T. erwartet es, und schon deshalb können wir es nicht tun."

Persotzky schluckte. Dann nickte er und sah mich bewundernd an. Ich hatte ihm das Gefühl gegeben, er habe mich beschert und erhöht, und das zwang ihn jetzt und künftig — gelegentliche Rückfallversuche im Alkohol abgezogen —, mich mit reinen Augen zu betrachten.

Das hinderte ihn nicht daran, gegen B.T. und dessen Lebensweisen weiter Dschungelkrieg zu führen. Viel An-

176

griffspunkte gab es zwar nicht bei einem Gegner, der sich dem Feind nicht stellte, sondern ihn übersah. Doch nachdem er weniger die Hoffnung als die Versuche aufgegeben hatte, mich B.T. in direktem Zugriff abzujagen, pirschte er sich an diesen auf andere Art heran. Er wußte, wie mir daran lag, B.T. in einer gesellschaftlich anerkannten Position zu sehen, und wie sehr sich B.T. einer solchen Verwandlung seines Lebens widersetzte. Persotzky machte sich über mein Motiv keine Illusionen: Ich hoffte, ein B.T., der sich endlich für die Probleme anderer Menschen interessieren müßte, würde sich auch mir stärker zuwenden als bisher. In seinem Haß war Persotzky bereit zu riskieren, daß das eintrat.

Ganz langsam brachte er mich soweit, mich über das Versprechen hinwegzusetzen, das ich B.T. damals auf dem Maskenfest gegeben hatte. Die Bereitschaft dazu hatte er in mir längst erkannt. Mit viel Geschick, das ich ihm gar nicht zugetraut hatte, fing er an zu sondieren und zu korrumpieren. Einige einflußreiche Persönlichkeiten, meist Politiker, tauchten in seinen Kolumnen häufiger auf als früher. Während die meisten bald wieder in das Heer der übrigen zurücksanken, kristallisierten sich zwei, drei heraus, von denen schließlich ein Staatssekretär übrig blieb. Ihn ließ Persotzky weiter auf den Wogen uneingeschränkten journalistischen Lobes schaukeln. Negative Handlungen und Eigenschaften, die er dem Staatssekretär normalerweise gern angekreidet hätte, wurden nicht geschildert und blieben für die Leserschaft verschollen. Eines Tages konnte er mir mit vor Stolz glänzendem Gesicht mitteilen, die Intrige lief durchs richtige Ohr, alles war eingefädelt.

Persotzky, der Staatssekretär und ich diskutierten mehrmals darüber, ob wir B.T. auf unseren Anschlag vorbereiten oder ihn ins kalte Wasser werfen wollten in der Hoffnung, er geruhe zu schwimmen. Der Staatssekretär riet dringend davon ab, ihn vorher über unsere Absichten zu informieren. Persotzky pflichtete ihm schließlich bei, schon weil das die bösere Art des Verfahrens war. Damit war ich mit meiner gegenteiligen Meinung überstimmt, was sich als nicht so günstig erweisen sollte, wie die beiden Männer zunächst in ihrer Zufriedenheit glaubten.

Einig waren wir uns darin, daß diese schwierige Intrige eine ungewöhnliche Umgebung und eine besondere Atmosphäre erforderte. Wir beschlossen deshalb, sie auf den Tag zu verlegen, an dem Persotzky — nach mehreren theoretischen und einer praktischen Unterweisung — mit dem Freiballon starten würde. Das klingt abenteuerlich und war es wohl auch, hatte aber einen ganz kühlen, geschäftlichen Hintergrund. Es ging darum, daß Persotzky für seine Zeitung, deren Name riesig auf dem Ballon stand, zum Wettflug gegen vier Konkurrenten aufsteigen sollte, die für eine bekannte Schnapsfirma, ein Waschmittel, eine Automarke und ein Salatöl starteten. Das Fernsehen und die Pressefotografen würden da sein, und alle Veranstalter erhofften sich von den Teilnehmern eine weniger sportliche als werbewirksame Leistung.

Erstaunlicherweise ging B.T. mit sichtbarem Vergnügen auf den Vorschlag ein, wir beide sollten Persotzky auf seinem Flug Gesellschaft leisten. Elemente, die nicht die natürliche Heimat des Menschen sind, reizten ihn. Und so standen er und ich an einem sonnigen Samstagvormittag auf der Wiese, von der aus die fünf Ballons starten sollten. Ringsum, hinter Holzbarrieren im nötigen Abstand gehalten, drängten sich die Scharen der gaffenden Familien. Innerhalb des abgegrenzten Areals eilten Fernsehleute, Reporter und Wichtigtuer mit großen blauen Armbinden zwischen den Ballons hin und her, deren noch halb schlaffe Seidenhüllen sich langsam mit dem aus Metallflaschen strömenden Gas füllten.

Persotzky hatte schon nach uns Ausschau gehalten und winkte. Wir gingen zu ihm hin. Er stand, in einen winddichten Mantel gekleidet, neben seinem Ballon und beobachtete mit bedeutendem Gesicht, wie zwei Männer mit den Gasflaschen hantierten. Wohlwollend musterte er meinen Tweedrock, den Anorak und die sportliche Mütze auf meinen blonden Haaren. B.T.'s Aufmachung gefiel ihm weniger.

„Wie kommst du denn daher?" fragte er ihn. Seit längerer Zeit duzten wir uns.

„Damit bin ich früher mal zu Pferderennen gegangen. Er sitzt immer noch fabelhaft. Was hast du dagegen?"

„Na ja, als Werbegag auf den Fotos ist es vielleicht nicht mal das Dümmste", brummte Persotzky und betrachtete ohne Begeisterung den hellgrauen Frack und den gleichfarbigen Zylinder, der B.T. wirklich vorzüglich stand. „Was hast du in dem Körbchen?"

„Ein Gabelfrühstück", erklärte B.T. in einem Tonfall, der zu keinen neuen Fragen ermunterte.

Die Hüllen der Ballons waren jetzt prall gefüllt. Ein leichter Wind kam auf und ließ die Riesenkugeln an ihren Halteseilen zerren. Ich erkannte zum ersten Mal, was für ein anfälliges Fahrzeug so ein Ballon in unruhigen Höhen sein mußte. Zweifel befielen mich, ob Persotzky der richtige Sportsmann war, der nach einem Schnellkurs das Himmelsgefährt und seine Passagiere heil ans Ziel bringen konnte, wo immer es liegen mochte.

Ängste dieser Art schienen B.T. nicht zu quälen. Neugierig und fast tatenlustig prüfte er die Festigkeit des quadratischen Passagierkorbs, der unter der Hülle hing und von den beiden Männern mit kleinen Sandsäcken beladen worden war. Er griff nach der über den Korbrand hängenden Strickleiter, bereit, hochzuklettern und einzusteigen.

„Auf was warten wir noch?" erkundigte er sich ungeduldig.

„Auf unseren vierten Mann", antwortete Persotzky mit einer Miene, der man zu sehr ansah, daß das sein Pokergesicht war.

„Unseren vierten Mann?" Mißtrauen blitzte in B.T.'s Augen auf. „Es fliegt noch einer mit? Wer, und warum?"

„Alle Körbe sind mit vier Leuten bemannt. Das ist eine Vorschrift dieses Wettflugs. Aber du mußt keine Sorge haben. Der Herr Staatssekretär ist ein kultivierter Mann. Du wirst mit ihm leichter Gesprächsthemen finden als mit mir. Was, wie ich zugebe, noch nicht zuviel heißt."

B.T. wollte trotzdem neue Einwände vorbringen, aber etwas oder besser jemand kam dazwischen. Ein Herr eilte auf uns zu, bemerkte unser Staunen und staunte selbst, denn er trug genau wie B.T. einen hellgrauen Zylinder zum hellgrauen Frack: Auch der Herr Staatssekretär hatte seine Turf-Gala für die angemessenste Kleidung gehalten.

Er begrüßte mich und Persotzky, und dieser machte die zwei Herren in Grau miteinander bekannt. Neben dem eng gerollten schwarzen Schirm, den er — die Wettervorhersage war undurchsichtig gewesen — über dem Arm trug, hielt der Staatssekretär ein auffallend kleines, aber sehr bauchiges und russischgrünes Lederköfferchen in der Hand. Persotzky, der nie etwas mit höflichem Schweigen einfach als gegeben hinnehmen konnte, deutete darauf.

„Was haben Sie in dem merkwürdigen kleinen Koffer?" wollte er wissen.

„Ein Gabelfrühstück", erklärte der Staatssekretär.

B.T. nickte wohlwollend. In diesem Moment pfiff ein besonders kräftiger Windstoß über die Wiese. Automatisch griffen die beiden Herren nach ihren Kopfbedeckungen und hielten sie fest. Und wie sie so nebeneinander standen, die linken Hände in zwillingshafter Pose an den Krempen ihrer feinen grauen Zylinder, die schmalen Gesichter ein wenig hochmütig, aber unbewegt, konnte ich nicht mehr an die Weisheit von Persotzkys Beschluß glauben, ausgerechnet diese verwandte Seele zur Intrige gegen B.T. zu bemühen.

Ein blökendes Signal, das ein Mann auf der Mitte des Feldes einem Horn entstieß, lenkte meine Gedanken ab. Persotzky erinnerte sich, daß er vergessen hatte, uns über die Bedeutung der Signale zu unterrichten. Er holte das mit vor Aufregung erhobener Stimme nach.

„Dieses Hornzeichen hieß erst Achtung. Beim nächsten klettern wir in den Korb. Beim dritten geht es los, das heißt, wir werfen Ballast ab und kappen so schnell wie möglich die Haltetaue. Wer dabei flink ist, kann schon die ersten Vorteile für sich verbuchen."

Das zweite Signal blökte los. Persotzky stellte sich in Kommandantenpose. „Ladies first!" befahl er. „Los, Clarissa, auf die Strickleiter!" Aber er hatte die Rechnung ohne seinen Intriganten gemacht.

„Ich bitte Sie, Herr Persotzky!" widersprach der Staatssekretär. „Das ist doch unmöglich!"

„Wieso?" fragte Persotzky verblüfft.

„Sie können doch nicht eine Dame in einem — hm — Rock vor sich die Strickleiter hochklettern lassen. Natürlich ist das hier ein sportliches Ereignis. Trotzdem sollten wir gewisse Regeln beachten.

„Welche?" Persotzky platzte fast vor Ungeduld. „Da, das dritte Signal!"

„Sie klettern zuerst. Ich folge."

„Dann komme ich", erklärte ich. „B.T. klettert hinter mir. Ich bin auf Leitern nicht sehr gut. Er kann mein Hinterteil von unten fassen und hochschieben. Er ist mein Mann und kennt es."

So geschah es. In mehr oder minder sportlicher Manier erreichten wir über die kurze Strickleiter den Korb und plumpsten hinein. Aber die Ballons der Schnapsfirma, des Waschmittels, der Automarke und des Salatöls stachen bereits, von allen Fesseln befreit, in den Himmel, während wir immer noch einen Teil der Sandsäcke über Bord warfen und mit Messern an den Halteseilen säbelten.

Endlich hatten auch wir alle Taue bis auf das letzte gekappt. Gerade da fauchte wieder ein Windstoß los, so kräftig wie der, bei dem die Herren beinahe ihre Zylinder verloren hätten. Er drückte den noch gefesselten Ballon zu Boden, wodurch sich unser Korb halb schräg legte. Ich schrie vor Schrecken leise auf, und Persotzky klammerte sich fest und rief: „Verdammt!" Die beiden Herren in Grau handelten. Während sie sich mit der Linken am Rand des Korbes hielten, holten sie mit der Rechten aus. Zwei Messerhiebe, elegant aus dem Handgelenk heraus geführt, trafen kurz hintereinander das letzte Haltetau und durchtrennten seine Fasern. Es gab einen Ruck, aber nur einen. Befreit schwebte die Ballonkugel hoch und zog den Korb und damit uns wie in einem unhörbaren, endlosen Lift ohne Stationen himmelwärts. Als ich mich vom ersten Gefühl des Unbehagens erholt hatte, schwebten wir bereits wolkenkratzerhoch über den Bäumen des Buchenwaldes, der die Startwiese an zwei Seiten umschloß.

„Fabelhaft", meinte der Staatssekretär anerkennend. „Eine ganz andere Art zu starten, als bei diesen verflixten Düsenmaschinen." Er wandte sich an B.T. „Sind Sie schon einmal im Ballon gereist?"

„Es ist für mich das erste Mal", antwortete B.T. „Auch für meine Frau. Nur unser Kapitän Persotzky ist schon mit so einem Ding gefahren."

„Das hoffe ich. Wie oft denn, Herr Persotzky?"

„Einmal", brummte dieser.

„Oh!" Eine derart spärliche Ballonflugerfahrung des Mannes, in dessen Hand er sich leichtfertig begeben hatte, schien dem Staatssekretär kein gutes Omen zu sein. Trotzdem äußerte er sich nicht weiter dazu und zeigte auch keine bedenkliche Miene, wenn man von einem kurzen Hochziehen der linken Augenbraue absah.

Persotzky glaubte, einige beruhigende Erklärungen abgeben zu müssen. Das Ganze ist absolut narrensicher und ungefährlich. Ein Kinderspiel für Erwachsene. Man muß lediglich dafür sorgen, daß man nicht an einem Berg, Baum oder Hochspannungsdraht hängenbleibt und daß man nicht im Wasser oder auf der Autobahn runterkommt."

„Und wie sorgt man dafür?" warf ich ein. „Läßt sich das steuern?"

„Es gibt da gewisse Tricks", antwortete Persotzky unsicher. „Todsichere Tricks."

„Das Wort ,todsicher' höre ich im Zusammenhang mit deinen Flugkünsten weniger gern", meinte B.T. und sprach mir damit aus dem Herzen. Der Staatssekretär ließ die Andeutung eines zustimmenden Lachens hören.

„Wir fliegen jetzt über vierhundert Meter hoch", erklärte Persotzky, um abzulenken, und deutete auf den Höhenmesser. „Und wir steigen weiter."

„Wie lange?" fragte ich.

„Wir sollen in einer Flughöhe von ungefähr neunhundert Metern reisen."

„Wie geht das? Ich meine, wie können wir in neunhundert Meter Höhe bleiben und nicht immer weiter steigen, bis es den Ballon zerknallt?"

„Es gibt da gewisse Tricks", antwortete B.T. boshaft mit Persotzkys Worten von vorhin. Dieser warf ihm einen wütenden Blick zu, aber er sagte nichts. Vielleicht hatte er Angst, nach den Einzelheiten der Tricks befragt zu werden.

Wir schwiegen jetzt und sahen über den Rand des Korbs hinunter. Gerade überflogen wir ein Dorf, dessen etwa zehn Höfe mit ihren Scheunen, Misthaufen, Obstbäumen, Gemüsegärten und Hühnerhäusern so unter uns lagen, daß ich fürchtete, einer meiner Mitreisenden könnte den abgedroschenen Vergleich dafür verwenden. Und da sagte er es auch schon.

„Wie Spielzeughäuser", sagte Persotzky.

Die Stille in dieser Höhe war erstaunlich. Sie trug die Geräusche von der Erde stark und weit. Deutlich konnten wir das Gackern der Hühner hören, vom Bellen eines Hundes gar nicht zu reden. Ich unterbrach die Beobachtungen, um nach den anderen Ballons Ausschau zu halten. Was ich sah, gab keinen Anlaß zu Optimismus. Das Waschmittel, die Schnapsfirma, das Salatöl und die Automarke flogen uns schon weit voraus, und der Abstand zwischen ihnen und uns schien sich aus mir nicht ganz erklärbaren Gründen schnell weiter zu vergrößern.

Ein paar Kinder kamen mit einem großen Hund aus einem Haus gelaufen. Sie schwenkten große Taschentücher und winkten damit zu uns herauf. Ich merkte, wie B.T. zusammenzuckte.

„Wieder die Idylle", murmelte er, und als er meinen fragenden Blick auf sich gerichtet fühlte, fügte er wie zur Erklärung hinzu: „Wie damals, bei der Flußbootfahrt."

Als der Ballon eine Höhe von siebenhundert Metern erreicht hatte, stieg er nicht weiter. Auf Persotzkys Kommando warfen wir deshalb nochmals Ballast ab. Das wirkte. Wie der Höhenmesser verriet, schwebten wir langsam aber stetig weiter den Wolken entgegen.

Ich wurde allmählich unruhig. Wenn wir die Reisehöhe von neunhundert Metern erreicht hatten und es nichts mehr zu tun gab, als ab und zu hinunterzuschauen und im übrigen auf die Güte der Winde zu hoffen, wollten wir den massierten Überfall auf B.T. beginnen. Der Staatssekretär sollte ihm eine interessante Aufgabe in seinem Amt anbieten, die B.T. nicht zur Büroarbeit verdammte und ihm viel Freizeit ließ. Ich würde meine ganzen Überredungskünste aufbieten, damit B.T. annahm, und notfalls vor der Drohung materieller Pressionen nicht zurückschrecken. Persotzky hatte versprochen, mich zu unterstützen, doch wie B.T. zu ihm stand, hielt ich dieses Versprechen für bedenklich. Am meisten jedoch bereitete mir nach wie vor die Hauptfigur unserer Intrige Sorgen, der Staatssekretär. Seine Sympathie für B.T. war offensichtlich. Auch wirkte er mir als Hauptintrigant einfach zu unbeschwert.

„Wir sind ein wenig über neunhundert Meter, und wir steigen nicht weiter", erklärte Persotzky stolz, als sei das seine Leistung und nicht die des Zufalls.

„Dann können wir uns endlich setzen", meinte B.T.

„Richtig." Der Staatssekretär nickte erwartungsvoll. „Das Gabelfrühstück."

Wir nahmen je zwei und zwei gegenüber auf den winzigen, gut befestigten Sitzbänkchen mit den Rücken zur Korbwand Platz. B.T. entfernte die Damastserviette, mit der er seinen Korb abgedeckt hatte. Eine Flasche, Champagnergläser, gebündeltes Silberbesteck, winzige Teller und einige kleinere Dosen und Büchsen wurden sichtbar.

„Leider habe ich nur drei Champagnergläser dabei", bedauerte er. „Man hat mich nicht informiert, daß uns der Herr Staatssekretär das Vergnügen macht, mitzureisen."

„Das ist kein Malheur", antwortete dieser. Er öffnete sein bauchiges, russischgrünes Lederköfferchen. Wie bei B.T. entdeckte ich als Inhalt eine Champagnerflasche, Gläser, kleine Dosen und Bestecke. „Ich wußte, daß wir zu viert sein würden, und habe deshalb vier Champagnergläser mitgeben lassen. Nehmen wir zuerst mal einen Schluck auf die Schönheit der mit uns fliegenden Dame."

Mit virtuosen Fingern öffnete er den Drahtverschluß der Flasche, stülpte eine Serviette über den Korken, vollführte einige elegante, doch kraftvolle Bewegungen. Unter sanftem Schmatzen öffnete sich der Flaschenhals — nur Proleten knallen nach B.T.'s Worten ihre Champagnerkorken gegen die Decke, die es bei uns im Augenblick ohnehin nicht gab. Wir prosteten uns mit den Flötengläsern zu und tranken. Besteck, Teller, Mundtücher, Weißbrotscheiben wurden verteilt. Und während die zwei Herren im grauen Frack uns und sich mit ihren Schätzen aus dem Körbchen und dem russischgrünen Köfferchen traktierten, mit hartgekochten Möweneiern, ausgelösten Hummerkrabben, durchsichtig rotem Lachskaviar, hauchdünnem Parmaschinken, mit Hamburger Räucheraal, Entenleberpastete aus dem Straßburger Maison sans Chiqué und englischer Dundee-Orangenmarmelade, begann B.T. zu philosophieren.

„Ein Leben lang war ich ein Freund des Zufalls", sinnierte er, und schon dieser Auftakt seiner Überlegungen flößte mir Unbehagen ein. „Ich halte den Zufall nicht nur für einen der wesentlichsten Begleiter des Menschen, sondern auch für den verläßlichsten."

„Da bin ich anderer Ansicht", sagte Persotzky böse.

„Das glaube ich gern." B.T. lächelte. „Trotzdem bist ausgerechnet du es, der mir — zufällig zu dieser ungeahnten Bereicherung verholfen hat. Denn wäre nicht durch Zufall der Werbechef eurer Zeitung auf die Idee verfallen, diesen Ballonwettflug zu organisieren und hättest du mich nicht zufällig gefragt, ob ich mitkommen wolle, dann säße ich wohl jetzt gerade in meiner Bibliothek oder würde einen Spaziergang machen. Verstehst du, was ich meine?"

„So zufällig ist es gar nicht, daß ich dich mitgenommen habe", antwortete Persotzky. Er blickte den Staatssekretär auffordernd an und wiederholte beschwörend: „Es war kein Zufall!"

„Ich glaube doch", meinte der Staatssekretär in leichtem Ton und fiel ihm damit in den Rücken. „Aber lassen wir B.T. weitersprechen, es war wohl erst der Anfang."

„Das fürchte ich auch", sagte ich und seufzte. „Haben Sie bitte für mich noch einen Schluck Champagner?"

„Wenn ich von Bereicherung spreche", fuhr B.T. unbeirrt fort, „dann ist das keine Übertreibung. Im Gegenteil. Ich lerne hier zum ersten Mal das Element kennen, in dem man nur Gast sein darf. Auf der Erde kann man hausen, und auch auf dem Wasser kann man, wenn man das entsprechende Boot hat, wohnen, solange man Lust hat. In der Luft ist das unmöglich."

„Im Feuer kann man auch nicht wohnen", widersprach

187

Persotzky. „Auch das Feuer ist nach Ansicht der Alten, von der du hier ausgehst, ein Element."

„Nicht für mich", erklärte B.T. souverän. „Für mich ist Feuer nur eine gute Sache, mit der man seine Zentralheizung in Schwung setzt oder etwa eine Kalbsniere brät."

„Trotzdem stimmt nicht, was du behauptest", sprang ich Persotzky bei. „Du fliegst keineswegs zum ersten Mal. Oder sind wir nach Ostasien und nach Mexiko gepaddelt?"

„Über das Fliegen in diesen Düsenmaschinen möchte ich so urteilen, wie sich der Herr Staatssekretär über das Starten geäußert hat. Es ist eine völlig andere Art, und abgesehen davon, daß man ebenfalls abstürzen kann, hat es mit einem Ballonflug nicht das geringste gemein. Sie katapultieren einen in einem länglich gebauten Tragflächenhaus von einem Erdteil zum anderen. Das ist alles."

„Sehr richtig." Der Herr Staatssekretär nickte bestätigend. „Genauso sehe ich das auch. Darf ich noch etwas von dieser Entenleberpastete haben? Sie müssen die Bezugsquelle davon verraten."

„Ein Restaurant in Straßburg", erklärte B.T. „Der Sohn des Besitzers hat längere Zeit in einer Fabrik gearbeitet, in der Gänseleberpastete hergestellt wird, und dann diese Variation mit der billigen und leicht erhältlichen Entenleber komponiert."

„Ich kann so ziemlich alles analysieren, was er reintut. Nur eine Geschmacksnuance fehlt mir."

„Das ist auch schwierig." B.T. lachte. „Ich glaube, was Sie meinen, ist eine Spur Zitronenschale."

„Richtig! Das könnte es sein!" Der Staatssekretär schob sich noch einen Bissen in den Mund und zerdrückte ihn am Gaumen. „Eine Spur Zitronenschale", murmelte er. „Ja."

Persotzky und ich wechselten einen schnellen Blick. Der

Verlauf, den die Unterhaltung nahm, gefiel uns beiden wenig. Persotzky ging die Eß-Ästhetik der beiden Kenner schon deshalb auf die Nerven und wieder einmal ans Selbstbewußtsein, weil er nicht mitreden konnte. Ich selbst war unglücklich, denn die so großartig eingefädelte Intrige, die nach Persotzkys Behauptung längst durchs richtige Ohr lief, drohte zu vertrocknen, noch bevor sie zu keimen begann. So machte ich den Versuch, nachdem meine zwei Mitverschwörer versagten, das Gesetz des Handelns an mich zu reißen.

„Ich finde es großartig", wandte ich mich an B.T., „daß dir dieser Flug so viel bedeutet: Ein neues Lebensgefühl offenbar, zumindest in einem Winkel deines Lebens. Könnte das nicht der Anlaß dazu sein, daß du deiner Existenz eine neue Dimension und Richtung geben möchtest?"

„Weshalb nicht?" fragte B.T. unvorsichtig, erfreut über meine unerwartete Anteilnahme. „Ich könnte mir vorstellen, daß dieses Erlebnis in mir fortwirkt und plötzlich neue Anstöße gibt."

Persotzky hatte meine Initiative gespannt verfolgt. Jetzt hielt er den Moment für gekommen, mir mit letzter Deutlichkeit zur Hilfe zu eilen.

„Ich glaube, der Herr Staatssekretär hat bereits einen solchen Anstoß bereit", sagte er und blinzelte diesem komplizenhaft zu. „Er möchte dir einen Vorschlag machen."

Ein harter Schlag traf unseren Ballon, gleich darauf ein zweiter. Bestecke, Teller, Gläser klirrten. Und schon schlug wieder der Stoß einer Bö auf die riesige Seidenhülle ein.

Ich spürte, wie der Ballon rasend schnell an Geschwindigkeit gewann. Mit Gesichtern, aus denen Unbehagen zu lesen war, blickten wir in die Höhe. Die Szenerie des Himmels hatte sich vollkommen verändert.

189

Wo noch vor kurzem über uns bizarre Wattewolken in einem blauen Himmelsmeer behäbig geschwommen waren, lastete jetzt ein pechschwarzer bedrohlicher Riesenbaldachin. Gelbe Einfärbungen an den Rändern ließen es nicht ausgeschlossen erscheinen, daß nicht nur Regen drohte, sondern sogar Hagel. Dazu zuckte es leuchtend in der Ferne auf, die himmlischen Blitzbatterien probten Sperrfeuer für unseren Ballon.

„Wir haben uns verplaudert", kommentierte der Staatssekretär die Lage, „und inzwischen hat sich einiges zusammengebraut. Ich wurde schon vor dem Start darauf aufmerksam gemacht, daß die Wetterlage undurchsichtig sei."

„Wir sollten die Reste unseres Gabelfrühstücks versorgen", schlug B.T. vor, denn es wurde immer stürmischer. Der Ballon sauste, von in den Tauen pfeifenden Windböen getroffen, unruhig dahin, und wir wurden in unserem Korb durcheinandergeschüttelt wie bei einem Seesturm in einem Ruderboot. Ich spürte Wellen einer Übelkeit in mir aufsteigen.

„Hoffentlich bekommt mir das", sagte ich möglichst tapfer. „Nicht, daß ich viel Angst habe. Aber der Räucheraal und die Entenleberpastete waren ziemlich schwer."

„Das ist richtig." Der Staatssekretär zog eine flache silberne Steckflasche aus dem Frack. „Nehmen Sie einen Schluck alten Armagnac und lassen Sie die Flasche dann kreisen. Wir können es alle vertragen. Und sei es nur, um die Drohungen einer Erkältung abzuwenden. Hier zieht es scheußlich."

Während B.T. und der Staatssekretär Korb und Köfferchen mit dem packten, was übrig geblieben war, hauptsächlich leere Dosen und Bestecke und Geschirr, nahm ich mehrere Schlucke aus der silbernen Flasche. Fast sofort fühlte ich, wie mir wohler wurde. Ich reichte die Flasche an Persotzky weiter. Erst da fiel mir auf, daß er seit dem ersten Sturmstoß noch kein Wort gesprochen hatte, sondern nur den Ballon betrachtete.

„Wahrscheinlich solltest du etwas unternehmen, Persotzky", schlug ich vor. „Das Schwarze, was du über uns siehst, ist ein Gewitter."

„Was?" Er schrak aus seinen düsteren Überlegungen hoch. „Was soll ich unternehmen, Clarissa?"

„Du bist hier der Kapitän."

„Ich bin kein ausgebildeter Ballonführer", wehrte er ab.

„Das trifft das Zentrum meiner Befürchtungen", erklärte B.T. „Trotzdem sollte man dir gesagt haben, was du tun mußt, wenn ein Gewitter kommt."

„Nein."

„Es wundert mich überhaupt", mischte sich der Staatssekretär ein, „daß man Ihnen gestattet hat, mit dem Ballon aufzusteigen. Muß man dazu nicht eine Prüfung und eine Berechtigung haben?"

„Normalerweise schon", gab Persotzky zu. „Aber ich bin von der Presse, da drückt mancher ein Auge zu. Das wissen Sie doch am besten."

„Ich möchte einen Vorschlag machen", sagte B.T., der sich wie wir am Rand des schlingernden Korbes festhielt. „Wenn schon Persotzky keine Ahnung hat, wie man einen Ballon durch ein Gewitter steuert — die Flugkapitäne in den anderen Ballons wissen es. Schauen wir doch einfach, was sie tun."

Als sei das ein Kommando, drehten wir die Köpfe und sahen nach vorn. Das Feld der Konkurrenz, deren Luftfahrzeuge nur noch wie Kinderballons wirkten, hatte sich nicht weiter entfernt. Mit einer Ausnahme: Die Automarke war nicht mehr zu sehen. Das Salatöl segelte unbeirrt weiter wie wir in der Höhe, während das Waschmittel langsam sank und die Schnapsfirma sich in beängstigendem Sturzflug bereits ganz weit unten befand.

„Offensichtlich gibt es verschiedene Möglichkeiten." Der Staatssekretär sprach aus, was wir dachten. „Es fragt sich, welche die richtige ist."

„Was meinst du Clarissa?" Ich glaubte zuerst, B.T. wolle mich mit dieser Frage aufziehen. Aber er meinte es ernst, und ich freute mich.

Ich beugte mich über den Rand des Korbes und sah hinab. Unten lagen Weiden, kleine Gehölze, ab und zu ein harmloser Bach.

„Wir sollten landen", schlug ich vor. „Nicht so im Sturzflug wie die Schnapsbrüder da vorn, aber doch runtergehen. Bei einem solchen Sturm ist das sicher nicht ganz ungefährlich. Aber dieses pechschwarze Gewitter ist bestimmt noch gefährlicher."

Wie zur Bestätigung zuckte der erste Blitz los. Unmittelbar darauf krachte es ohrenbetäubend. Und dann flammte Blitz auf Blitz und dröhnte Donner auf Donner. Als sei das nicht genug, setzte ein Wolkenbruch ein.

„Haben Sie nicht gehört, was die Dame befohlen hat?" rief der Staatssekretär Persotzky zu. „So ziehen Sie schon an Ihrem Ventil und lassen Sie Gas ab." Er streifte die Hülle von seinem enggewickelten schwarzen Schirm, entfaltete ihn und hielt ihn über mich, B.T. und sich. Bei dem Sturm, der das Wasser des Wolkenbruches wie aus Fässern von der Seite über uns ausschüttete, war das ein symbolischer Akt. Aber er war vertraut und wirkte beruhigend. Selbst wenn es nichts half, war es wichtig, daß man etwas tat.

Das schien allmählich sogar Persotzky einzusehen. Er zog an einer dünnen Leine und öffnete damit das Ventil. Bei dem Sturm und Getöse um uns konnten wir natürlich das Gas nicht ausströmen hören. Doch nach einer bangen Minute erkannten wir, daß Persotzky diesmal tatsächlich am richtigen Ende gezogen hatte. Wir sanken.

Zu sehen war durch den Vorhang der Wasserflut, die vom Himmel zur Erde stürzte, so gut wie nichts. Die anderen Ballons waren aus unserem Blickfeld verschwunden, und das feste Land unter uns tauchte nur langsam, als wir tiefer und tiefer sanken, aus grauen Schleiern auf. Persotzky, der als unser Kapitän wenigstens so tun hätte müssen, als schaue er nach einem geeigneten Landeplatz aus, kümmerte sich um nichts. Er stand mürrisch da, frierend in seinem durchweichten Mantel, und betrachtete neidisch unsere Dreiergruppe unter dem Schirm des Staatssekretärs. Sein Neid war übertrieben. Denn meine schwammartig vollgesogene sportliche Mütze, von der aus mir ein Wasserfall über das Gesicht und von dort auf den Anorak und den Tweedrock rauschte, verriet ebenso wie die dunkel gewordenen Fräcke und Zylinder der beiden Herren, daß wir um kein Haar und kein Fädchen besser dran und trockener waren als er.

Statt Persotzky interessierte sich der Staatssekretär für die Umstände unserer Landung. Er gab B.T. den Schirm zum Halten und beugte sich kaltblütig weit über die Korbwand, um einen Blick hinunter zu riskieren. Als sein Gesicht wieder hochtauchte, verriet es wenig Freude.

„Das sieht bedenklich aus", meinte er.

„Warum?" fragte B.T.

„Sehen Sie selbst. Aber möglichst bald."

B.T. gab ihm den Schirm zurück und beugte sich ebenfalls über den Rand des Korbes. Auch ich wollte nun mit eigenen Augen ergründen, was der Staatssekretär bedenklich nannte, und folgte B.T.'s Beispiel. Es bestand tatsächlich kein Anlaß zur Beruhigung.

Unser Ballon sank jetzt sehr schnell. Er zielte, soweit ich das in diesem Wassermeer erkennen konnte, genau auf den Seitenhang eines von hohen Laubbäumen bestandenen Hügels. Wenn kein Wunder geschah, sausten wir mitten hinein in die Eichen, B.T. und ich wechselten einen kurzen, selten gewordenen Blick des Einverständnisses. Was uns bevorstand, wenn wir mit der gegenwärtigen Fallgeschwindigkeit in die emporgereckten Arme des deutschen Waldes eintauchten, konnte sich auch ein Mensch ohne langjährige Ballonerfahrung denken.

„Was halten Sie davon?" fragte der Staatssekretär, als B.T. und ich unsere Köpfe über den Korbrand zurücknahmen.

„Ich fürchte das gleiche wie Sie", antwortete B.T.

„Was ist los?" erkundigte sich Persotzky, endlich alarmiert.

„Wir landen nicht, sondern fallen in die Bäume auf einem Hügel", erklärte ihm B.T. „Glaubst du, du kannst deinen Ballon noch einmal hochkriegen, damit wir über den Hügel wegkommen? Dahinter liegen ebene Wiesen."

Persotzky sah zu der Seidenhülle hoch. Sie war nur noch halb mit Gas gefüllt und wirkte trostlos verschrumpelt. „Unmöglich." Der auf einen grellen knisternden Blitzschlag folgende Donnerwirbel verschluckte seine nächsten Worte, er mußte sie wiederholen. „Schau dir diesen müden Sack doch an. Ballast zum Abwerfen haben wir auch keinen mehr. Vielleicht schaffen wir es, wenn du über Bord springst."

„Das wäre Sache des Kapitäns", sekundierte der Staatssekretär B.T.

„Vielen Dank", sagte Persotzky und lenkte gleich vom Thema ab. „Ich könnte höchstens noch mehr Gas rauslassen, damit wir schneller sinken und vor dem Hügel aufkommen. Was haltet ihr davon?"

„Schneller sinken", meinte ich, „wäre so, als würden wir wie ein Stein auf die Erde knallen. Dann lieber Eichen."

„Sie wissen auch keinen Ausweg?" Der Staatssekretär sah seinen Bruder im Geiste an. „Was, schlagen Sie vor, sollten wir tun?"

„Abwarten", erklärte B.T. „Und Haltung bewahren."

Der Staatssekretär lächelte. Die Antwort gefiel ihm. Er zog seine silberne Steckflasche und reichte sie herum. „Alkohol lockert die Glieder. Nehmen wir in diesem Sinne noch einen kräftigen Schluck."

Das Gewitter und der Wolkenbruch ließen nach, aber der Wind blieb. Wir schwiegen jetzt. Alle, auch Persotzky, sahen angespannt hinunter auf den bewaldeten Hügel, an dessen rechtem Abhang wir in die Fangarme der riesigen Bäume zu geraten drohten. Wir waren noch vierzig Meter davon entfernt, dreißig, zwanzig. Da packte uns eine Windbö von der Seite. In geringem Abstand segelten wir an den äußersten Bäumen des Abhangs vorbei.

„Hurra!" schrie Persotzky dem zusammenzuckenden Staatssekretär in die Ohren. „Hurra, wir haben es geschafft!" Dann verstummte er und deutete auf das Phänomen, an dem wir in Sekundenschnelle vorübertrieben.

An einer schrägstehenden Eiche des Seitenhanges, in deren Krone sich die Hülle ihres Ballons verfangen hatte, hingen die Luftfahrer der Schnapsfirma in ihrem im Wind schlingernden Korb. Sie standen sich zwei und zwei gegenüber und tranken aus kleinen Gläsern, die sie aus Steingutliterflaschen füllten. Obwohl wir beinahe in Reichweite an ihnen vorüberflogen, bemerkten sie uns nicht. Zwar riß ihnen der Sturm die Worte in der uns entgegengesetzten Richtung von den Lippen, so daß wir keinen Ton vernahmen. Aber an ihren energischen und gleichförmigen Mundbewegungen konnten wir erkennen, daß sie sangen.

Dann waren wir am Hang vorbei. Wiesen, wie der Staatssekretär geschildert hatte, fielen uns grün entgegen. Noch einmal drohte der Ballon Schiffbruch zu erleiden, an einer armselig dünnen Telefonleitung. Doch wir kamen gerade noch darüber hinweg, das Gerade-noch gehörte offensichtlich zu diesem Flug.

„Festhalten!" rief B.T. „Nicht rausfallen!"

Schräg setzte unser Korb auf. Der schlaffe Ballon zog uns, vom Wind getrieben, noch ein gutes Stück über die Viehweide hin, bis ein Stacheldrahtzaun ihn stoppte und unserer Schleiffahrt ein Ende brachte.

„Wenn dieser Kuhzaun elektrisch geladen ist ..." sagte der Staatssekretär und malte, weil das überflüssig war, nicht aus, was dann geschehen würde.

Zum Glück führte der Zaun keinen Strom. Naß und mitgenommen krochen wir aus dem Korb. B.T. und der Staatssekretär hielten das Körbchen und den Koffer, die sie keinen Augenblick losgelassen hatten, in den Händen. Der Staatssekretär zeigte auf eine Dorfkirche, deren Turm in der Ferne aus einer kleinen Ansiedlung aufragte.

„Wo eine Kirche ist, steht ein Wirtshaus", meinte er. „Dort können wir uns wärmen und nach einem Beförderungsmittel erkundigen. Sicher erfährt Herr Persotzky auch, wo er Hilfe findet, um den Ballon zu bergen. Oder ist es ein Einwegballon, Herr Persotzky?"

„Ich wünschte, er wäre es", antwortete dieser.

Eine halbe Stunde danach saßen wir uns an einem Holztisch des Bauerngasthofs bei einer dampfenden Suppe gegenüber. Ein Mietwagen, der uns nach Hause befördern sollte, war von der nächsten Stadt zu uns unterwegs. Persotzky wartete mürrisch auf zwei Bauern mit einem Traktor, die mit ihm den Ballon von der Weide holen sollten.

„Der Abgang aus den Lüften war zwar etwas dramatisch", sagte B.T. und sah sich zufrieden in unserer Runde um. „Aber ich bereue nichts. Dieser Flug bedeutet für mich, wie ich schon sagte, eine ungeahnte Bereicherung. Ich habe viel gelernt."

„Ich auch", meinte Persotzky. „Vor allem, daß ich nie mehr im Leben einen Ballon besteigen werde."

„Auch mir hat der Flug entscheidende Impulse gegeben", erklärte der Staatssekretär und neigte den Kopf höflich gegen B.T. „Das liegt nicht zuletzt daran, daß ich Ihre Bekanntschaft machen durfte."

„Ich habe mir allerdings von dem Unternehmen ein ganz anderes Resultat erwartet, wie Sie wissen, lieber Herr Staatssekretär", sagte ich und lenkte seine Aufmerksamkeit damit noch einmal auf unsere geplante Intrige. „Ich verstehe eigentlich nicht ganz, warum es nicht eingetreten ist."

„Von was redest du da, Clarissa?" erkundigte sich B.T. „Was für ein Resultat? Ich begreife kein Wort."

Noch bevor ich deutlich werden konnte, antwortete der Staatssekretär für mich. „Ich wollte eigentlich diesen Flug zum Anlaß nehmen, um Ihnen eine Arbeit in meinem Amt anzutragen", sagte er leichthin. „Eine sehr angenehme und interessante Tätigkeit, selbstredend kein nach Bürozeiten geregeltes Polieren der Schreibtischplatte."

„Und warum tun Sie es nicht?" fragte B.T. „Eine Beschäftigung, die Sie interessant nennen und durch die ich in Kontakt mit Ihnen bliebe ... Ich denke, da würde ich mir eine Absage zweimal überlegen."

Persotzky stieß unter der Tischplatte gegen mein Bein und blickte mich triumphierend an. Gegen jede Erwartung schien seine Intrige doch noch im letzten Augenblick zu funktionieren.

„Ich kann sie Ihnen nicht mehr anbieten, weil ich morgen meinen Dienst quittieren will", erklärte der Staatssekretär und genoß unsere Überraschung. „Ich habe während unseres Fluges beschlossen, eine vermögende südafrikanische Witwe zu erhören, die schon lange um mich wirbt. Frei sein geht über alles. Diese Einsicht verdanke ich dem Glück, B.T. begegnet zu sein."

B.T. blieb in Hochstimmung, während der Heimfahrt und für den ganzen Rest des Tages. Nach dem Abendessen zog er sich nicht wie gewohnt in seine Bibliothek zurück, sondern blieb bei mir sitzen, um mit mir wieder und wieder alle Einzelheiten des Ballonflugs durchzusprechen. Es war spät, als wir endlich aufstanden.

„Du könntest mich in einer Viertelstunde im Schlafzimmer besuchen", schlug ich vor. „Einen Tag wie diesen muß man bis zum Ende feiern."

„Gern", antwortete er. „Gibt es für diese Feier eine Bekleidungsvorschrift?"

„Eine Flasche Nuits-Saint-Georges und zwei Gläser dürften genügen", sagte ich und hoffte noch einmal alles.

B.T. lag bewegungslos auf der mit grünem Leder bezogenen Récamier, in dem Willen, zu erstarren, geradezu mumifiziert. Obwohl er sich eingeriegelt hatte, sorgte er sich, ein flacher Atemzug, ein Muskelzucken, die unbedeutendste Gestik von Leben könnte verraten, daß er hier war und daß er sich hier verbarg. Noch einmal wuchs der Wirbel plumper Faustschläge gegen die Tür der Bibliothek. Persotzkys Stimme grollte draußen B.T.'s Namen, jetzt stieß Clarissas Fanfarenruf dazwischen und rutschte schwindelnd hoch ins Hysterische, wo er plötzlich zerklirrte, schon befahlen die versagenden Nerven aufzuspringen und zu übergeben, da verstummten Rufe und Schläge und aus sich schnell entfernenden Doppelschritten wuchs die vollkommene Stille. Noch zwei Minuten Vorsicht ließ B.T. verstreichen, bevor er den Riegel zurückschob und sich befreit in den Löwenstuhl setzte. Er haßte es, eingeschlossen zu sein.

Wieder lockte das Wasserschloß, noch stärker als vor dem letzten Besuch, von Mal zu Mal entglitt das alte Gebäude mehr seinem Rahmen und schob sich samt Nebengebäuden, Bäumen, Mauerwerk und der ganzen kleinen dreieckigen Flußinsel B.T. entgegen. Hier lief ein paralleler Prozeß ab, wahrscheinlich zugleich ein beunruhigender Prozeß, B.T. beschönigte sich nichts, je schneller der einmal ausgelöste Mechanismus ihn von Station zu Station der sogenannten bürgerlichen Position entgegenschob, um so magnetischer erfuhr er die verlockende Anziehungskraft des Wasserschlosses, er mußte ausweichen, nach drüben, um in der moderigen Süße alter Gänge herumzustreifen oder von hohen Erkern auf die Landschaft zu sehen, die dann jenseits lag, jenseits des Wassers, und die in einer vom Zwielicht bedrängten Sonne zugleich erhabener wurde. Ohne noch einen Gedanken darauf zu verschwenden, Clarissa und Persotzky könnten wiederkehren und dazwischengreifen, betrat er die steile Holzbrücke, anfangs hatte er sie unheimlich gefunden, zu uralt, doch die Sorge war unbegründet gewesen, Gregor hatte sie verwittert, aber solide gemalt. Mit der Eile eines Gedankens erreichte er die Insel und begab sich, ohne wie sonst Minuten oder Stunden von der verfallenden Mauer ins vorbeiziehende Flußwasser zu träumen, sofort ins Haupthaus. Was früher nur romantisches Schweifen gewesen war, gewann Gestalt eines festen, großräumig angelegten Plans. Diesmal wies sein Aufenthalt über die Unverbindlichkeit früherer Besuche weit hinaus.

Seine Wahl war auf ein Eckzimmer des ersten Stockwerks gefallen, einen rund fünfzig Quadratmeter fassenden und daher im Vergleich mit den anderen Sälen fast beschaulich gedrängten Raum, doch hatte keineswegs das

Bedeutung gewonnen, sondern das doppelte, in der Mitte durch eine zweistufige Treppe zu überwindende Niveau des Bodens, die drei nochmals überhöhten, dann sich jedoch vor Alter nach außen abwärts neigenden Erker, und vor allem die zahllosen asymetrischen Ecken, die wegen der von unten hochziehenden Kamine oder aus architektonischen Gründen die Wände in Winkelwerk auflösten, das dem Auge Abwechslung versprach. Obwohl B.T. schon in früher Jugend den Lehrsatz vom Adel der Arbeit als eine der menschlichen Kardinallügen durchschaut und seitdem aus Veranlagung und Geist diesem Axiom scharf entgegengelebt hatte, machte er sich hier mit traumtänzerischer Sicherheit und Federleichtigkeit ans Werk. Wahrscheinlich entsprang es nur den Möglichkeiten dieser Zwischenexistenz, daß er im Zeitraffertempo die weiten Flächen der Wände und der Decke von in Jahrhunderten aufgeworfenem Bewurf entschuppte und sie beinahe magisch mit glattem, gebrochen weißem Kalküberzug kandierte. Sparsamer blieben seine Bemühungen um eine Möblierung, sie beschränkten sich für den Anfang auf ein besonders verwinkeltes Viertel des Raums, B.T. besiedelte es fast wahllos, der heiteren Eingebung eines krausen Stilempfindens nachgebend, mit einem Empiretisch, dessen Platte zwei Säulenbeine und zwei als Beine fungierende altägyptische Männerfiguren trugen, ein achtfüßiges Rokoko-Kanapee gesellte sich dazu, eine Konsole, gleichfalls Rokoko, zwischen glatt modernen Regalen; auf dem Boden wahllos verstreut Brücken und nordafrikanische Lederkissen und, in der Mitte der dissonierenden Komposition, ein gewaltig ornamentiertes Barockbett, die Polster überwölbt von einem schweren, nur am Kopfende gestützten Himmel. Ein wenig amüsierte sich B.T. selbst über das

Resultat, so, mit vom Zufall widrig gemischten Resten, möblierten aus vornehmen Schlössern Vertriebene ihre Asyle, aber was war im Augenblick anderes zu tun, wie sollte er voraussehen, wie er sich die Zukunft bescheren würde und was ihm dann in der neuen Schicht seines Lebens notwendig sein würde und was behaglich.

Auf jeden Fall jedoch wäre es nicht nur falsch gewesen, sondern zugleich ein durch nichts bisher bestätigter Hochmut, bei der sei es auch nur improvisierten Einrichtung ein Grundelement zu vergessen, B.T. erkannte es im gleichen Augenblick, in dem er das Mädchen am Fenster sah und sich fragte, wie lange es da schon stehen mochte. Es beobachtete ihn ohne Neugierde und Eile, ein junges, überschmales Geschöpf in sauberen weißen Jeans und hellrotem Pullover, in dem honiggelben Gesicht unter kurzen schwarzen Männerhaaren schräg eingesetzte lindenblattfarbene Augen und ein wilder Mund, welche Widersprüche wuchsen hier auf. B.T. fand die junge Frau bekannt.

„Ich bin das Modell aus den Italy-Reise-Prospekten", sagte sie mit spröder Stimme, als hätte sie seine Gedanken erraten. „Sie erinnern sich, ,Der Zauber des Südens lockt', und so. Postwurfsendungen an alle Telefonteilnehmer."

„Daher kenne ich Sie", antwortete er und überlegte besorgt, was ein Mensch wie sie im Wasserschloß zu suchen hatte. „Also Mannequin, Weckung künstlicher Bedürfnisse unter Vorspiegelung falscher Gesichter."

„Vermieten Sie?"

„Wie bitte?" Bestimmt hatte er falsch verstanden, nicht daß er schwer hörte, es lag nur an seiner in letzter Zeit schnell auslaufenden Fähigkeit, Aufmerksamkeit zu geben.

„Ob ich hier wohnen kann. Welche Bücher werden Sie in diese Regale mit herübernehmen?"

„Ich weiß nicht", murmelte er und betrachtete sie überrascht. „Was haben Sie mit Büchern zu schaffen?"

„Was schon? Ich lese sie, und wenn sie mir entsprechen, lebe ich sie. Natürlich nur zum Teil, schließlich muß man auf die Gegebenheiten Rücksicht nehmen."

„Schon. Trotzdem, es passiert zu leicht, daß die Bücher überwuchern."

„Mir nicht. Durch meinen Beruf bin ich trainiert, gegen die Spielregeln nicht merkbar zu verstoßen. Vielleicht wäre der Umgang mit mir sogar für Sie gut. Sie sind vor Intelligenz und Einbildungskraft unelastisch geworden. Sie haben das Chamäleon in sich getötet."

„Sie glauben, Sie können es von den Toten auferwekken?" Er machte nicht einmal den Versuch, spöttisch zu reden, sie hatte zu sehr recht.

„Ich darf also hier wohnen? Außerdem könnte ich —"

„Was?" fragte er, und während er beobachtete, wie sich ihr Mund langsam öffnete, spürte er Hitze in sich.

„Ich könnte mich von Ihnen lieben lassen", sagte sie und begann ganz langsam mit ihren langen, von den weißen Röhren der engen Hosenbeine wie bandagierten Gazellenbeinen auf ihn zuzugehen. Er wollte protestieren, den Verdacht aussprechen, daß sie log, falsch spielte, das Ganze hier war eine gestellte Sequenz aus einem der Mehrfarben-Prospekte, für die sie posierte, Werbe-Fata-Morgana, ‚Die Bücher-Gazelle für den intellektuellen Herrn' und ‚Lassen Sie sich von der Darstellerin der Broschüre *Der Zauber des Südens locht* lieben', aber noch ehe der Verdacht zur Ironie werden konnte, löste sie ihn in einem Schimmern ihrer lindenblattfarbenen Augen auf, vielleicht schaffte sie es, weil sie doch nicht log, oder weil sie ihren Beruf zu gut beherrschte.

Natürlich spielte nicht der Zufall, wenn dieses Mädchen in Typ, Sprechweise, Denkart, Kleidung und Art zu Gehen der wie maßgeschneiderte Kontrast zu Clarissa war. Da Clarissa, eine etwas lichte Dame, um das Eigenschaftswort farbarm zu vermeiden, hier ein dunkles, wenig damenhaftes Mädchen, und doch beide gleichermaßen Reizobjekte der männlichen Gegenwelt, B.T. fand es ganz natürlich, daß er die Begegnung mit der einen provozierte, weil er jene schon besaß, ein Mann betrog seine Frau nicht, weil die andere schöner, sondern weil sie anders war. B.T. beobachtete gespannt das Näherkommen der weißen Gazellenbeine. Ein Zufall zumindest befand sich mit im Spiel, er hatte Clarissa geheiratet und nicht dieses Mädchen, weil es sich so ergeben hatte, aber nicht ergeben mußte, vielleicht würde ihm sonst Clarissa jetzt im Wasserschloß als die gewünschte Erscheinung begegnen, warum nicht, denn im Leben eines Menschen sind alle Menschen auswechselbar, nur nicht er selbst.

„Es käme auf ein Experiment an", sagte er nachdenklich. „Im Grunde habe ich nichts gegen Lust."

„Was hast du nicht?" fragte Clarissa fast bestürzt.

„Nichts gegen Lust", wiederholte er und erkannte sie erst jetzt, sie stand jenseits des Schreibtischs in einem jener hellen Hauskleidchen aus federleichter Wolle, Modellen der Tiefstapelei nur für Kenner, so sündteuer und so unaufdringlich schlicht. „Wie bist du hereingekommen?"

„Durch die Tür", sagte sie, zwischen ihren hellen Brauen erschien eine ärgerliche Falte. „Du hast geruht, den Schlüssel wieder umzudrehen. Warum hast du Persotzky und mir vorhin nicht geöffnet?"

„Ich war beschäftigt."

„Womit?"

„Ich habe gedacht."

„Gibt es nichts anderes?"

„Im übrigen nimmt das jetzt überhand. Du weißt genau, daß niemand meine Bibliothek betreten soll. Eine Abmachung, du hast dich immer daran gehalten. Aber seit du dich neulich nachts nicht einmal gescheut hast, einen Menschen wie Persotzky heraufzuführen —"

„Ich weiß nicht, mein Lieber, ob du der Mann bist, der über andere Männer Werturteile aufstellen sollte", sagte sie. „Ich weiß auch nicht, was du treibst, wenn du hier allein sitzt, soweit ich dich vor wenigen Minuten beobachten konnte, scheint es etwas Ungesundes zu sein. Hat es etwas mit diesem Buddha im Bücherregal zu tun?"

„Das glaube ich nicht."

„Na schön. Aber ich muß mit dir sprechen, und zwar jetzt. Hast du Zigaretten hier?"

Er stand auf, reichte ihr ein mit Perlmutt eingelegtes Schildpattdöschen, sie nahm eine Zigarette heraus, ließ sich dankend Feuer geben und setzte sich in einwandfreier Haltung auf die Kante der Récamier. Von ihren immer noch schönen Beinen glitt B.T.'s Blick hoch, das Wasserschloß. Das Mädchen mußte ihm sehr nahe gekommen sein, aber er schaltete mit einem Willensakt den Knopf der Traummaschine ab, Gregors Bild plumpste zurück in seine gemalten Perspektiven und war nichts weiter als ein Bild.

„Du hast, wie ich höre, bei Müller-Kroppau eine gute Figur gemacht", sagte Clarissa. Sie hatte nichts bemerkt.

„Ich habe diese Figur nicht gemacht. Ich habe sie."

„Wie du meinst. Jedenfalls war dein Auftreten richtig, Persotzky bewundert dich dafür. Er sagt, du warst so perfekt der ‚Mann aus gutem Stall', daß Müller-Kroppau und seine Frau hingerissen sind. Du weißt, sie sind elend reich, aber weder durch Geburt noch durch Erziehung oder gar Geschmack bevorzugt. Wenn er Oynenboyns Nachfolger wird, und er wird es, hast du seine Stimme und kannst dich auf den Präsidentenstuhl setzen."

„Ist das nicht in deinem Sinne? Warum mußt du dann so dringend mit mir sprechen?"

„Bestimmt ist es in meinem Sinne, ich war glücklich. Umso mehr beunruhigt mich, was mir Camillo Bohr erzählt."

„Ja?"

„Du suchst ein einsames Haus in Frankreich, Portugal, Sizilien, Irland oder so."

„Ich habe mich für die Provence entschlossen. Vielleicht ist es tatsächlich gut, daß wir darüber sprechen. Ich werde nämlich in der nächsten Woche verreisen, um unter einigen mir von Bohr gegebenen Adressen die Wahl zu treffen. Nach den Fotos allein läßt sich das nie entscheiden."

„Anders ausgedrückt: Der Fluchtversuch."

„So möchte ich das nicht gern formulieren."

„Das kann ich mir gut vorstellen. Du hast stets Wert darauf gelegt, an den Tatsachen vorbeizuformulieren. Aber einmal, jetzt, ist das nicht mehr möglich, es gibt Grenzen, und du kannst dich nicht beklagen, ich hätte sie nicht weit gesteckt oder nach Möglichkeit einfach verschwimmen lassen."

„Beklage ich mich?"

„Mehr. Dein Haus in der Provence bedeutet doch mehr als einen Sitz für Sommerwochen, du betrachtest es als Burg, du willst dich zurückziehen und die Zugbrücke schließen. Damit verwirfst du nicht nur meine Pläne, sondern auch mich selbst. Du darfst nicht hoffen, daß ich den Streich mit gebeugtem Nacken erwarte." Zum erstenmal zirpte in ihrer Stimme, die B.T. gewöhnlich durch ihren Mangel an Kolorit störte, ein energischer Metallvogel mit. „Wenn du noch aus irgendeinem mir vielleicht unerfindlichen Grund auf unser Zusammenleben oder wie immer wir es nennen wollen Wert legst, solltest du auf deine Reise in die Provence verzichten."

„Ich kann nicht. Ich bin angemeldet."

„Dein letztes Wort?"

„Mein letztes."

Clarissa betrachtete ihn eine für einen Mann ungemütlich lange Weile schweigend, ihr Ernst ist nur gespielt, redete er sich ein und wußte, sein Souffleur log, sie blufft, wie alle Frauen, auch das eine Lüge des Souffleurs, hart sein und bleiben war eigentlich nicht seine Sache, er war nur hineingeschliddert, Clarissa hatte ihn hineingeschliddert, jetzt mußte er das Gesicht wahren, denn in gewissen Situationen und Verfassungen sind alle Männer Asiaten, Zeit bringt Rosen, aber da stand sie bereits auf, ging zur Tür und öffnete.

„Persotzky!"

Er kam so schnell, als hätte er bereits hinter der Tür gewartet und gelauscht. Er war, sagte sich B.T. boshaft, nicht aus der Übung gekommen seit damals, das bange, atemlose Lauern steckte ihm unausrottbar im Blut aus jenen Tagen, in denen er Hinterhalte an Clarissas Weg zu legen pflegte, um ihr seine Liebe zu gestehen. Doch diesmal fand B.T. seinen eigenen wortlosen Hohn nicht ganz geheuer. Zwar vollzog sich Persotzkys Auftritt nicht anders als gewohnt, ein bulliger Mehlsack in einem unsagbaren braun-schwarz genoppten Sportsakko schob sich preisringerisch, halslos keuchend wie einer seiner Boulevardblatt-Kommentare herein, Schweiß perlte auf der Stirn unter der rötlich gekräuselten, einhundertvierundsechzig Zentimeter über dem Erdboden dünstenden Scheitelhöhe, aber als er sich in einen Sessel krachte, wobei sich der Ziehharmonikabalg seiner aus Eitelkeit zu eng geschneiderten Hose noch stärker zusammenquetschte, ging ein Hauch von Gefährlichkeit von ihm aus und hinter der auftrumpfenden Unsicherheit seiner Gestik schwappte ein mühsam getarnter, ungeheurer, vulgärer Triumph.

„Tut mir leid, B.T., wenn ich störe", sagte seine Grollstimme.

„Schon gut." B.T. winkte ab, neugierig gemacht, er wandte sich an Clarissa. „Was soll er hier?"

„Er zieht ein Haus in der Provence vor", erklärte sie in fast teilnahmslosem Tonfall, und es dauerte eine Weile, bis B.T. begriff, daß sie nicht zu ihm sprach. Er blickte auf Persotzky, dem das Blut aus dem Gesicht gewichen war, nur die roten Flecken waren noch da und brannten doppelt grell aus der weißen Masse.

„Nein!" sagte Persotzky, so wie er es noch nie gesagt hatte.

„Angst?" fragte sie spöttisch.

Statt einer Antwort stand Persotzky auf, plötzlich wirkte er, als trüge er seinen miserabel sitzenden Frack, noch einmal zupfte er verlegen an dem genoppten Sakko, die Würde eines Flußpferdes kam über ihn, was für eine Erscheinung, dachte B.T., wie unfreiwillig komisch, Persotzky als Herrenimitator.

„Ich bitte dich, B.T., um die Hand von Clarissa."

Das war fast zuviel. Schon krümmte sich B.T. unter der Vorhut eines Gelächters, das ihn schütteln wollte, doch der Sturm aus seinen Lungen blieb aus. Er sah ihre Augen, neugierig, in Persotzkys Blick neben dem gewohnten Haß das Glimmen des Mörders, dazu und ganz anders Clarissa, seit wann besaß sie einen Basiliskenblick, in dieser Sekunde wurde ihm bewußt, daß er verloren hatte, der Prolet und die Dame hatten sich verbunden gegen ihn, den Hochmütigen wie sie dachten, jetzt stand er schon außerhalb und sie beobachteten nur noch mit einer Art Neugierde, wie er darauf reagieren würde und ob er selbst in dieser Situation noch eine Haltung zeigen könnte, die sie trotz ihrer totalen Abneigung von ihm unbewußt immer noch erwarteten, ja erhofften.

„Wem von uns Dreien soll ich gratulieren?" fragte B.T. „Vielleicht mir selbst?"

Clarissa verzog den Mund, ihr feines Gesicht wurde leidend, ein Erbarmen stellte einen milden Augenblick lang noch einmal alles für B.T. in Frage, sie hatte Jahr für Jahr gegen ihn gekämpft, weil sie um ihn kämpfte, und er hatte ihr nichts geboten als das Schauspiel seiner hartnäckigen Einsamkeit, warum nicht in letzter Sekunde alles wenden, warum nicht auf die Provence verzichten, auf das Haus im Abseits, warum sich nicht in die von ihr für ihn so heiß gewünschte Lebenshaltung ziehen lassen, aber da war das Erbarmen schon vorüber, er mußte auf seinem Weg bleiben, was auch daraus werden würde, weil es nichts gibt, was rechtfertigt, sich selbst zu versäumen.

Clarissa drei

Was nach dem Ballonflug ein neuer Anfang für B.T. und mich zu werden schien, blieb nur ein Zwischenspiel. Zwar unterhielt er sich noch tagelang mit mir darüber. Als Gesprächspartner besaß ich für ihn immerhin einen Vorteil, ich war dabeigewesen. Auch traf er sich in der Scheinblüte seiner Aktivität mehrmals mit dem Staatssekretär, und er machte sogar den Vorschlag, mit diesem nach Südafrika zu ziehen. Doch verfolgte er, ohne daß ich strikt abgelehnt hätte, den Plan nicht weiter. Schuld daran war die südafrikanische Witwe, die angeflogen kam, um den Staatssekretär zu holen und vor ein Johannesburger Standesamt zu bringen. Eine Begegnung reichte für B.T. aus, um die Zusammenkünfte mit dem Staatssekretär und seiner verwitweten Braut abzubrechen.

„Diese Person ist für jeden eine Zumutung, der nicht von ihren Goldminenaktien lebt", erklärte er mir. Der Ballonflug und alles, was damit zusammenhing, war erledigt. Er lebte wieder neben mir her und sank in seine frühere Abkapselung zurück.

Ganz anders Persotzky. Ihn stachelten die Ereignisse des Ballonflugtages zu erweiterten Bemühungen an, B.T. beruflich unter die Haube zu bringen. Das lag nicht nur daran, daß sein Versuch mit dem Staatssekretär so schmählich ins Gegenteil des Geplanten umgeschlagen war. Was Persotzky mehr als alles andere die Sporen gab, war der Haß.

„Erinnere dich, Clarissa, wie mich die zwei bei diesem Flug behandelt haben!", sagte er noch Monate später. „Ich stand da, eine Art primitiver Luftkutscher, und sie haben sich vor dir produziert. Die feinen Herren, mit ihren Turffräcken, ihrer Philosophie, ihrem Gabelfrühstück und ihrer verdammten Haltung. Und was, frage ich dich, sind sie in Wirklichkeit? Zwei schlaffe Schmarotzer, beide!"

Er fing erneut damit an, seine Macht als Kommentator auszuspielen. Namen tauchten in seinen Artikeln auf, wurden gelobt und verschwanden. Nur ein Mann hielt sich in der Gunst Persotzkys, und als ich seinen Namen zum viertenmal hintereinander in Persotzkys Kolumne las, wußte ich Bescheid. Der Ministerialdirigent war die neue, entscheidende Figur im Spiel. Ihn würde B.T. nicht verzaubern wie den Staatssekretär, denn er war keine verwandte Natur.

Als ich den Ministerialdirigenten zum erstenmal sah, mußte ich mich zusammennehmen. Ihm Sympathie vorzuspielen, war keine leichte Sache. Man durfte schon ein guter Gesellschaftsdarsteller sein, um strahlend in dieses Gesicht zu blicken, mit den hängenden, vom Burgunder gesprenkelten Backen, der unedlen Nase, den schwimmenden Augen. Doch meine anfängliche Empörung, daß Persotzky einen politischen Viehhändler gegen B.T. ins Feld führte, schwand bald und machte einer realistischen Einschätzung Platz. Wenn ein Mann etwas gegen B.T. auszurichten vermochte und ihn in den Griff bekam, dann war es eben kein Typ wie der Staatssekretär, an den ich noch manchmal gern dachte, sondern wie der Ministerialdirigent, keiner mit Fingerspitzengefühl, sondern mit Ellenbogen.

Noch einen Vorteil hatte die neue Intrige, verglichen mit der alten. Diesmal gab es kein Schleichen um den heißen Brei, jeder sprach geschäftsmäßig aus, was er vom anderen erwartete: Persotzky und ich einen politischen Wirkungskreis für den widerstrebenden B.T. Der Ministerialdirigent Unterstützung durch Persotzkys weitreichenden Journalistenarm.

„Verstehen Sie mich nicht falsch, Persotzky", sagte er unmißverständlich. „Ich will keineswegs von Ihnen, daß Sie mich weiterhin in Ihren Kolumnen feiern wie eine politische Diva. Sie haben das in den vergangenen Wochen getan, um mich Ihren Wünschen gegenüber willenlos zu machen."

„Richtig", bestätigte Persotzky, erfreut über die Tonart, des Gesprächs, die seiner Stimmlage entsprach.

„In Zukunft sollten Sie mich nur schwerpunktmäßig unterstützen und erwähnen, bei gewichtigen Anlässen. Es fällt sonst auf und verliert damit an Wirkung. Vielleicht schießen Sie mich bei kleinen Fischen sogar zur Tarnung hin und wieder an. Am besten, wir besprechen das von Fall zu Fall."

„Einverstanden", stimmte Persotzky zu. „Und ich habe nichts dagegen, wenn bei diesen Besprechungen ein paar vertrauliche Informationen abfallen. Sie kennen meine Diskretion."

„O ja!" Der Ministerialdirigent lachte schallend. „Die
kenne ich!"

„Es tut mir leid, daß ich selbst nichts für Sie tun kann",
sagte ich zu ihm, eigentlich vor allem, um nicht ständig
als schweigende Gans neben den zwei Männern zu stehen.
„Diese ganzen Abmachungen zwischen Persotzky und
Ihnen erfolgen ja letzten Endes mir zuliebe. Und ich persönlich habe Ihnen nichts zu bieten."

Der Ministerialdirigent drehte sich mir voll zu. In seinen Augen glomm ein Licht auf, für das ihn eine Dame,
die im Gegensatz zu mir von ihm nichts wollte, eigentlich
hätte ohrfeigen müssen. „Eine bezaubernde Frau wie Sie
hat einem Mann wie mir immer etwas zu bieten."

Persotzky, dessen empfindlichsten Punkt er damit getroffen hatte, lief rot an. „Lassen Sie Ihre zehn Finger
von Clarissa!" quetschte er ruppig hervor.

Ich fürchtete, der Ministerialdirigent würde sich dadurch gekränkt fühlen, aber ich hatte ihn wieder einmal
unterschätzt. „Ihnen zuliebe sogar alle elf, lieber Persotzky", antwortete er, und seine Gesichtszüge zerliefen
vor Vergnügen. „Ein kleiner staatlicher Angestellter wie
ich wird sich hüten, einen König der Schreibmaschine her-
auszufordern." Er sah mich an und kniff ganz kurz ein
Auge zu, und ich hatte das unangenehme Gefühl, daß
dieses Thema für ihn und mich trotz seiner beruhigenden
Versicherung noch nicht beendet sei.

Nachdem wir die Zusage des Ministerialdirigenten in
der Tasche hatten, begann ich, B.T. zu bearbeiten. Natürlich wollte er zunächst auf seine alte Art ausweichen. Doch
damit kam er bei mir nicht mehr durch. Stück um Stück
wich er zurück. Nur um heute Ruhe zu haben, gab er mir
Versprechungen für morgen, auf deren Einhaltung ich —

anders und energischer als früher — bestand. So ließ er sich klagend von uns zu Treffen mit dem Ministerialdirigenten und anderen einflußreichen Leuten führen. Seufzend schickte er sich in Parties, die wir veranstalteten, um ihm wichtige Verbindungen zu schaffen. Murrend bereitete er sogar einige Vorträge vor, die er in der Gesellschaft für Vaterländische Kontakte mit dem Ausland hielt — geistreich und mit großem Erfolg. Absichtlich übernahm ich die Rolle des Antreibers selbst und ließ Persotzky nicht so zum Zuge kommen, wie es ihm bei seiner alten Rivalität mit B.T. Spaß gemacht hätte. B.T. hätte sich sofort versteift, und Persotzky fügte sich meinem Argument.

Doch eines Tages oder besser eines Nachts kam der Rückschlag. Er ließ sich zunächst weder messen noch beweisen. Ich hatte in unserem Haus ein Fest arrangiert. Es galt, den Ministerialdirigenten noch einmal zu hofieren und zu Entscheidendem zu drängen, denn der Präsidentenstuhl der Gesellschaft für Vaterländische Kontakte mit dem Ausland war vakant. B.T. verließ das Fest mitten im Gespräch mit dem Ministerialdirigenten. Er wurde plötzlich blaß, murmelte eine Entschuldigung und zog sich in seine Bibliothek zurück, und alle außer Persotzky und mir waren im Glauben, ihm sei nicht gut. Doch obwohl ich an diesem Abend mehr Sherry getrunken hatte als gewöhnlich, animiert von den Gästen und der Aussicht auf einen Erfolg des Festes, befürchtete ich sofort: Dieser Rückzug war ein Symbol. Zwar drangen Persotzky und ich später in B.T.'s Bibliothek ein, aber es war zu spät. Er hörte uns kaum noch zu.

Dabei war es nicht so, daß B.T. von einer Minute zur anderen störrisch geworden wäre. Nach außen hin ließ er die von Persotzky und mir vorgezeichnete Linie gelten, ohne sie zunächst zu verwischen. Doch für seine innere Einstellung galt sie nicht mehr. Das verrieten mir, die ich ihn kannte, einige Zeichen.

Er bemühte sich ganz sichtbar, seine Begegnungen mit Persotzky zu verringern. Öfter als früher fuhr er vor die Stadt, um zu gehen und zu denken, ein Symptom, das ich von den Krisenmomenten vergangener Jahre her kannte. Dazu gab er sich nicht einmal mehr den Anschein, an Gesprächen mit Gästen oder mit mir Vergnügen zu finden. Sogar die Bibliothek vernachlässigte er, nicht als Raum, sondern als Ort zum Lesen. Zum Ersatz wich er in Träume aus, Erinnerungen, Phantasien, in denen das von seinem Bruder Gregor gemalte Bild, das Wasserschloß, mehr und mehr zu einem zentralen Gebäude zu werden schien.

Einmal überraschte ich B.T. in seiner Bibliothek, wie er in einer derart intensiven und zugleich körperlich abwesenden Weise das Gemälde ansah, daß ich mich der Vorstellung nicht entziehen konnte, er sei in der Einbildung in das alte Haus auf dem Bild eingedrungen, um es mit seinen Phantasien zu bewohnen. Ich überlegte, wen er in den Räumen des Wasserschlosses suchen könnte. Es mußte Gregor sein. B.T. sprach nicht mehr von ihm, seit Gregors Verschwinden fiel der Name kaum noch zwischen uns, und B.T. mußte für sein Schweigen einen Grund haben, der so zwingend war wie meiner.

In den ersten Jahren meiner Ehe hatte uns B.T.'s älterer Bruder oft besucht. Wer es nicht wußte, hätte nie erraten, daß die beiden von den gleichen Eltern stammten. Gregor war einen guten Kopf kleiner als B.T., schmal, mit einem fast durchsichtigen Gesicht, dem auch ein dunkler Schnurrbart nicht das Mädchenhafte nehmen konnte, und sensiblen Händen. Er hatte als Internist einen guten Namen, vor allem die Frauen rannten ihm die Praxis ein und sorgten für einen Zwölf-Stunden-Arbeitstag. Ich verstand das gut, denn seine zärtliche Melancholie hatte etwas Unwiderstehliches. Trotzdem besaß er einen gesunden Selbstbehauptungswillen: Er war unverheiratet.

Sonst wußte ich von seinem Privatleben wenig. Er malte gern, ja, und er mochte endlos in die Nacht gedehnte Gespräche mit B.T. Die Themen gingen ihnen nie aus. Obwohl B.T.'s Lebensweise für ihn kein Geheimnis war, machte er ihm keine Vorhaltungen. Im Gegenteil, er bewunderte ihn. B.T. hing so an ihm, daß ich manchmal beinahe eifersüchtig wurde. Wahrscheinlich hat B.T. außer sich selbst nie einen Menschen so geliebt wie Gregor.

Ich weiß nicht mehr genau, wann ich zum erstenmal merkte, daß eine Veränderung eingetreten war. Gregors Gesicht wurde noch durchsichtiger, die mädchenhaften Züge setzten Kanten an. Es konnte geschehen, daß er und B.T. mitten im Gespräch verstummten, sobald ich unerwartet ins Zimmer trat. Doch auch wenn sie sich ganz normal unterhielten, in meiner Gegenwart vielleicht und über keine anderen Themen als gewohnt, spürte ich, es war nicht mehr wie früher. Etwas Bedrohliches, das es in der Vergangenheit nicht gegeben hatte, schwang unausgesprochen in ihren Worten mit. Schließlich sprach ich B.T. direkt darauf an. „Was ist mit Gregor?"

„Mit Gregor?" B.T. gab vor, nicht zu ahnen, was ich meinte. Doch allein die Tatsache, daß er sofort nach einer Zigarette griff, verriet ihn. „Was soll mit Gregor sein?"

„Bitte, mach mir nichts vor!" bat ich eindringlich. „Diesmal nicht. Du weißt, wie ich deinen Bruder mag. Gregor sieht schlecht aus. Er hat sich verändert. Auch eure Gespräche haben sich verändert. Was hat er?"

B.T. stand auf. Rauchend ging er im Zimmer hin und her, vermied es, mich anzusehen. Ich merkte ihm die Anstrengung an, eine Geschichte zurechtzumischen, die er mir auftischen konnte. Gerade als ich ihn bitten wollte, lieber nichts zu erzählen, als zu lügen, begann er zu sprechen.

„Sorgen", sagte er. „Gregor hat schwere Sorgen, du hast das richtig erkannt. Er sieht sich vor ein Problem gestellt, vor eine Auseinandersetzung, mit der er nicht gerechnet hat und mit der kein Mensch rechnen konnte, auch ich nicht. Das nimmt ihn mit."

„Kannst du das nicht etwas weniger verklausuliert ausdrücken?" fragte ich. „Das Ding nicht beim Namen nennen?"

„Nein."

„Wieso nicht?"

„Gregor hat mich darum gebeten."

„Er hat dich gebeten, mir zu verheimlichen, was ihn bedrückt?"

„Ja, Clarissa. Und ich habe nicht das Recht, mich über seinen ausdrücklichen Wunsch hinwegzusetzen."

„Dann frage ich ihn selbst."

„Daran kann ich dich nicht hindern. Wenn du ihn quälen willst, mußt du das tun."

Ich wartete, bis B.T. wegen einer Kunstauktion für eine Woche nach London verreist war, bevor ich Gregor meine Frage stellte. Er hatte sie erwartet. Wir waren abends miteinander zum Essen aus gewesen, und nun saßen wir noch bei einem Cognac in unserem Haus am Kamin, es war ein kühler regnerischer Abend, und Gregor hatte ein paar große Buchenscheite angezündet. Bei meiner Frage nickte er, als finde er durch sie etwas bestätigt.

„Warte noch ein paar Tage, Clarissa", bat er. „Ich muß

erst noch eine Entscheidung treffen. In ein paar Tagen spreche ich dich selbst darauf an. Ist dir das recht?"

„Aber natürlich", antwortete ich voll Sympathie. „Überhaupt, wenn es dich quält..."

Er schüttelte den Kopf und stand mit dem Glas in der Hand auf. Langsam kam er zu meinem Stuhl und blickte eine ganze Weile schweigend zu mir herab. Dann sagte er etwas Unerwartetes.

„Ich möchte dich malen, Clarissa."

„Mich malen?" fragte ich überrascht.

„Ja. Das wünsche ich mir schon lange."

„Warum tust du es nicht?" erkundigte ich mich und fühlte mich geschmeichelt.

„Du hast mich nicht ganz verstanden. Ich möchte dich nicht malen, wie du hier sitzt, sondern so, wie du — wie du wirklich aussiehst."

„Nackt?" fragte ich und spürte eine Ader an meinem Hals ganz schnell klopfen.

„Wäre dir das sehr unangenehm?"

Nachdenklich nippte ich an meinem Glas. Gregor drängte mich nicht. Er kannte meine Antwort.

„B.T. ist noch sechs Tage verreist", sagte ich. „Wann wollen wir anfangen?"

„Morgen abend." Er lächelte traurig. „Danke, Clarissa."

„Wo?"

Gregor überlegte eine Weile, bevor er auf den Kamin deutete. „Hier am Feuer. Das paßt zu meiner Stimmung. Kitsch und Schönheit und Nostalgie."

„Gut", erklärte ich forsch, um keine bedenkliche Atmosphäre aufkommen zu lassen. „Dann werde ich mir also morgen abend besonders gründlich die Ohren waschen."

Vier Abende lang saß ich Gregor nackt Modell. Überwindung kostete es mich nur in der allerersten Minute, als ich meinen Umhang fallen ließ und ohne einen Faden am Leib in einem altrosa Seidensessel neben dem brennenden Kamin saß. Gregor hatte seine Staffelei in einigen Metern Entfernung aufgebaut und begann fast sofort zu malen. Bald empfand ich es als angenehm prickelnd, seine prüfenden Blicke auf mir zu spüren, mit denen er die Formen meines Körpers studierte und auf die Leinwand übertrug. Es war lange her, seit mich ein Mann so gründlich angesehen hatte.

„Du brauchst keine langen Vorbereitungen", meinte ich.

„Nein. Manchmal schon, aber nicht bei dir. Bei dir benötige ich keine Zeit zum Umstellen. Du bist genau so, wie ich dich mir vorgestellt habe."

„Du hast dich mir vorgestellt!" Ich empfand ein Lustgefühl bei diesem Gedanken. „Was soll das heißen, Gregor?"

„Bitte, bleib still sitzen! Was das heißen soll? Wahrscheinlich, daß ich auch nur ein Mann bin. Hast du nie daran gedacht?"

Ich antwortete nicht. In dem von ihm angesprochenen Sinn hatte ich tatsächlich nie daran gedacht. Auch Gregor schwieg. Ernst arbeitete er weiter. Seine Blicke gingen weiter auf mir spazieren, abschätzend, bewundernd und vielleicht nicht ganz so gefühllos, wie ich früher einmal gedacht hatte.

Am vierten Abend näherte sich die Arbeit ihrem Ende. Gregor brachte noch ein paar letzte Korrekturen an, setzte hier einen kleinen Schatten, da den Reflex eines Lichtschimmers, verwischte dort eine zu hart geratene Kontur. Und während er, scheinbar nur auf meinen Körper und das Gemälde konzentriert, den Pinsel führte, beantwortete er die Frage, die ich ihm vor wenigen Tagen gestellt hatte. „Ich gehe weg, Clarissa", erzählte er in leichtem Ton, der trotzdem verriet, wieviel Beherrschung er dazu brauchte. „Vorgestern habe ich meine Praxis einem Nachfolger übergeben. Meine Wohnung wird aufgelöst. Wenn du etwas daraus haben willst, mußt du es sagen. B.T. will nur das Bild vom Wasserschloß. Ich habe es damals ja ohnehin für ihn gemalt."

„Wo gehst du hin, Gregor?" fragte ich erschrocken. „Was hat das zu bedeuten? Bist du in eine unheimliche Sache hineingeraten?"

Er überlegte kurz. „Ja, so könnte man es nennen. Ich bin in eine unheimliche Sache hineingeraten."

„Wie kann ich dir helfen, Gregor?"

„Indem du mir etwas versprichst."

„Was du willst!"

„Dann bitte ich dich, nicht nachzuforschen, wo ich hingehe. Stell dir einfach vor, ich bin ganz normal verreist. Wenn ich zurückkommen sollte, bist du der erste Mensch, an dessen Tür ich läute." „Das wird mir nicht leicht fallen."

„Fertig." Er legte den Pinsel weg, betrachtete noch einmal prüfend das Gemälde. Dann drehte er sich zu mir um und ging auf mich zu. Unwillkürlich stand ich auf. Vor mir blieb Gregor stehen, und ich überlegte, was B.T. sagen würde, wenn er überraschend von der Reise zurückkäme und uns so sähe.

Gregor streckte die Arme aus und riß mich an sich. „Ich liebe dich ja so, Clarissa!" sagte er mit der Stimme eines in Angst Ertrinkenden. „Mein Gott, wie ich dich liebe!"

Merkwürdig, wie nach so vielen Jahren die Erinnerung an Gregor mich und auch B.T. im letzten entscheidenden Abschnitt unserer Ehe heimsuchte. Nach einer unausgesprochenen Abmachung hatten Gregor und ich damals nie über das Verhalten B.T.'s zu mir gesprochen. Doch in der Situation, in der ich schließlich angelangt war, hätte ich ihn um Rat gebeten. Er fehlte mir.

Bei diesem späten Zeigerstand meiner Zeit kommt mir manchmal die Befürchtung, ich habe mich zu sehr verbissen. Die Überzeugung, das Unrecht sei in unserer Auseinandersetzung einseitig zu B.T.'s Lasten verteilt, gerät ins Wanken. Aber ich gebe diesen Gedanken nicht nach. Alles wäre sinnlos gewesen. Wie um die letzte Tür hinter mir zu versperren, sagte ich zu, als der Ministerialdirigent anrief, um auch von mir eine Belohnung für seine Bemühungen um B.T.'s Karriere zu verlangen.

„Wir haben immer nur über Ihren Mann gesprochen", meinte er, und ich wußte sofort, worauf er hinaus wollte. „Warum beschäftigen wir uns nicht einmal mit uns, schönste Gnädigste? Ohne diesen Persotzky, der doch offensichtlich etwas verteidigt, was er überhaupt nicht besitzt."

„Ich verstehe nicht ganz, was Sie meinen", log ich.

„Ich möchte Sie zu einem netten Gespräch am Nachmittag einladen, unter vier Augen. Einer Frau von Ihrem Format kommt das doch nicht überraschend?"

„Wann hatten Sie gedacht?"

„Morgen um drei."

Ich wartete absichtlich mit meiner Antwort und fühlte förmlich, wie er auf seinem Sessel nervös mit dem Hosenboden wetzte. „Gut, einverstanden", antwortete ich endlich und fügte boshaft hinzu: „Also morgen um drei Uhr in Ihrem Büro."

„Aber nein!" rief er. „Nicht im Büro! Dort wird alles gleich so offiziell."

221

„Ach so, Sie wollen mich besuchen."

„Nein." Seine Stimme wurde leise. „Ich habe ein kleines möbliertes Apartment. Dort bin ich, wenn ich mal — na ja, wenn ich mal ungestört sein möchte. Alles ganz harmlos, auch wenn meine Frau nichts davon weiß." Er nannte die Adresse. „Werden Sie morgen dort sein?"

Ich versprach es und hängte ein. Mir war fast übel. Nun, dachte ich unwillkürlich, zahlte ich den Preis dafür, meinen Mann auf eine kleine üble Orgie geschickt zu haben, und wie immer war dieser Preis höher als der Wert dessen, für das er gefordert wurde.

„Warum nimmst du soviel Parfum?" fragte B.T., als ich mich am nächsten Tag nach dem Mittagessen bereitmachte.

„Ich habe eine kleine politische Mission vor", erklärte ich.

„O Gott! Nicht schon wieder für mich!"

„Doch."

„Deine Fürsorge kennt kein Erbarmen. Trinkst du noch einen Sherry mit mir?"

„Lieber einen Cognac. Einen dreifachen."

Er nahm selbst einen Sherry, goß mir einen großen Cognac ein und reichte mir den Schwenker mit neugierigem Blick. „Man könnte fast glauben, du gehst zu einem Liebesabenteuer mit dem Grafen Oynenboyn. Einen Riesenschnaps für den Mut, und einen Liter Parfum, um den alten Bocksgeruch —"

„Bitte!" unterbrach ich ihn und erschrak selbst über den hysterischen Klang in meiner Stimme. „Es gibt Grenzen."

„Selbstverständlich. Schließlich geht es mich nichts an", sagte er gut gemeint und brutal und brachte mich damit halbwegs ins Gleichgewicht.

222

Der Ministerialdirigent öffnete die Tür zu seinem Apartment in einer Kombination aus weißer Hose und knallblauem Sakko, in dessen Revers er eine weiße Nelke gesteckt hatte. Der starke Geruch eines Gesichtswassers, das er wohl für männlich hielt, umwölkte ihn und stürzte sich sofort in ein Getümmel mit meinem Parfum, mit dem es eine schwer erträgliche Duftmischung abgab. Vorsichtig sah sich der Ministerialdirigent nach rechts und links im Treppenhaus um, bevor er meine Hand faßte und mich mit schnellem Schwung in den kleinen Vorplatz seines Apartments zog.

„Herzlich willkommen in meiner Burg!" sagte er und küßte mir die Fingerspitzen. „Sie sehen fast unerträglich hübsch aus heute. Aber treten Sie ein!"

Selbst eine arglosere Besucherin hätte in dem Zimmer das Dominierende der Couch nicht übersehen können. Sie nahm die Mitte des Raumes ein, unkeusch und gewaltig, und alles andere — ein Tisch, zwei kleine Sessel, ein Gläserschrank, eine Hausbar und eine geflammte Musiktruhe — wurden von ihr zum Zubehör degradiert. Der Ministerialdirigent hatte sich nicht die Mühe gemacht, den Umweg über einen gedeckten Kaffee- oder Tee-Tisch zu wählen. Zwei Südweingläser, eine geöffnete Flasche und eine unbedeutende, in einer kleinen gläsernen Stielvase steckende Orchidee als Symbol der Sünde waren ihm als ausreichend erschienen. Schließlich war die Situation klar. Man hatte gegeben und wollte dafür heute einmal nehmen.

„Setzen Sie sich auf die Couch, Frau Clarissa", befahl er. „Sie werden feststellen, sie ist das bequemste Möbel in diesem bescheidenen Raum."

Ich setzte mich. Er nahm an meiner Seite Platz, und ich

mußte sitzend dagegen balancieren, um nicht über das durch sein Gewicht geschaffene Gefälle gleich zu ihm hinabzugleiten. Abschätzend sah er mich mit seinen schwimmenden Augen an. Vielleicht überlegte er, ob er gleich zum Zweck meines Besuchs kommen sollte. Doch hätte er sich damit selbst des Vergnügens beraubt, eine Dame zu genießen. So kam er zu einem Thema, das sie haßten und doch nicht lassen konnten, ob sie nun Boulevardkommentator waren oder Ministerialdirigent.

„Wie geht es B.T.?" fragte er.

„Wie soll es ihm gehen?" Ich schüttelte unwillig den Kopf. Immer diese Fragen, auf die ich selten Antwort wußte. „Gut, nehme ich an. Wir sprechen wenig über unser gegenseitiges Befinden."

„Weiß er, daß Sie bei mir sind?"

„Halten Sie mich für geschmacklos?"

„Sie und geschmacklos, Frau Clarissa, ich bitte Sie!" Er war froh, daß B.T. nicht informiert war, und zugleich schien er es zu bedauern. Diese Demütigung hätte er B.T. gern gegönnt. „Ich unterschätze weder Sie noch Ihren Mann", fuhr er fort. „Ja, ihn auch nicht, ganz sicher. B.T. ist eine . . . beinahe undurchschaubare Mischung."

„Weiß Gott!"

„Eine gefährliche Mischung. Wie er den Abstrakten spielt, den Abgeklärten, den Mann, der von den handgreiflichen Dingen dieser Erde angeblich nichts versteht und nur an ihnen und an uns leidet! Dabei weiß er ausgekocht genau, was er will, und noch viel mehr, was er nicht will. Wenn er sich wirklich für seine politische Karriere interessieren würde, wäre Persotzky im Vergleich zu ihm ein Würstchen. Sie hätten nur erleben sollen, wie B.T. diesen Oynenboyn ausgetrixt hat."

„Mir hat er erzählt", wandte ich ein, „er habe nichts dazu getan. Es habe sich einfach ergeben."

„Ergeben, ergeben!" Der Ministerialdirigent lachte, sein Bauch unter dem blauen Sakko geriet ins Rotieren. „Und wie hat es sich ergeben! B.T. hat mir den Grafen zum Abschuß vor die Flinte getrieben wie ein Hund einen Hasen."

„Bei ihm klang es anders."

„Bei ihm klingt alles anders, verflixt nochmal!" Der Ministerialdirigent geriet in Erregung, sein gesprenkeltes Gesicht wurde lila. „Das ist es ja, was uns alle zur Verzweiflung bringt. Persotzky wird es Ihnen erzählt haben, und Sie wissen es selbst gut genug, was für Mühe wir uns mit ihm geben. Er könnte soviel erreichen, und er will nicht! Dabei bringt er es fertig, alles so hinzustellen, als sei das nicht sein Problem, sondern unseres. Mit welchem Recht, frage ich Sie, tut er das?"

„Ich glaube kaum", antwortete ich, „daß er sich für diese Frage ernsthaft interessiert."

In klagendem Tonfall fuhr der Ministerialdirigent fort: „Zu allem kommt seine ... wie soll ich es ausdrücken ... seine degradierende Art. Persotzky leidet noch viel mehr darunter, bei ihm ist im Lauf der Zeit ein richtiger Komplex daraus geworden. So empfindlich bin ich zum Glück nicht. Aber auch mir gefällt das gar nicht, wie er unter der Maske fabelhafter Manieren den Leuten klarmacht, daß sie irgendwo ganz unten stehen. Wie komme ich eigentlich dazu, mir das gefallen zu lassen? Wer ist er denn, und wer bin ich? Oder, um noch treffender zu fragen: Was habe ich davon, daß ich mir das antue?"

„Sie haben davon zum Beispiel in wichtigen Fällen Persotzkys journalistischen Beistand", erinnerte ich ihn. „Das sollten Sie nicht unterschätzen."

„Ja, natürlich", gab er zu. „Vor allem, und das ist noch wichtiger, fällt dadurch Persotzky als Gegner aus."

„Das haben Sie B.T. voraus."

„Aber genügt es? Lohnt das all das Unerfreuliche, was damit zusammenhängt?"

„Ist es wirklich so unerfreulich, daß ich jetzt neben Ihnen sitze, um mich für Ihre Mühen zu bedanken?" fragte ich, weil ich endlich zum Wesentlichen kommen wollte, um es hinter mir zu haben. „Zählen Sie das auch zum Unerfreulichen?"

Er warf mir einen ganz kurzen Blick zu und erkannte, ich meinte es so, wie er es verstanden hatte. Erst in diesem Moment fiel ihm ein, daß er mir noch nichts angeboten hatte außer seinen Tiraden. Er deutete auf die Flasche mit den beiden Gläsern.

„Ein Schluck, zum Beflügeln?"

„Immer gern."

Er entkorkte die Flasche und goß ein. Mißtrauisch beobachtete ich die dunkle dickliche Flüssigkeit, die zäh in die Gläser gluckste. Ein vorsichtiger Schluck bestätigte die Befürchtungen. Was der Ministerialdirigent hier zum Beflügeln ausschenkte, war ein unglaublich gezuckerter Südwein, der möglicherweise nicht einmal von einem Rebstock stammte. Eines jener Getränke, von denen Pennäler glauben, daß sie ihnen mühelos die Pforten der Seligkeit bei jedem Mädchen öffnen.

„Na, geht das ins Blut?" fragte er lauernd.

„Und wie!" bestätigte ich und setzte das fast volle Glas eilig ab. „Ist es nicht leichtsinnig, mir so etwas einzuschenken?"

Statt einer Antwort schlang er die Arme um mich und drückte mich auf die Polster nieder. Keuchend und sab-

226

bernd küßte er meinen Hals, bevor er begann, mit unsicheren Fingern mein vorne durchgeknöpftes Kleid zu öffnen. Ich lag ruhig, wehrte mich nicht und half ihm nicht. Schließlich verlor er die Geduld und richtete sich auf.

„Zieh das Kleid aus, Clarissa! Ich komme gleich."

Er verschwand in einem Nebenraum, und ich hörte ihn dort durch die angelehnte Tür heftig atmen und stampfen. Einen Moment lang war ich versucht, aufzuspringen und aus diesem Alptraum von einem Liebesnest zu fliehen. Der Sinn, in den ich mein Hiersein eingeordnet hatte, leuchtete mir nicht mehr ein. B.T. würde mir, wenn er es erführe, dafür nicht danken, Persotzky wäre entsetzt. Ob man die weiteren Bemühungen des Ministerialdirigenten nicht eher lähmte, indem man ihm seine Wünsche zu früh erfüllte und sich ihm billig hingab, mußte sich obendrein erst noch erweisen. Doch meine Verbissenheit, mit der ich B.T. dorthin führen wollte, wo ich ihn haben wollte, ließ eine Flucht nicht zu. Mit schnellen Fingern öffnete ich die Knöpfe und schlüpfte aus dem Kleid.

Der Ministerialdirigent kam aus dem Nebenraum zurück. Er hatte abgelegt, nur das Hemd trug er wohl aus Verlegenheit noch auf dem Körper. Barfuß und mit Storchenbeinen, die zu seinem tonnenartigen Büro- und Arbeitssesselleib wenig paßten, näherte er sich der Couch, bis er direkt vor mir stand und sich über mich beugte, um mich in meiner von spärlichen Dessous kaum noch verhüllten Nacktheit ungeniert zu betrachten. Und so, mit hervorquellenden Augen und pfeifendem Atem, das Gesicht zu einer allmählich beunruhigenden Tönung aus Tiefrot und Lila verfärbt, hielt er mir einen kurzen und unerwarteten Vortrag über die Vorzüge, ein großes Tier zu sein.

„Dich so zu sehen, Clarissa, habe ich mir schon gewünscht, als wir uns zum erstenmal begegneten. Ich wollte dich haben, ich wollte, daß du vor mir liegst, wie jetzt. Aber sag ehrlich: Wenn ich nur ich selbst wäre, nur der Mensch, der dicke Mann, der dich haben möchte, nicht der nützliche Ministerialdirigent, würdest du dann so vor mir auf der Couch liegen? So sag schon!"

„Nein, natürlich nicht", antwortete ich ehrlich, weil ich wußte, er erwartete diese Antwort.

„Siehst du!" Weit davon entfernt, gekränkt zu sein, lächelte er zufrieden. „Jetzt weißt du, warum ich keine Zeit und keine Mittel gescheut habe, um zu werden, was ich bin. Als Mann, als Fettsack, als übler Charakter würden mich die Leute verachten. Aber als Ministerialdirigent habe ich mein Aushängeschild der Macht, hinter dem anderes verschwindet. Man bietet mir an, was ich sonst nie bekäme: Einfluß, Ehren, Profit, einen Platz im Bett. Und ich nehme alles."

Als sei das sein selbst gewähltes Stichwort gewesen, warf er sich plötzlich über mich. Ich spürte seinen tropischen Atem und seine Finger und Schlimmeres. Doch gerade als ich die Augen schloß und verzweifelt versuchte, an eine Expedition ins Afrika des 19. Jahrhunderts zu denken, von der ich seit einigen Tagen in einem alten Buch las, durchzuckte seinen Körper ein wie elektrischer Schlag. Das Gewicht auf mir wurde leicht. Der Ministerialdirigent richtete sich auf und griff sich mit der rechten Hand an die linke Brust.

„Was ist?" fragte ich erschrocken und sah ihn schon tot und mich als peinlich befragte letzte Zeugin bei der Polizei. „Ist Ihnen nicht gut?"

Er antwortete nicht, sondern schien in sich hineinzulauschen. Sein dunkel verfärbtes Gesicht war weiß geworden.

Er hatte Angst. Vorsichtig ließ er sich nach hinten gleiten, bis er schwer atmend auf dem Rücken lag, sogar für eine Frau kein schöner Anblick, die sich von diesem Nachmittag wenig Schönes erwartet hatte.

„Soll ich einen Arzt rufen?" fragte ich. „Wer ist Ihr Hausarzt?"

„In der Hausbar liegt ein Röhrchen mit roten Tabletten", sagte er mühsam. „Geben Sie mir zwei mit einem Glas Wasser — nein, drei!"

Ich öffnete die Hausbar, entdeckte das Röhrchen. Weil ich keine Lust verspürte, ins Bad zu gehen und nach einem Glas zu suchen, schob ich ihm die Tabletten in den Mund und ließ ihn mit dem Südwein nachspülen, den ich nicht getrunken hatte. Er machte ein unglückliches Gesicht. Aber dann leerte er den Rest des scheußlichen Getränks und schien sich sogar wohler zu fühlen. Vielleicht war das die moralische Wirkung der Tabletten, deren medizinische Wirkung erst nach einer Weile eintreten konnte.

„Was ist mit einem Arzt?" bohrte ich.

„Gleich. Ziehen Sie sich bitte an." Wir waren wieder per Sie.

Ich griff nach meinem Kleid, das ich neben mich gelegt hatte, schlüpfte hinein und knöpfte es zu. Er beobachtete mich, ungeduldig in seiner Todesangst. Von Zeit zu Zeit verkrampfte sich die Hand auf seiner Brust, er ließ ein leises Stöhnen hören. Ich beeilte mich, so gut ich konnte, und haderte im Geiste mit dem Schneider, der ein einziges Kleid mit so vielen Knöpfen gespickt hatte.

Trotz der gebotenen Eile ließ ich es mir nicht nehmen, meine Spuren zu verwischen, wie es in den Kriminalstücken heißt. Ich nahm das Glas, aus dem ich und dann der Ministerialdirigent getrunken hatte, und verschwand im Bad.

„Was machen Sie um Himmels willen!" hörte ich ihn klagen.

Mit schnellen Fingern spülte ich das Glas unter dem fließenden Wasser, trocknete es ab und stellte es in den Gläserschrank im Wohnzimmer. Der Ministerialdirigent zeigte die Andeutung eines zustimmenden Nickens. Was ich tat, war in seinem Sinne.

„Stellen Sie das Telefon neben mich", forderte er. „Das Kabel ist lang genug."

Er begann wieder, so schwer zu schnaufen, daß ich schnell das auf der Hausbar stehende Telefon ergriff und zum Tisch trug. Er nannte die Nummer seines Arztes und bat mich zu wählen.

„Wenn Sie gewählt haben, geben Sie mir den Hörer und verlassen die Wohnung", sagte er. „Nicht einmal mein Arzt darf wissen, daß Sie hier waren."

„Soll ich nicht doch warten, bis er kommt?" fragte ich, mich überwindend. „Nur für den Fall, daß Sie in der Zwischenzeit —"

„Wählen Sie die Nummer und gehen Sie!" keuchte er, und die zusätzliche Aufregung tat ihm gar nicht gut. „Sie kennen meine Frau nicht."

Ich gehorchte. Ich wählte die Nummer, die er mir noch einmal nennen mußte, und als ich das Freizeichen hörte, drückte ich ihm den Hörer in die zittrige Hand. Unter der Tür zum Vorraum winkte ich ihm zum Abschied zu, eine dumme Geste. Er reagierte nicht darauf, sondern lauschte nur in den Hörer und blickte mir anklagend nach. So, dachte ich, sieht ein sterbendes Walroß aus.

Ich durchquerte den Vorplatz, riß die Wohnungstür auf, schlug sie hinter mir zu, und die Erinnerung an diesen Knall bekam ich nicht mehr aus den Ohren.

Zu Hause erreichte mich eine neue Hiobsbotschaft. Camillo Bohr, der Makler, kam vorbei, um mir über eine für mich durchgeführte Grundstückspekulation zu berichten. Erst ganz zum Schluß, er stand schon auf und küßte mir feucht die Hand, verriet er B.T.'s neuesten Anschlag auf meine Pläne.

„Sie wissen sicher", sagte er, und man sah ihm an, daß er überzeugt war, ich wüßte es nicht, „Ihr Mann sucht durch mich ein abgelegenes Haus im Süden. Eigentlich bin ich Geschäftsmann, und die Motive meiner Kunden gehen mich nichts an. Aber meine Frau nimmt so Anteil an Ihnen. Glauben Sie, B.T.'s Pläne, sich noch weiter als bisher an den Rand des Geschehens zurückzuziehen, sind gut für Ihre Ehe? Sie sollten ihn zumindest begleiten."

„Sie haben recht, ich werde mit ihm darüber reden", antwortete ich und versuchte, nicht zu zeigen, wie sehr mir seine Denunziation zusetzte. „Vielleicht gibt es tatsächlich Gründe, die dagegen sprechen."

„Sie sollten sich Kinder zulegen", schlug er als überraschende Alternative vor, und damit zusammenhängende Vorstellungen ließen ihn die Lippen lecken.

„Ich nehme an, auch das ist eine Idee Ihrer anteilnehmenden Frau."

„Ja, richtig."

„B.T. und eigene kleine halslose Ungeheuer, wie der Dichter Nabokov sie nennt!" Ich lachte auf. „Wenn ich kein anderes Mittel wüßte, um ihn endgültig aus dem Haus zu treiben — dieses wäre todsicher."

„War nur ein Vorschlag", meinte er gekränkt. „Man macht sich Gedanken."

„Selbstverständlich, das ist sehr freundlich von Ihnen", beschwichtigte ich. „Nur — B.T. ist ein Sonderfall. Bei ihm geht vieles nicht. Aber ich habe trotzdem eine große Bitte an Sie, Herr Bohr."

„Schon erfüllt!"

„Danke. Ich bitte Sie, B.T.'s Auftrag, die Suche nach einem Haus im Süden, vorläufig zu stornieren, wie man das wohl bei Ihnen nennt. Verfolgen Sie die Angelegenheit einfach nicht weiter."

Sein orangefarbenes Gesicht verriet Unbehagen. Mein Wunsch traf ihn an seiner empfindlichsten Stelle, dort, wo der Geschäftssinn saß. Natürlich sprach er das nicht direkt aus.

„Wenn er sich erkundigt — darf ich ihm sagen, Sie haben mich für ihn gebeten, seinen Auftrag ruhen zu lassen?" fragte er.

„Das dürfen Sie auf keinen Fall!"

„Dann kann ich Ihnen in diesem Punkt leider nicht gefällig sein, so gern ich möchte. Wissen Sie, als Makler hat man gewisse Geschäftsprinzipien, von denen man nie abgehen darf. Eins davon lautet: Ein Kunde, gegen den nichts moralisch Negatives spricht — etwa mangelnde Solvenz —, muß bedient werden. Ich darf nicht plötzlich bei B.T. eine Ausnahme machen. Schließlich ist er volljährig."

„Leider", sagte ich und fügte hinzu: „Auf alle Fälle danke ich Ihnen für Ihre selbstlosen Bemühungen."

Zwei Tage lang war ich handlungsunfähig, ich saß in einem Sessel und rauchte und dachte und konnte doch kaum denken, ich war wie querschnittsgelähmt an Körper und Geist. Am dritten Tag ließ ich Persotzky kommen. Ich wollte es noch einmal versuchen und rüstete zum letzten Gefecht.

Persotzky glaubte, seinen Ohren nicht zu trauen. Mein

Plan, ihn zu heiraten, wenn B.T. meine Bedingungen ausschlug und auf seine Fluchtpläne nicht verzichtete, stürzte ihn in tausend Höllen des Gewissens. Er sprach es ehrlich aus.

„Ich weiß nicht, was ich hoffen soll, Clarissa." Aufgeregt zog er sein Etui und zündete einen seiner Stumpen an. „Ich liebe dich doch."

„Warum weißt du es dann nicht?" fragte ich. „Was ist daran so schwer."

„Wenn B.T. ablehnt und dich gehen läßt — darüber kommst du nicht weg. Du brauchst ihn, so verrückt es klingt. Andererseits, dich als meine Frau zu haben... mein Gott! Ich glaube, ich wünsche mir doch, er sagt nein. Die Folgen, die Risiken für dich und für mich, die tragen wir dann wenigstens gemeinsam."

Persotzkys Wunsch hat sich erfüllt. Die Art, in der B.T. meine Bedingungen ablehnte, klang nach Ende. Er ließ mich merken, ich war kein Partner mehr und auch kein Gegner. Ich mußte zustimmen, oder er strich mich aus seiner Liste. Da schlug ich zu und ließ mit Persotzky als Verlobte grüßen.

Ich schlug mich selbst. Jetzt, da der Kampf um B.T. abgeschlossen und verloren und sinnlos geworden ist, hat nichts mehr einen Sinn. Wozu noch diese Aufzeichnungen. Wozu noch die unerträglichen Erinnerungen an den Ministerialdirigenten, die mich nicht verlassen. Wozu eine neue Ehe mit dem Mann, vor dessen Körper es mich ekelt und dessen grenzenlose Zuneigung ich mißbrauchte, schlimmer als ein B.T.

Wozu das alles.

Für den Bruchteil einer Sekunde hatte B.T. oben auf der Kuppe des Hanges das Gefühl, das Auto zöge weiter aufwärts, flöge mitten hinein in den apfelgrünen wolkenfreien Himmel, aber dann neigte sich der Kühler und der Wagen raste die geschwungene Straße talwärts und erst in diesem Augenblick wurde B.T. von einem Rauschgefühl der absoluten Freiheit erfaßt, erst jetzt fühlte er sich nicht mehr gehetzt, weil er durch den Tod Clarissas, die — versehentlich womöglich — eine Überdosis Schlaftabletten genommen hatte, und durch das bürokratische Nachspiel, das ein moderner Tod nach sich zieht, und durch die Bremse von Pietät vier Tage später unterwegs war als geplant, erst jetzt lag die Vergangenheit endgültig hinter ihm nicht wie eine Zeit, sondern wie ein Land, das man für immer verlassen hat, weil ein Visum abgelaufen ist, das man nicht ein zweites Mal bekommen wird noch will. Das Auto tauchte in die weite Röhre des Tunnels ein und sang sich mit aufgeblendeten Scheinwerfern durch das Gestein des Berges, dessen Millionen Tonnen von Fels über diesem von Menschenhand gebohrten Wurmloch lasteten, bis in der Ferne schräg unten der Mund des Tunnels auftauchte, ein Mund aus Sonnenlicht, Frankreich. Bald, schneller als erwartet, erreichte B.T. das Meer, es brach bei aller Friedlichkeit eines kitschigen Saphirblaus in sein Bewußtsein wie beim ersten Mal vor Jahrzehnten und es blieb in seinem Lebensgefühl, auch wenn er es immer wieder zu Abstechern ins heiße Binnenland verließ, vier, fünf Tage raste er kreuz und quer, begeistert, von Sinnen, es war wie eine Heimkehr, deren Auftakt mit paradox anmutender Rastlosigkeit begann. Nur um dem ärgerlichen Rest einer Notwendigkeit, sich vor sich selbst zu rechtfertigen, Genüge zu leisten, besichtigte er zwischendurch mehrere von Bohr empfohlene Liegenschaften, aber es geschah zerstreut, ohne Absicht ernsthafter Prüfung, denn schon bei der Ankunft war er auf dem Sprung zur Abfahrt, zur Weiterfahrt, weiter zu einer Flucht neuer Bilder und Impressionen, die steifen Wächter der Pappeln an den gewundenen Straßen entlang der Rhone, die Schirme von Platanen über den Hauptplätzen kleiner, von der Sonne lautlos beschossener Städte, die Wände von Bäumen und Büschen, mit denen die Bauern der Provence ihre Felder vor dem dörrenden Wind zu schützen suchten, die toten, von einer geheimnisvollen Krankheit befallenen, wie gebrannten schwarzen Pinien an der Küste, die kakaobraunen Stämme frisch geschälter Korkeichen, und dann die Steine, Steinschiefermauern an Dorfeingängen, Felsen hochragender Burgen, Schlösser, Türme in der Schnittlinie der Zeiten, Amphitheater, reliefgeschmückte Bogen, Wehrmauern aus dem Ausverkauf der

Antike, eine ganze Stadt, deren Straßen von Töpferwaren
überquollen, und eine andere, die nach Parfum roch wie
eine Hure, eine dritte, Tanker und Öl, eine vierte, Wein,
und noch eine, die durch keine Besonderheit glänzte und
in der doch die Menschen auf eine sofort elektrisch spür-
bare, intensive, berstend pralle Art lebten, nur lebten,
daß B.T. begeistert erschrak, weil so etwas möglich war.
In dieser Nacht saß er lange im Bett eines einfachen Gast-
zimmers wach und trank erdig schmeckenden, rosa schim-
mernden Weißwein und glaubte fest daran, daß seine
Reise kein Irrtum war.
Am nächsten Tag fand er das Haus, in dem seine bisher
mehr dunstig verlaufenden Vorstellungen Kontur annahmen, auf den ersten Blick glitt die Wirklichkeit mühelos in die ungenaue Schablone der Phantasie, paßte, wuchs
darüber hinaus, gewann Farbe, wurde zur Möglichkeit.
Ursprünglich hatte er gerade dieses Anwesen aus Bohrs
Vorschlägen unberücksichtigt lassen wollen, es lag abseits
der Routen, die er kannte und daher allein zu würdigen
verstand, doch dann machte er sich auf, fuhr auf Neben-
straßen und Umwegen in Richtung Tarascon, er glitt dahin unter hohen uralten Alleen, oft konnte er die Häuser
und Gehöfte mehr ahnen als sehen, denn sie waren hinter
kaum durchdringlichen Urwaldmauern verborgen, jedes
für sich mit einem Stück Land in dem von Wänden aus
Bäumen und Büschen geschützten, abgeteilten Carré, jedes
eine Welt für sich, in der die Zeit still stand, die B.T. so
haßte. Noch einmal drohte die Gefahr, es zu versäumen,
wie sollte man in einer aus tausend autarken Schwerpunk-
ten bestehenden, unnumerierten Welt etwas finden, wenn
man nicht zu ihr, in sie gehörte, Bohrs Angaben erwiesen
sich als ungenügend und es hieß fragen, aber wegen der

ungenügenden Angaben mußten auch die Fragen unscharf bleiben und die Antworten, sofern B.T. überhaupt einen Sinn aus dem in ein Altfranzösisch weisenden Dialekt sah, waren entsprechend. Nach einer Stunde, in der er sich kreuz und quer getastet hatte wie ein Blinder, wollte er resignieren. Plötzlich öffnete sich zur Linken der Fahrstraße eine rund ausgeschnittene Durchfahrt in der angestaubten Blättermauer, B.T. trat auf die Bremse, seine Erinnerung verglich das alte Haus am Ende der Auffahrt mit Bohrs Fotografie, er war am Ziel.

Sicher war es das Fehlen von Ungewöhnlichem, was bestach. Einfach ein altes, mittelgroßes Gebäude mit groben hölzernen Läden vor den hohen, oben runden Fenstern des Erdgeschosses und des ersten Stocks, darüber, dicht unter dem mit griechisch geschweiften Kacheln gedeckten Dach nur unverglaste viereckige Öffnungen für den Speicher, an der rechten Hausecke in halber Höhe eine Heiligenfigur unter einem kleinen steinernen Runddach, die andere Ecke verschwand hinter einer leicht schrägen, mit ihrem Gipfel weit über die Scheitelhöhe des Daches hochragenden Ulme, in deren Schatten auf ein paar schmalen Beeten Küchenkräuter wucherten. B.T. ließ den Wagen vor der Tür auf dem sandig ausgedörrten Boden stehen, schlenderte um das Haus und entdeckte auf der Rückseite einen herrlich ungepflegten Park von weit auseinander stehenden, Jahrhunderte alten, bizarr verholzten, verknoteten Olivenbäumen, zwischen denen im silbergrün gefilterten Licht saftig hohes Gras, wer weiß woher verwehte Weizenähren und blaue Blumen wuchsen. Als B.T. zum Wagen zurückging, warteten dort eine junge, bäuerlich gekleidete Frau und ein junger bäuerlicher Mann, die Pächter, man hatte ihn brieflich angemeldet, sie wußten, weshalb er hier war, sie standen reglos und schweigend und er begriff die besorgte Ablehnung in ihren Blicken, wenn er als Käufer kam, war er ihr Feind, der sie vertrieb.

Trotzdem führten sie ihn mit einer altmodisch gewordenen Art Höflichkeit durch das ganze Haus, er war der Fremde, sie zauberten ihm die unausgesprochene Illusion und wahrscheinlich zauberten sie diese Illusion auch für sich selbst, er sei nur von weither gereist, um sie durch seinen Besuch zu ehren, ihr Gast zu sein. Und wieder war es keineswegs das Ungewöhnliche, die Sensation, die B.T. magisch anzog, sondern das Erwartete.

Der Geruch. So roch es überall in diesen Häusern, wenn die Sonne lautlos die klobigen Klötze der Steinmauern berannte und es im künstlichen Halbdämmer der weiten, hohen, spärlich möblierten Räume kühl und schattig blieb, wie es in den Häusern nördlicher Gegenden niemals kühl sein kann, weil es dort den Kontrast nicht gibt, die Ahnung des hitzeflimmernden Draußen, gleich jenseits der Mauer, weil dort nicht dieser fast verbrannt riechende Staub der Landschaft durch Fensterritzen kriecht und in den Nasen zu knirschen scheint, weil dort nicht das Holz alter, von den Jahren gebeizter Möbel in die männlich herben Gerüche einstimmt, weil es nirgendwo so still ist wie im halbdunklen Inneren dieser alten, unter einer Glocke aus Hitze liegenden, isolierten Häuser. B.T. ging an der Seite des schweigenden jungen Paares über die rauhen Böden aus Stein, Flure, hohe Durchgänge von Raum zu Raum, die Küche mit dem Abzug, das erste Stockwerk und der Speicher, wo in Büscheln Maiskolben hingen und Zwiebeln, Knoblauch, getrocknete Paprikas, und durch die viereckigen Öffnungen in der Wand Licht und Luft hereinflossen wie heiße Quellen in einen warmen See, zurück zum ersten Stock, noch einmal durch die Räume zu ebener Erde, noch einmal Stille, Kühle, der Geruch, und als er am Ende der Besichtigung ein Glas mit Wein von der Farbe halb gestockten Bluts entgegennahm und trank, wußte er bereits, daß diese Besichtigung anders gewesen war als die anderen, weil das Haus und seine Atmosphäre etwas bargen, was er trotz aller Bemühungen bisher nur in seinen Vorstellungen gefunden hatte. Er verabschiedete sich vom Pächter und seiner Frau mit vor Höflichkeit nichtssagenden Worten und mit einem Pokergesicht, denn aus Feigheit wollte er nicht zeigen, wie sehr ihre Sorge über seinen Besuch berechtigt war.

In den Straßen von Cassis war nahezu jedes Leben erloschen, selbst in den Gassen, wo die Mittagssonne wenig Zugang fand, denn auch dort im stickigen Schatten ging der Atem dicker, aber unten am Hafen kam über die steinerne Mauer, die der Aussicht auf's Meer so feindlich ist, vom Wasser her ein Hauch und machte das Sitzen unter der riesigen Markise des Restaurants erträglich, und wenn sich B.T. es in seinem Metallsesselchen vor einem Glas Absinth mit zerfließenden Eiswürfeln trotzdem unbehaglich fand, dann war es nicht Schuld des Klimas, das er im übrigen so gut vertrug, daß er nicht einmal auf den Gedanken kam, es könne Beschwerden mit sich führen, sondern einer Verabredung zum Essen, die er vergangene Nacht in Nizza nach dem letzten einer langen Reihe Gläser Wein getroffen hatte und die er nun, hier, vor dem ersten Aperitif, bereute. Wieso hatte er es überhaupt geschehen lassen, von der Gesellschaft am Nebentisch in ihren Kreis gezogen zu werden, deren Mittelpunkt aus einem zahlenden Faktor bestand, dem schwedischen Hartplattenmillionär mit einem Namen, den sich B.T. nicht merken konnte und, wie die Dinge standen, womöglich niemals merken würde, neben dem Millionär ein junges, geradenasiges Mädchen mit langen schwarzen Haaren, auf das sich, wohl weil ein unwägbarer Zufall spielte, die verbliebene Liebessehnsucht des Millionärs altershitzig einbrannte, weshalb er die rotblonde, vierzigjährige Dame mit dem schönen Profil und der Ausstrahlung viel gelebter Laster an seiner anderen Seite in der selbstgefälligen Unterstellung an den Mann B.T. auf Leih und Pacht zu bringen suchte, sie ablenken zu müssen, weil Eifersucht sie quäle, denn sie war seine Frau. B.T. war weintrunken auf die Inszenierung eingegangen, mag sein, die Frau erinnerte ihn an eine andere Frau oder zumindest an zwischenmenschliche Spielereien, auf die er im Suchen nach provençalischen Liegenschaften und nach Verfremdungen eingewurzelter Ideenwelten vergessen zu haben schien und die nun ausbrachen, und deshalb saß er hier in Cassis zur Mittagszeit unter der brandroten Markise und wartete und bedauerte, denn er wertete dieses Warten als einen Rückfall in Abhängigkeiten, die er noch vor kürzester Zeit endgültig überwunden und hinter sich gelassen zu haben glaubte.

Sie parkte ihren amerikanischen weißen Zweisitzer drei Schritte von der Terrasse des Restaurants entfernt und kam in einem kupfervitriolfarbenen ärmellosen Kleid auf ihn zu, er betrachtete ihr Gesicht, das ihm auch jetzt in der Abwehr noch gefiel, und ihren fast drahtigen Körper, der beim Gehen im Bewußtsein von tausend Siegen federte, dann war da ein Dekolleté, und hier bemerkte B.T. den ihm vertrauten Vorgang, daß der Ansatz der Brüste die weiche Süße bereits verloren hatte, welches Gefecht immer sie ihm zu liefern entschlossen war, es würde ein Rückzugsgefecht sein, und als solches ein Gemetzel. Und er bedauerte erneut.

„Warten Sie schon lange?"

„Drei Eiswürfel lang", sagte er. „Bei der Hitze keine Zeit."

„Mein Mann läßt grüßen", sagte sie und setzte sich auf den Stuhl, den der Kellner ihr zurechtrückte. „Er ist verhindert."

Sie sprachen weiter, aber B.T. hatte das automatische Antwortgetriebe eingeschaltet und hörte ihr und sich nicht länger zu, denn er war von dem Gefühl berührt worden, daß um ihn in Licht und Luft etwas umbrach, geschah, eine Art von Helle sickerte ein, in der die Farben giftig aufloderten, weil ihnen eine Macht den letzten dunstigen Keuschheitsschleier fortriß, während über Häuser, Meer und Landschaft ein windloser Hauch von Atemlosigkeit zitterte, der bange Ahnungen in sich führte, die sich nicht erfüllen würden aber könnten, doch daran dachten die Menschen hier wohl nicht einmal, denn anders als für B.T. rasten für sie nicht die Vorreiter eines kosmischen Sturmtiefs heran, sondern nur die Verkünder eines eingespielten Naturereignisses, das fast regelmäßig — was sind schon Unterschiede zwischen Tagen oder Wochen — über ihre Gegend fiel, ein Übel zwar, aber von bekannten, das heißt nicht gefürchteten Gefahren, der Mistral.

„ . . . liegt in Saint Trop, unter der Flagge Panamas. Das hat Vorteile, wissen Sie? Ich schätze, fünfzig Prozent der Jachten, die in Saint Trop liegen, führen Flaggen von Panama. Ich hatte es zum Glück nie nötig, etwas davon zu verstehen, aber ich glaube, da ist etwas mit der Steuer, das ewige Finanzamt, außerdem ist der Erwerb von Hochseepatenten und Kapitänspatenten dort weniger eine Frage von Können und Prüfungen und so, als vielmehr einer freiwillig demonstrierten Zahlungsfähigkeit, wenn Sie begreifen, was ich damit meine."

„Durchaus", sagte B.T. auftauchend. „Wie, sagten Sie gleich, heißt Ihr Schiff?"

„Klaus Störtebeker."

„Himmel! Und das hier! Warum?"

„Leider paßt der Name nicht zu schlecht. Sie werden es zugeben müssen, wenn sie übermorgen abend zum Dinner an Bord kommen. Oder täusche ich mich, Ihre Zusage vorauszusetzen?"

„Haben Sie keine Bedenken, wir könnten durch unsere Anwesenheit stören?"

„Durchaus nicht", sagte sie überzeugt. „In seinem Alter mißt die tägliche Zeit, in der wir meinen Mann effektiv stören könnten, schmale Minuten. Alles andere, was er sonst noch drum herum macht, gehört ins Reich passiver Romantik und seiner jugendlich gebliebenen Phantasie."

„Haben Sie jetzt besondere Vorstellungen von dem, was Sie essen möchten?"

„Ich esse, was Sie essen", sagte sie und griff mit ihrer gepflegten Hand, unter deren Damenhaftigkeit viel anderes lauerte, kurz nach seinem Arm. Sie lächelte. „Sie sehen, mein Vertrauen in Ihren Geschmack ist unbegrenzt."

„Ich werde mich anstrengen, Ihr Vertrauen nie zu enttäuschen", antwortete er und vertiefte sich in die Speisekarte, das Gefühl der Schalheit, wieder einmal herkömmliche Konversation getrieben zu haben, flüchtend galoppierte er darüber hinweg und bestellte eine Flasche geeisten Rosé, zum Auftakt vielleicht das Gemümmel an einigen Artischocken mit einfacher Tunksauce aus Weinessig, Öl, Salz, Pfeffer, zu zweit eine Portion Langustinen

242

und dann le Loup, den seltenen, weißen Fisch, gebraten über Holzkohle, auf die man Fenchel streute, Hammelsteaks mit Weißbrot an Stelle von Pommes frites, zum Endlauf Käse, „très fort, garçon", pechschwarzer Mokka mit Armagnac am Ziel und — endlich — die schwarzen, in gelbes Maisblatt gewickelten Zigaretten und als einzige wahrscheinlich in der Verdauungsdepression, die einen nicht ohne träge Behaglichkeit ließ, die Frage, warum mußte man eine Speisenfolge dieser Art mit Redepflicht verquirlen, sie in Gesellschaft nehmen, in Gesellschaft einer Frau, wie dieser. Als er sie endlich die wenigen Schritte zu ihrem Wagen begleitete und dann zum eigenen Auto ging, das im Schatten wartete, fielen aus dem überhellen Himmel die ersten Stöße des Mistral abwärts auf den Hafen, wuchsen, vereinten sich schnell zu einem einzigen breiten Luftstrom, der alles überflutete und der über sich rasch aufbäumende Schaumkronen und wachsende Wellenberge vom Land hinausrauschte, als sei da irgendwo fern draußen auf dem Meer eine gigantische Turbine, die ihn unter unheimlichem Heulen ansaugte und verschlang.

Von Beginn an gewann die Rückfahrt das Ausmaß von großem Schauspiel und Abenteuer, losgerissen aus ihrer südlich-trägen Farbigkeit tobte die Landschaft in einem Aufstand der Natur, zwar blieb vieles wie in der Hand einer von oben ordnenden Regie, die Komparserie der Pflanzen etwa, die sich bis zu den turmhohen Pinien und Palmen einheitlich in die gleiche Richtung tief, geschüttelt verneigten, so daß B.T. sekundenlang in die naive Phantasie geriet, er sei der König der Bäume und auf Inspektionsfahrt durch sein Reich und die Millionen seiner Untertanen säumten seinen Weg und entböten ihm devot gebeugt Reverenz, aber da explodierten bereits anarchisti-

sche Improvisationen und zerrissen gleichzeitig Märchen-
träumerei und Glauben an eine alles kontrollierende Inszenierung, die weißgelbe Wolke aus Staub und Sand zum
Beispiel, die schneller als erkennbar aus dem Hinterhalt
hervorbrach und sofort und gefährlich jede Sicht aus-
löschte, dann ein Esel mit gerissenem Zügel, den die Panik
blind direkt vor dem Kühler über die Fahrbahn in eine
gezackte Agavenhecke trieb, oder das Bombardement dik-
ker Äste, die eine uralte Korkeiche vom Himmel regnen
ließ, bevor ihr Stamm barst und sich splitternd der Straße
als Barriere in den Weg warf, ein Attentat, das den Wagen und damit B.T. nur um zwei Sekunden und wenige
schon gewonnene Meter verfehlte. Er erschrak und spürte
gleichzeitig ein unerwartetes Glücksgefühl, einen Gewinn,
jetzt erst, dachte er, mit der Nähe der Gewalt, jetzt erst in
diesem Anfall von Hemmungslosigkeit enthüllte sich der
Charakter dieses Landes ihm ganz, ein Wesenszug hatte
noch gefehlt, nun war er komplett. Es gab ihm, was die
alte Heimat nicht gewährte, und er liebte es dafür.

Zwischen Cavalaire und Croix-Valmer ließ er den Wagen am Straßenrand stehen und ging, wobei sein Rücken
sich an den Mistral preßte, zum Strand. Die meisten
Badegäste waren vor dem fliegenden Sand geflüchtet, den
der wilde Wind ihnen unaufhörlich in die Augen warf,
Boote waren hoch hinauf gezogen und Sonnenschirme und
Liegestühle zusammengeklappt, auf der Spitze des Mastes
knatterte die rote Flagge als Symbol der Gefahr. Vor dem
Fuß des Masts drängte sich ein doppeltes Dutzend Menschen, Männer, Frauen, Kinder, vielleicht nur in der Unwirklichkeit des Lichts kostümierten sie sich zur Truppe
eines antiken Chors in einer klassischen Tragödie. Sie gestikulierten und sahen angestrengt hinaus aufs Meer und

B.T., der zu ihnen trat, fühlte sich gegen seinen Willen in ihre Gemeinschaft einbezogen, die für ihn fühlbar Zeuge eines Geschehens wurde, das sie zwar mit Schrecken wahrnahm, jedoch gleichzeitig gierig verfolgte.

„Was passiert?" fragte er den alten Mann, der das fahle Hemd über der Hose trug, schuhlos, er beteiligte sich nicht an den Rufen der anderen, ihm genügte es, stumm aufs Meer hinauszusehen, mit dem Gesichtsausdruck von einem, der sich nicht mehr wundert.

„Da auf der Luftmatratze." Der Alte wandte ihm das gegerbte Gesicht zu, eine rostrote Pappschildmütze mit der Aufschrift *Coca Cola* schenkte ihm Dümmlichkeit.

„Wo?"

„Die gelbe. Jetzt!"

„Ein Mann?"

„Frau." Das klang wie Beschwichtigung.

„Wo denn nur?"

„Da jetzt wieder!"

Und jetzt, auf der Geraden, die von der Spitze eines gestreckten Zeigefingers in die Unendlichkeit verlief, sah B.T. es auch, eine optimistisch leuchtende ferne Luftmatratze tauchte für eine ungewöhnlich lange Sekunde nach ihrer Talfahrt zum Kamm einer Woge hoch, ein weißes Spatzenei darauf, der Bademützenkopf einer Frau, und obwohl das Luftfloß schon streichholzschachtelklein dort draußen rollte, wo die Einsamkeit beginnt, glaubte B.T. zu erkennen, wie sich die Arme der Frau in kraftvoller Verzweiflung um das mörderische Kunststoffgebilde klammerten, das ohne Reaktion auf ihre strampelnde Gegenkraft scharf vor dem Wind sich anschickte, sie über die Grenzen der Rettung hinauszutragen.

„Aber etwas muß geschehen!" rief eine junge, rothaarige

245

Frau. Sie faßte einen jungen Mann im schneeweißen Hemd am Arm, die Bräune seines Gesichtes unter der Römerfrisur verriet ihn als Boots- und Bademeister. „So unternehmen Sie doch etwas!"

„Wir haben zum nächsten Luftwaffenstützpunkt telefoniert", antwortete er. „Damit sie eine Seenotmaschine schicken oder sowas, mit Rettungsfloß zum Abwerfen."

„Und?"

„Sie sagen, für zivile Rettungen sind sie nicht zuständig. Natürlich möchten sie gern. Aber sie dürfen nicht ohne Sondergenehmigung."

„Es werden sich doch hier zwei Männer finden lassen, die sie mit einem Boot reinholen. Da sind doch Boote!"

„Die?" Das bronzene Heldengesicht drehte sich zu den paar kleinen Segelbooten, die abgetakelt und hochgezogen auf dem Sand lagen. „Einholen könnten wir die Frau auf der Luftmatratze damit schnell, wenn wir nicht vorher kentern. Aber gegen den Mistral kämen wir nie wieder rein."

„Bestimmt liegen in der Nähe größere Schiffe, die es riskieren können. Im Hafen von Cavalaire!"

„Wir haben telefoniert", sagte der junge Mann wieder.

Mit einem fauchenden Auftakt erreichte der Mistral eine neue Steigerung, in sein streichendes Pfeifen glitt ein gleichbleibend schwingender hohler Kontrapunkt der Bedrohung, die Gruppe der Menschen schien zu erstarren, ihre Rufe verstummten, niemand gestikulierte mehr, es war, als schlüge die Angst der einsam kämpfenden Frau dort draußen gegen die Wellenberge zurück zum Strand, über denen zusammen, die ihre letzten Augenzeugen waren. Noch einmal, zum letztenmal sichtbar, schwang der gelbe, winzig gewordene Fleck über einen Wogenkamm hoch und dann hinein in einen weißgespritzten Hexenkessel, was für eine weite Skala der Erhabenheit, dachte B.T., lag doch zwischen dieser Höllenfahrt und dem erbärmlich heimlichen, nächtlichen Tod einer Frau, im Bett, durch ein paar Dutzend bitter nach Zahnarzt riechender Schlaftabletten.

Künstliches Licht fiel bereits aus Hunderten von Lampen durch die Luken der Kabinen und von den Decks auf die schmalen Streifen Ölsumpfs zwischen den kleinen Booten, den Motor- und Segeljachten aller Typen und Größen, als B.T. durch das verebbende Gewühl den Quai der Eitelkeit von Saint Tropez entlang ging. Die Stunde der ersten, abendlichen Promenade war vorüber und die der zweiten, nächtlichen noch nicht angebrochen, dicht gedrängt saßen sie in der Kette aus Tischchen und Stühlchen und sahen über Löffel, Messer und Gabel, über Melone mit Schinken, Bouillabaisse, blutige Steaks und Karaffen hinweg auf die Vorüberstreichenden und auf die Decks der teuren Yachten, wo zwischen pompösen Blumenarrangements die wirklich Klotzigen sich das Dinner servieren ließen und ihrerseits auf die Schar der Fußgänger und der vor den Restaurants Tafelnden sahen, von oben herab in jedem Sinne, und fast unter Mißachtung ihres Essens die Bewunderung der Gaffer schlürften, von der und für die sie lebten. Die anfängliche Besorgnis B.T.'s, im Gewirr des Hafens das Gesuchte zu übersehen, entpuppte sich als Lächerlichkeit, noch bevor er den Schiffsnamen im Halbdunkel entziffern konnte, erkannte er das Ungeheuer, nicht nur, weil es jede Konkurrenz durch seine Ausmaße gleichsam erstickte, die blonde Frau des Hartplattenmillionärs aus Schweden hatte mit ihrer verhaltenen Drohung nicht geprahlt, die ‚Klaus Störtebeker' trug den stolzen Namen aus Berechtigung, sie sprengte den Rahmen schlechten Geschmacks, ein hurenhafter Wechselbalg nautischer Architektur: nach altem Vorbild vergewaltigtes Holz, kastellartige Aufbauten vorn und hinten, halb Kogge, halb überornamentiertes Ungeheuer, der Anstrich zu allem Überfluß in den Farbenwundern Grün und Silber kombiniert — so etwas wuchs nicht ohne weiteres auf den Werften für Playboys heran, das mußte man sich schon einfallen lassen. In dem Bewußtsein des Kontrasts, der dieses Schiff wie ein Symbol des Treibens von Saint Tropez von dem gleich einwärts beginnenden herrlichen Land unterschied, wechselte er über das Fallreep vom Quai hinüber auf die Planken und vielleicht als Folge sonnendurchtobter Tage in der Provence freute er sich plötzlich auf die erotische Konstellation mit einer Frau, die man ihm im nächtlichen Nizza aufzudrängen begonnen hatte und von der er nun, auf der ‚Klaus Störtebeker', ein Abenteuer erhoffte, das den Stilformen dieses Schiffes entsprach. So stand er, der bis vor wenigen Jahren sein Leben lang von Seitensprüngen mit Flittchen geträumt hatte und stets in der fatalen Kreisbahn seines gesellschaftlichen Circulus vitiosus auf den zu wohl erzogenen Frauen und Mädchen aus gutem Hause gelandet war, im golden ausgelegten Barocksalon des Schiffes der rotblonden Frau voller Erwartung gegenüber, plötzlich vermeinte er sich bewußt zu werden, auch sie war ein Ziel dieser Reise. Sie hatte Mann, Freundin und Crew von Bord geschickt und servierte nun persönlich aus der Kombüse Nasi Goreng, selbst gekocht, hieß ihre Behauptung und B.T. glaubte ihr lächelnd, das Gereichte befand sich am Rande des Genießbaren und zeugte so für die Wahrheit eigener Bemühung. Gleich nach dem Essen fiel sie ihm aufdringlich zu, und in ihrer hastigen Phantasielosigkeit wurden seine Erwartungen von Ungeheuerlichem zerstoßen. B.T. verließ sie nach einer Viertelstunde übergangslos ohne Vorwand.

So fährt man, erkannte B.T., durch Nächte ohne Wiederkehr. Etwas war unwirklich geworden, in seinem Inneren, und er projizierte diese Unwirklichkeit hinaus in die Natur, die mit einem ständigen Rauschen vorüberglitt, weißes Sternenlicht spann sich über Bäume, Häuser, Buchten und Krümmungen der Straße, Kilometer galoppierten unter den Reifen durch und all das, alles, stürzte in die Vergangenheit. Wie um Himmelswillen, überlegte B.T., war es möglich, daß die rotblonde Frau eines Hartplattenmillionärs aus Schweden in zehn Minuten gieriger Phantasielosigkeit ihm die Provence zerstörte, das Gefühl der Provence, als Wirklichkeit und als Symbol, aber vielleicht hatte er diese Zweischichtigkeit auch von der blonden Frau erwartet und sie hatte versagt. Trotzdem wirkten die Illusionen noch unter der Oberfläche fort, B.T. hatte wie von selbst die Route nach Tarascon eingeschlagen, diesmal erübrigte sich ungeachtet der Nacht mühsames Forschen nach dem Weg, das Auto hielt an der Durchfahrt einer bestaubten Mauer aus Bäumen und Büschen. Er stieg aus, machte unter dem offenen Blättertor einige unsichere Schritte auf das Haus zu, blieb stehen und wartete auf die Wiederkehr des Entzückens über die griechischen Kacheln des Daches, die Heiligenfigur an der rechten Hausecke oder nur einfach die schlichte Dicke der Mauersteine, aber das Entzücken blieb aus. Im Anflug einer traurigen Hoffnung wollte er zur Hinterfront des Hauses schleichen und die verknorrten Olivenbäume wiedersehen, doch er fürchtete sich und ging stattdessen zum Wagen und fuhr davon, weil er sich noch nicht eingestehen wollte, was endgültig geschehen war.

Er erreichte sein Hotel in Les Baux im letzten Dunkel der Nacht. Gerne wäre er zwischen den wenigen gedrängten Häusern des bewohnten Orts weiter hinaufgegangen, dorthin, wo die Kalksteinskelette hochragten, Ruinen einer Stadt, die einstmals herrschend gewesen war, bis Feinde und die Natur sie schleiften, er hätte gerne noch einmal vom obersten Sporen der Halbinsel aus Fels hinuntergesehen ins Land und in Richtung auf die See, da hatte seine Hand bereits geklingelt, ein Mädchen ohne Vorwurf öffnete und geleitete ihn bis an die Tür seines Zimmers, er war erschöpft. Wie er war legte er sich auf das Bett, jetzt erst hörte er den Sturm, der an den Läden sog und schlug und in dem nur zum Meer hin offenen Tal wie ein Gefangener winselte, Persotzky drang plötzlich in seine Erinnerung vor, zum erstenmal seit den Tagen und Nächten in der Provence, das war das Ende einer Reise, Persotzky, der Versprochene einer toten verheirateten Frau, Lachen schüttelte B.T., die Testamentseröffnung am Vortag seiner Abfahrt fiel ihm ein, seine Frau Clarissa, die frisch Verlobte, hatte noch nicht Zeit gefunden, ihren letzten Willen schriftlich zu ändern, ehe die tödliche Niedergeschlagenheit sie ansprang, „vermache ich alles was ich besitze meinem geliebten Mann B.T.", noch einmal war Persotzky der Betrogene.

Und wie stand es um ihn selbst? B.T. überlegte. Es war spät geworden und deshalb keine Zeit mehr für Selbstbetrug. Er hatte nicht nur nach einer Burg als Endpunkt seiner Fluchtlinien gesucht, im Gegenteil, hier in diesem Land waren seine Gegenkräfte noch einmal stark gewor-

250

den, einfach wurzeln wie die anderen auch, ein Haus und eine Heimat, die ihm gehörten wie der Anteil an Sonne, Wein, Brot, der Erde und an der Menschheit, doch er mußte scheitern, weil Länder wie die Provence und alle Länder der Geographie nur für Menschen sind, die sich damit begnügen, ein Kucheneck davon als Heimat zu erwerben, er hatte gezweifelt und zu viele Gedanken gedacht, die nicht zurückzunehmen waren und die das kleine Glück der Seßhaftigkeit für alle Zeiten untergruben. Die Frau auf der gelben Luftmatratze fiel ihm ein, das war es, was manche traf, hinausgetrieben werden von der mörderischen Drift der Einsamkeit, von einer Kraft, die stärker war.

B.T. stand auf und begann langsam zu packen. Durch die Ritzen in den Läden drang das erste Tageslicht, apfelgrün, bildete er sich ein, wie am ersten Tag der Herfahrt, dabei gab es keinen Grund für Parallelen. Ungeschickt schichtete er Hemden in den Koffer, noch einmal sah er in einer schon gleichgültig lassenden Vision das alte Haus bei Tarascon, hinter der Blättermauer, es galt nichts mehr und er würde es bald vergessen, weil er nun wußte, daß ein Haus in der Wirklichkeit seinen Ansprüchen nicht mehr genügte.

Einen Tag vor der Rückkehr B.T.'s, als hätte er noch einmal vorwurfsvoll durch seine Tat ein schlechtes Licht auf den unterkühlten Charakter des anderen werfen wollen, hatte Persotzky Selbstmord begangen, nicht Tabletten natürlich wie Clarissa, sondern ein Revolver, Pulver und Blei entsprachen mehr seinem poltrigen Naturell. B.T. erfuhr die Neuigkeit in der Einsamkeit der Bibliothek, er saß zum erstenmal wieder am Schreibtisch im Löwenstuhl, den zu verlassen sinnlos gewesen war, gegenüber in ihrer Landschaft aus Grün und strömendem Wasser und mürbem Mauerwerk die Wasserburg, ihr Immobilienwert war in der Zeit der Flucht vor ihr nur gewachsen, schon näherte sich B.T. wieder der gewölbten Brücke, da warf ihn das Läuten des Telefons in den Stuhl zurück. Müller-Kroppau war am Apparat, seit einem Tag versuchte er es viertelstündlich, jetzt endlich wurde er die Meldung los und wartete gierig auf ein Echo, das zeigen würde, ob sie getroffen hatte.

„Ich dachte, Sie müßten es sofort erfahren", sagte er schließlich enttäuscht, als B.T. nicht reagierte. „Sie waren doch sein bester Freund."

„Ja?"

„Eigentlich hätte ich sein Trauzeuge werden sollen, wenn er und Clarissa . . ." erklärte Oynenboyns potentieller Nachfolger und verzichtete diskret auf das Verb. „Er hatte ja keinen Verwandten mehr auf der Welt. Und nun —"

„Nun müssen Sie ihm statt der Hochzeit die Beerdigung ausrichten."

„Scheußlich, was?"

„Wann und wo steigt sie?"

„Übermorgen elf Uhr fuffzehn Südfriedhof. Wollen Sie am Grab ein paar Worte sprechen?"

„Bestimmt nicht. Persotzky und ich haben ein Leben lang aneinander vorbeigeredet. Ich wüßte nicht, was ich ihm nach seinem Tod zu sagen hätte", meinte B.T., das gilt auch für Clarissa, dachte er, aber das sagte er nicht, denn das blieb trotz allem eine Art Familienangelegenheit.

„Aber keiner hat ihn so gut gekannt wie Sie", klagte Müller-Kroppau. „Wie soll ich Grabredner finden, wenn Sie schon nicht wollen?"

„Dann verzichten Sie eben auf jedes Gerede."

„Keine Reden? Ja was denn sonst?"

„Lassen Sie die Musik blasen. Er war für Polkas."

„Aber die Leidtragenden —"

„Welche?"

Eine Weile war es still am anderen Ende, der Möbelfabrikant, vermutete B.T., fand aus der ihm wenig gemäßen Pietät in die Welt der Tatsachen zurück. „Na ja, wenn Sie's so sehen", sagte Müller-Kroppau, seine Stimme klang erleichtert. „Es gibt nichts Herrlicheres als die Musik. Weil ich Sie schon einmal an der Strippe habe, unsere Angelegenheit gedeiht vorzüglich, mit Ihrer Wahl können Sie wohl rechnen. Auch Oynenboyn möchte sich wieder zu uns schlagen. Natürlich kann er nicht auf sein altes Pöstchen zurück, da habe ich persönlich schon zuviel investiert. Aber wir sind dabei, ihm was Neues zu zimmern, so ein Ehrenstühlchen. Die rätobollische Landsmannschaft ist und bleibt letzten Endes die rätobollische Landsmannschaft, und er ihr Vorsitzender."

„Also übermorgen um elf Uhr fünfzehn auf dem Südfriedhof", erklärte B.T., er hängte ein und gab sich das große Ehrenwort, daß mit Persotzky gemeinsam der Plan, B.T. zum Präsidenten der Gesellschaft für Vaterländische Kontakte mit dem Ausland zu bestallen, eine angemessene Beerdigung erfahren würde.

Er widersetzte sich noch einmal der Anziehungskraft des Wasserschlosses, seine Augen hielten in dem sechseckigen Raum Musterung, etwas gab es noch zu prüfen, zu überdenken, da standen viele Bücher in den schwarzen Regalen, aber sie konnten nicht helfen, wann konnten Bücher überhaupt schon helfen wenn man von ihnen mehr erhoffte als kunstvolle Illustration, als deutliches Ausplaudern von Lebensschemen, die man längst in sich besaß, kurz war er versucht, gänzlich darauf zu verzichten über eine bestimmte Frage in dem Zusammenhang zwischen sich und Clarissa und Persotzky nachzudenken, wer denkt lügt auch, aber er fürchtete sich davor, feige zu sein, das mußte er noch ordnen, bevor er Clarissa und Persotzky nebeneinander in eine Schublade der Vergangenheit legte, die Lade zuschob und den Schlüssel aus dem Fenster warf. Wer von ihnen, lautete die Frage, er selbst eingeschlossen,

wer von ihnen hatte geliebt? Und schon wurde er rückwärts gezerrt, ein Platzregen von Bildern, Szenen setzte
ein, er sah Clarissas ersten Auftritt und seinen schnellen
Sieg, noch einmal den Sturm um die Hochzeitskirche auf
dem Hügel, langsam türmte sich der Berg der ehelichen
Jahre, immer dünner durchzogen von Leidenschaft oder
einer Legierung aus geistigen Gemeinsamkeiten und Abenteuern, immer unerbittlicher versuchte Clarissa, ihn in ihre
Vorstellungen von der Existenz eines Mannes zu zwingen
und er antwortete ihr, indem er sie aus seinen Plänen ver-
stieß, bis sie ihm die Bedingung stellte, der ganzen Entwicklung nach stellen mußte, an der sie, weil er ablehnte,
letzten Endes starb. Ganz offen gestand er sich, er hatte
sie zwar oft begehrt, manchmal geschätzt und hin und wieder gern gehabt, aber nie geliebt, und während er noch
überrascht blieb über die Einfachheit, mit der sich bisweilen die Wahrheit offenbart, weil wir sie plötzlich, wer
kann sagen weshalb, wissen, wurde ihm auf dem selben
unkontrollierten Weg deutlich, daß er die zweite Frage
nie mehr beantworten konnte, weil es zu spät war, um zu
erfahren: War das, was Clarissa zu ihm und gegen ihn
getrieben hatte, Liebe? Hier drängte sich, undelikat und
eifersüchtig wie zu Lebenszeiten, eine klein geratene, aber
robuste Gestalt zwischen Clarissa und B.T., ein feuchter,
von rotem Gewöll bewachsener Proletenkopf brachte sich
in Erinnerung, Persotzky, wie stand es mit ihm und ihr,
ja, er war von Anfang an der Werbende gewesen, auf seine
Weise hingebend und in jeder Sekunde hoffnungslos, weil
er so angelegt war, daß er gegen B.T. nicht bestehen
konnte, auch Clarissas letzte Hinwendung zu ihm galt ja
letzten Endes nicht Persotzky, sondern B.T., er, der Klotz,
mußte es gewußt haben, aber er hatte es auf sich genom-

men wie seine Erscheinung und seine Existenz, weil er es mußte, niemand hatte ihn gefragt, er mußte leben um zu hoffen, und erst als Clarissa ihr Leben fortwarf, zog es ihm den Boden unter den Füßen fort und er folgte ihr nach, bestimmmt ohne die Absicht, dadurch zu beweisen, was er zeigte, seine, nur seine Liebe war grenzenlos gewesen. Angewidert von dieser Vorstellung und zugleich von einer Ahnung bedroht, mit der er auf keinen Fall etwas zu tun haben wollte, wandte B.T. sich von Clarissa und Persotzky ab, endgültig, wie er glaubte.

Im Eckzimmer des Wasserschlosses war während seiner Abwesenheit in der Provence das Mädchen mit den lindenblattfarbenen Augen bis auf Griffnähe an ihn herangekommen. Wieder einmal wunderte er sich darüber, wie unsere Geschöpfe sogar in langen Intervallen, in denen unsere wahrgenommenen Gedanken nichts mit ihnen zu schaffen haben, anscheinend selbständig weiter handeln, vier, fünf Schritte in mehreren Wochen wirkte zwar zunächst mäßig, doch war die Entwicklung keineswegs im Räumlichen stecken geblieben, er mußte nur noch die Hand ausstrecken und damit die Entscheidung treffen, die ihm durch diese Entwicklung ohnehin vorgezeichnet war.

„Also", sagte die spröde Stimme des Mädchens.

„Lassen Sie sich von der Darstellerin der Broschüre *Der Zauber des Südens lockt* lieben", B.T. rekapitulierte die Werbe-Fata-Morgana von neulich.

„Ja", sagte die spröde Stimme. „Ich darf also hier wohnen?"

Da streckte er die Hand aus, sie berührte die Schulter des Mädchens, eine lange Sekunde blieb noch alles Ruhe, wenn auch diese Ruhe bereits die Atemlosigkeit des Windes vor der ersten Explosion des Orkanes war, dann zerbarst wie bei einem Faustschlag ins Gesicht B.T.'s Welt in flimmerndes Gerase von Sternenwelten, die Gier und vierbeinige Gefühle rissen die Vernunft mit sich und stürzten mit ihr aus allen herkömmlichen Perspektiven, obwohl er selbst der Handelnde war, sah er gleichzeitig als sein Publikum die weißen, engen Jeans von den Gazellenbeinen unter seinen Händen abplatzen wie überhitzte Haut von Wurst, der rote Pullover schon nichts mehr als zerhäckselte Wolle, und während er sich an ihrem Mund ansaugte, glitt ihr ein Auge aus der Höhle und zur Mitte der Stirn, Picasso, dachte er automatisch und nahm staunend wahr, daß ihn das Auge mit Clarissas Blick abschätzte, aber die nächste, auffordernd bückende Bewegung gehörte dem Körper der rotblonden Hartplattenmillionärin, oder nein, sie war Ballett aus einem Traum, aus hundert Träumen, ja, das war es, hier war es endlich, was er nie bekommen hatte, obwohl er wußte, daß es möglich sein mußte, die orgiastische perfekte Kür, Weltmeisterschaft des Geschlechts auf der Nahtstelle des menschlichen Seins und noch mehr, denn hinter dem Rasseln ihrer beiden Lungen hörte er ein übersinnliches Keuchen, und er erschauderte.

Die nächsten vierundzwanzig Stunden brachten B.T. den Zerfall des ihm bekannten Zeitbegriffs. Wie unter dem burlesk gerieften Deckel eines Traums konnte eine einzige Sekunde nun Raum bieten für ein weitläufiges, detailliert ausgebreitetes Abenteuer mit eingesprenkelten Erkenntnissen und Gesprächen von schnell grundsätzlich werdender Bedeutung, während gleichzeitig im herkömmlichen Sinne gedehnte Abläufe, vor allem, soweit sie von außen auf seine Existenz im Wasserschloß einzuwirken versuchten, zeitlich schrumpften und als Ereignisse, noch ehe sie Bedeutung annehmen durften, verdunsteten, ohne Spuren zu hinterlassen, obwohl B.T. vom keineswegs ausgeschalteten Verstand her die prasselnde Folge seine Begegnungen mit dem Mädchen in die richtigen Größenordnungen zu rücken vermochte, wertete er diese Messungen nicht aus, sondern schob ihre Ergebnisse achtlos beiseite, zu stark glühte die Phantastik seiner leidenschaftlichen Vorstellungen, die Opposition gegen lebende und tote, ihn bedrängende Personen des ihm so lange aufgebürdeten Lebens taten ein übriges, die frei nach ihm selbst gestaltete Daseinsform, wie er dies flirrende Gespinst noch unbekümmert für sich nannte, zur Einmaligkeit zu verzaubern, die sie, womöglich, nicht besaß.

Doch Zweifel kamen schnell. Anfangs erkannte B.T. sie nicht an, zu sehr hatte er das Rauschen seiner phantasmagorischen Hormonfontäne zum Wesentlichen gemacht, um im Kraftfeld der Imagination schon ihren ungehinderten Abbau zu dulden, wenngleich er sich unartikulierten Ahnungen nicht verschloß, in denen, noch fast konturlos, wieder ein Ende schwamm wie ein Embryo in Kampfer, vielleicht störte ihn bald nur noch das Unwürdige des Tempos, mit dem es geschah, geschehen mußte, denn die Uhren im Wasserschloß kannten keine mitteleuropäischen Zeiten, sondern trieben ihre Zeiger im Galopp des Zeitraffers über die Zifferblattrunden, des Zeitraffers von B.T.'s Vorstellungen, die jetzt traumschnell waren. Dabei erwies sich, und das blieb, Gregors Wasserschloß als auch für die Zukunft dauerhafte Behausung, nicht umsonst hatte B.T. den Malerpinsel des Bruders in eigene Visionen getunkt, das Wasserschloß existierte nicht nur im Bild und darüber hinaus nun auch auf einer zweiten Bühne, und zwar schon in der Schicht, die gleich nach den sogenannt konkreten Erlebnissen beginnt, es existierte nicht nur dort, sondern zugleich tief in B.T. selbst. So störte im Grunde nur das Mädchen auf dem schäbigen Weg in die absolute Weisheit, denn nicht mehr motivierte Leidenschaften verbarrikadieren den Eingang ins endgültige, vollkommene, luftdünne Zuhause.

Zunächst hatte B.T. das durch zahlreiche Zinkstreifen in Glasquadrate unterteilte Fenster eines der abgesunkenen Erker im ersten Stock nur geöffnet, weil ihm zum erstenmal eine Muffigkeit bewußt geworden war, die in den alten Räumen hing wie Algen in totem Wasser, aber dann faszinierte ihn wieder der Zauber der kleinen, dreieckigen Insel, auf der das Schloß lag und an der die biedermeierliche Strömung des Flusses vorüberzog, über die zerfallende Mauer mit dem Buschgrün und über die Wasseroberfläche hinweg zielte sein Blick hinüber in seine Bibliothek, er zwängte seinen Oberkörper weit durch die wenig breite Fensteröffnung, und obwohl es nach herkömmlichen optischen Gesetzen unmöglich war, vom Ölgemälde des Wasserschlosses aus, das zwischen den Büchern in einem der hohen, schwarzen Gestelle stand, die äußere Seitenwand des Regals zu beobachten, sah er die weiß gerahmten Fotografien, die an eben dieser Seitenwand hingen, und noch einmal verlor er sich an sie.

Das zweite von unten war Plowdiw, als Philippopel, obwohl sie es nicht mehr so nannten, wer weiß weshalb, war es immer noch bekannter, der Name roch nach Historie und in diesem Fall trog die Nase nicht, als B.T. mit seinem Wagen, dessen Gefüge auf balkanischen Sekundär-Straßen das Zittern erfahren hatte, die Stadt erreichte, legte eine Arbeitskolonne gerade zwei Meter unter der äußersten Erdhaut die riesigen Quadratplatten der schnurgeraden Heerstraße bloß, auf der antike Kohorten, von Rom her kommend, einst eingetroffen waren und blieben oder durchmarschierten, weiter, nach Byzanz. Aber nichts von der Stadt und ihren kleinasiatischen Bezügen war auf der gerahmten Fotografie zu sehen. Da gab es nur das Hotel, wenn man es so nennen mochte, nur die Rückfront des Gebäudes, im Hintergrund des Bildes schimmerte sie mattweiß, und niemand außer B.T. konnte noch wissen, daß damals ein transparenter Goldvelours aus Spätnachmittagssonne das kalte Weiß wärmte, der Innenhof, auf einer Seite von der Rückfront des Hotels begrenzt, lag mit seinen hölzernen, hell gedeckten Restaurant-Tischen und den Stühlen, den verkrusteten Grill-Rosten, den angeschlissenen Markisen und den Girlanden aus noch nicht leuchtenden farbigen Glühbirnen, die als durchhängende Ketten die Skelette der spärlichen Laubbäume verbanden, bereits Schatten, der die Nacht einleitete.

B.T.'s Zimmer war im ersten Stock. Er stieß das Fenster auf, vor ihm unten lag der Innenhof, noch strahlte er die Glut eines heißen Tags zurück, Kellner eilten umher und stülpten Gläser auf die Tische und formierten Bestecke in eigenwilliger Anordnung daneben, er dachte daran, daß hier die Menschen lange essen und trinken und lärmen würden, sicher spielte eine Kapelle die für sein Ohr zer-

rupft tönenden Xoros, er roch bereits den beizenden Rauch
der Holzkohle und hörte sie knacken, aber er würde trotzdem bald schlafen, ungestört von allem tief schlafen, ein
Mann, der vor einer Stunde zehn Kilometer vor der Stadt
in einer sandigen Mulde eine junge Zigeunerin besessen
hat. Sie war am Rande der staubigen Straße gegangen,
allein und mit wiegenden Hüften unter dem fleckig schwarzen langen Rock, der so kurz zu sein schien, und hatte ihm
mit einer welken Blüte gewinkt und mit dem unnatürlich
roten Mund eine schlürfende Kußbewegung gemacht, die
ihn erregte, er bremste und ließ sie neben sich ins Auto
setzen und sie fühlte den Schlag, den sie ihm durch ihre
nahe Körperlichkeit versetzte und dirigierte ihn, ohne daß
sie ihn oder er sie im Wort verstand, zu der Mulde. Bei
dieser Station der Erinnerung angelagt, drehte B.T. im
Bad an der Dusche, natürlich hatte er nicht eigentlich erwartet, sie würde sprühen, aber dann war er doch unangenehm berührt, weil sie trocken blieb, jetzt lag er wieder
mit dem Zigeunermädchen in der Mulde, um vor allem
sich selbst das ewig Gleiche zu beweisen, aber sie wußte,
daß sie jung und hübsch war und daher durfte er erst nach
der Bezahlung etlicher Lewas den Beweis antreten, daß
auch feine Autofahrer aus dem Westen es nicht anders
machen, höchstens schlechter, ungeduldig schlug er jetzt
gegen das Rohr der Dusche, auch wenn es Illusion war,
hätte er mit ihrem Wasser gerne die Zigeunerin und ihre
Mulde abgewaschen.

Er warf sich auf das knarzende Bett und verschränkte
die Finger unter dem Hinterkopf, und er versuchte, was
er nie bisher getan hatte, vielleicht sogar nur aus Gleich-
gültigkeit, endlich einmal zu wissen, weshalb er Reisen
wie diese unternahm, die ihn aus der Einsamkeit in die

Einsamkeit führten. Über Hotels hatte er oft nachgedacht, das Resultat blieb dürftig, er haßte sie und betrat sie dennoch immer wieder wie ein Ingenieur Bohrtürme betritt, deren Stahlgerippe aus dem Meer aufsteigen, hoffend, diesmal würde er wider jede Erfahrung fündig werden, dieses eine Mal müßte der Meeresboden ihm geben, was er besaß, nicht stinkend hochschießenden Ölmatsch, sondern irgend etwas Wesentliches, das er jetzt nicht nennen, aber sofort erkennen könnte. Das letzte Tageslicht verfiel, unheimlich wuchsen Schlagschatten und lösten sich in Dämmer auf, in das konturlose Grau, es war, dachte B.T., wie im Theater, wenn die Deckenbeleuchtung ermattet, er wollte sich noch erinnern, wann er zum letztenmal im Theater gewesen war, welches Stück, aber er schlief ein, versinkend wie das erlöschende Licht, ein langer Reisetag und das Zigeunermädchen taten ihre Wirkung und er hörte endlich auf zu denken.

Erst Stunden später tauchte er hoch und fast eine Minute lang schwebte er noch auf dem monotonen Jammern eines Instruments im Zwischenreich, bis mehrstimmiges Gelächter von unten in sein Zimmer sprühte und ihn in das Wachsein zurückschwemmte, das Lachen vergluckste und ließ Raum für breiter angelegte Netzwerke aus Scherzen von den Tischen im Innenhof her, jetzt verstummte auch die Musik, B.T. hörte noch einige nicht gespielte Töne, bevor sich das Tellerklappern und die Knirschgeräusche von über Kies hastenden Kellnern aus der Kulisse drängten, er stand auf und ging zum Fenster und sah hinunter, wo die Ketten aus bunten Birnen leuchteten, kein Stuhl war frei, südöstliche Viehhändlersfröhlichkeit überall, er überlegte, ob das volksdemokratisch sei oder einfach vergnügt rülpsender Balkan oder eine Mischung

aus beidem und aus liberaler Gesinnung entschied er sich
für das letzte. Eine Sehnsucht tastete sentimental nach seinem Hals, wir alle sind in unseren Anlagen viel mehr
Möglichkeiten angeboten als wir dann wirklich sind, und
deshalb konnte aus einem plombiert gewesenen Überlauf-
ventil B.T.'s der kaum mehr vermutbare Wunsch tropfen,
dabei zu sein, endlich wieder einmal, hier, nichts weiter als
ein bunter Tupfen in einem bunten Bild, und obgleich die
Unwahrscheinlichkeit, daß dies ihm gelingen könne, in dieser fremden Welt einen Versuch hoffnungsloser färbte als
zu Hause, war es doch eben dieses Fremde, das den Anstoß
dazu gab. Er schlüpfte in ein frisches Hemd und griff nach
dem elektrischen Rasierapparat, weil die Stoppelfelder des
Gesichts unter der Sonne fühlbar stark getrieben hatten
und er glatt und frisch und weiß seinen Auftritt unten
haben wollte, da war der interesssante Mann aus fremden
Breiten, die Gespräche an den Tischen verstummten und
alle Augen und vor allem die Augen der Frauen gehörten
ihm, schon schwang an einem großen Tisch die gemischte
Reihe in doppelte Enge zurück und öffnete ihm an der
Schmalseite den Ehrenplatz, den er, ein Zentrum, dankend
nahm, noch einige Minuten genoß B.T. die Vorstellung
wie ein Schmierenkomödiant, bevor er sich auf die schnell
besorgter werdende Suche nach einem elektrischen Steck-
kontakt für den Rasierer machte, und noch als er den Gesuchten verdächtig freischwebend in einer Ecke des Zimmers fand und den Stecker hineinpreßte, gab er sich nicht
zu, daß die Vorstellung seines Auftritts so, wie er sie gesehen hatte, nicht stattfinden würde und daß sie nichts
weiter war als eine kleine, schäbige, nutzlose Illusion, deren Verwirklichung seiner Natur im Grunde obendrein
zuwider lief.

Es begann mit leisem Knistern, das sich rasch in Farbe umsetzte und in Gestank. B.T. versuchte den Stecker herauszuziehen, aber die Widerstandslosigkeit des nur schwebenden Kontaktes verlangte mehr Geduld als schnelle Kraft, da zündete auch schon der Blitz, B.T. ließ den Apparat fallen, während von unten her, aus dem Innenhof, erschreckte Rufe laut wurden, immer wieder überdeckt von Salven und einzeln berstenden Explosionen, er tastete sich zum Fenster, so also kam er ihnen nun, der interessante Mann aus fremden Breiten, jetzt sah er unten das fortschreitende Chaos, in dem die Kellner mit offenen Mündern nicht mehr eilig, noch dampfende Platten in den Händen, gemeinsam mit den aufgesprungenen Gästen nach oben glotzten, wo einige der bunten Ketten bereits in Finsternis gefallen waren und an den übrigen die farbigen Glühbirnen eine nach der anderen funkensprühend erloschen. Und dann erschrak B.T. beinahe, denn die Kettenreaktion setzte sich in weiten Wellen fort, was mit dem Anstecken eines nicht gemäßen elektrischen Rasiergerätes begonnen hatte, blähte sich ins Gigantische, schon erloschen in fernen Straßenzeilen die Lichter in den Häusern, stockweise, blockweise, stückweise stürzte Plowdiw aus aufgepfropfter Zivilisation in die stromlose Urnacht zurück, statt des erwünschten Dabeiseins stieß B.T. auf solche Art die Menschen von sich, nur er, ein Einzelner, wieder einmal gegen eine ganze Stadt, ja, dachte er, Symbole, nichts als Symbole, wir haben sie entdeckt oder erfunden und gemästet und jetzt werden wir sie nicht mehr los.

Natürlich fiel am Tag der Beerdigung in dicken grauen Strichen der Regen. B.T. kletterte aus dem Wagen und stülpte hastig den Schirm auf, trotzdem waren die Hosenbeine unterhalb der Knie sofort schwer von Wasser, einen Moment lang überkam ihn die Entschlossenheit, in den Schutz des Autos zurückzuflüchten und sich das alles zu ersparen, den Regen und die Menschen und die ganze trübselige Zeremonie, wer war Persotzky schon gewesen, aber dann schlug er doch mit der freien Hand den Mantelkragen hoch und hetzte den schnurgeraden Weg zwischen den Birken auf die entfernte Halle zu, deren Scheußlichkeit dem Anlaß angemessen schien, Abschied von einem Freund, der nie einer gewesen war und den man immer dorthin gewünscht hatte, wo er sich nun, hoffentlich, befand. Die Orgel hatte zwei, drei Takte eingesetzt, als B.T. über einen Buchsbaumkübel in den Raum stolperte und damit Persotzky vorübergehend die Schau stahl, er hatte

zeitlich knapp kalkuliert, denn er fürchtete Beerdigungs-
geschwätz und die überraschend große Zahl der Gesichter
gab ihm recht, die sich ihm beim Knall des Stolperns zuwandten, Vorwurf im Blick, weil er sie aus einem Leid
gerissen hatte, das Mühe bereitete, denn es war nicht das
ihre, da leuchteten neben einigen Fremden die Bekannten
aus ihrem besten Schwarzen, Müller-Kroppau und Graf
Oynenboyn, allein mit rätobollischer Dankbarkeit, zur
Saure-Gurkenzeit hatte Persotzky einmal über die Landsmannschaft des Grafen einen Artikel publiziert, dessen
Gehässigkeit Oynenboyn entgangen war, Camillo Bohr
und sein blonder Venusberg und sogar der Ministerialdirigent persönlich mit dem Nilpferd Rosa, wohl die Gattin. Es war dem Organisten zu verdanken, der mit Gefühl
vibrierte, daß sich Traurigkeit verdickte, schon war die
Atmosphäre damit übersättigt und die ersten Frauenschul-
tern zuckten, Persotzky hätte vor Stolz schwitzend geperlt,
wenn diese Szenerie für ihn vorauszuahnen gewesen wäre
und es hätte ihn nur gestört, daß er zu diesem Zeitpunkt
hier bereits der Pulverisierung anheimgefallen war, Asche,
die von den Gitterstäben des Krematoriums gefallen war,
weil B.T. wider die Wahrheit angegeben hatte, Persotzky
habe zu Lebzeiten das dringende Begehren mehrfach geäußert, tot eingeäschert zu werden, B.T. haßte es, hinter
Sargträgern herzutrotten, er bevorzugte die netten kleinen
Urnen, die mit dem Totengräber-Moped angeknattert
kamen und schnell im ausgespatelten Loch versackten, der
Ewigkeit entgegen oder wie man das gerne nannte.
  Der letzte tiefe Hummelton der Orgel schwang noch
einige Sekunden im Raum, bevor er zu Boden sank und
unter den Steinfliesen verschwand, sehr schnell gerann die
Sentimentalität, die schluchzenden Frauen verstummten

und zogen verlegen die Köpfe ein, warum hatten sie geweint, für wen, noch blieben alle und erwarteten den mündlichen Nachruf, eine kleine Rede von irgend jemand, der nicht kam, denn niemand war bestellt, was hätte er auch sagen sollen, bis ganz plötzlich alle wußten, daß nicht mehr eintrat, wovor sie sich gefürchtet hatten, und während B.T. sich vom Scharren der Trauergemeinde hinaus in die Vorhalle begleiten ließ, dachte er in einem Gefühl von schmaler Dankbarkeit, daß ihm wenigstens das eine erspart blieb, einem Leidtragenden in die feuchte Hand zu kondolieren, die einzige lebende Verwandte Persotzkys war seiner letzten Ehrung ferngeblieben, eine rund fünzigjährige Tante, deren Weg Persotzky nach einem feuchtfröhlichen Diner einmal durch Zufall gekreuzt und der er angetrunken und für seine Verhältnisse ungewöhnlich einfühlend mitgeteilt hatte, was sie war. Aber B.T.'s Dankbarkeit hielt nicht an. Denn in der Vorhalle stand eine noch junge Frau mit schwarzem, Tüllschleier-bewehrten Topfhut, unter deren dunklem Schneiderkostüm selbst ein Uninteressierter Schlimmes vermuten mußte, Germaine Daube, hagere Nothelferin in Sachen Männlichkeit, wenn Persotzky nach ewiger, sabbernder Verehrung Clarissas wieder einmal zu ihr kam und selbst dann und nur nach unmäßigem Genuß scharfer Getränke und mit panisch geschlossenen Augen, so hatte Persotzky einmal zugegeben, selbst dann war es eine nachher unbegreifbare Verrichtung, allein notwendig wie die Müllabfuhr, was das einzige blieb, das sich zu ihrer Erklärung vorbringen ließ. B.T. sah sie stehen und versuchte auszubrechen, aber der schlurfende Menschenbach trug ihn und spie ihn direkt vor Germaine Daube aus, die ihn sofort ansprach in dem Irrtum, sein vieljähriger, durch Clarissas Existenz unausrottbar gewesener Verkehr mit Persotzky sei gewesen, was Frauen Männerfreundschaft nennen.

„Sie, B.T.", sagte sie und hob das tränennasse Gesicht. „Es ist so entsetzlich."

„*Herr* B.T."

„Ja. Wissen Sie, daß Persotzky mir im vergangenen Jahr einen Heiratsantrag gemacht hat?" „Er hat zweimal versucht, es mir zu erzählen." „Er war so gut. Vielleicht hätte ich ihn heiraten sollen." „Mag sein", sagte B.T. und wandte sich ab. „Dann hätte er jetzt wenigstens eine Witwe."

Camillo Bohrs orangefarbenes, unkeusches Asketengesicht schwebte mit abwesendem Ausdruck heran, wahrscheinlich ehrte der Makler den Verschiedenen nur durch körperliche Präsenz, während in seinem Kopf Zahlenwalzen rotierten und Kalkulationen, zu spät zupfte ihn der blonde Venusberg in die Wirklichkeit zurück, eine Begegnung mit B.T. war, obwohl weder Bohr noch B.T. sie wünschten, nur noch eine Distanz von zwei Schritten entfernt und folglich nach den Gesetzen des mitteleuropäischen Benehmens unausweichbar. Camillo Bohr strich sich aufgeschreckt durch die Haare und zauberte in Sekundenschnelle in seine feuchten Augen verlogenes Entzücken.

„Ach, B.T. Es tröstet, Sie hier zu sehen." „Noch einmal Persotzky", sagte B.T. sachlich. „Und das bei diesem Wetter."

„Freund Hein arbeitet nicht nach meteorologischen Aspekten. Ich höre, Sie planen Großes. Präsident werden der Gesellschaft für Vaterländische Kontakte mit dem Ausland, gratuliere."

„Ein Plan von Persotzky und Clarissa. Warum sollte ich ihn jetzt noch verfolgen?"

„Was Sie nicht sagen." Camillo Bohr stülpte die vollen Lippen nach außen, gut abgeschaut von den Fischen in seinem mörderischen Aquarium. „Aber sogar der Ministerialdirigent sagte mir gestern, daß Sie es werden."

„Ich denke nicht daran", antwortete B.T. „Nach diesen Toten bin ich jetzt frei."

„Man kann da irren." Camillo Bohr wollte vielleicht seine Gedanken über das Thema noch ergänzen, aber in diesem Moment erkannte B.T. die längliche Lücke in der Menschenströmung, armschwingend vertraute er sich ihr an, fühlte gleich wieder Schub und Stoß, geriet am Ende der Lücke erneut in die Enge, aber da klaffte schon die Tür, und er duckte sich hinaus in den Regen, der mit Hilfe des Windes die Friedhofslandschaft waagrecht liniierte wie ein Schulheft. Noch einmal umsehend, wer weiß weshalb, bemerkte er Bohr jetzt im Gespräch mit dem Ministerialdirigenten, im raschen Wenden des Kopfes überrumpelte er sie indiskret, wie ihre Blicke abschätzend auf ihn zielten, kein Zweifel, er war ihr Thema, jetzt glaubte der Ministerialdirigent ihm zuwinken zu müssen und B.T. winkte zurück, da wurde aus der Handbewegung des Ministerialdirigenten eine Forderung, komm doch, aber B.T. mißverstand mit Absicht, er wedelte noch einmal verstärkt und wie erfreut, bevor er sich abwandte und endlich seinen Schirm öffnete und eilig loszuschreiten begann, einem taubengrauen Paar nach, das mit verblüffend fröhlichen Gesäßen den pfützigen Pfad zwischen den Gräbern vorwärtsstapfte, Vorhut, die das Ziel kannte, an dem Persotzky die Auferstehung des Fleisches erwarten sollte wie eine Freude.

In den wenigen Wegminuten zu Persotzkys Grab erfuhr B.T. wieder einmal die verrückte Relativität der Zeit.

Denn beinahe alles, was in den vergangenen Monaten —
zum Teil schon aus viel früherer Zeit überkommend —
Bedeutsamkeit gewonnen hatte, fand mühelos in diesen
Minuten Platz, vielleicht deshalb, weil es bereits einge-
dickt war auf das Wesentliche, und nun, wo B.T. mit zu-
sammengekniffenen Augen unter dem gerüttelten Schirm
durch eine Landschaft und durch ein Wetter ging, das er
verabscheute, wurde ihm bewußt, wie wenig sich auf seiner eigenen Bühne zu seiner Sehnsucht hin verändert hatte,
er wertete in blitzschnellem Überschlag die Essenz und gab
ihr illusionslos die Erkennungsziffer null. Was war, du
lieber Himmel, aus ihnen geworden, aus seinen mühsam
aufgebauten Bastionen, von denen aus er so vieles zu er-
obern oder zurückzugewinnen gehofft hatte, beinahe tapfer, wie er dieses Wort begriff, wo war jetzt schon das
Haus im Abseits, wohl vom Mistral zerblasen, wo die
Zeitmaße der Jugend, in die er viel zu erwachsener Vorhaben wegen nur für die lange Weile eines wandernden
Sonnenstrahls nochmals einzutauschen vermochte, wo blieb
die Unverwundbarkeit, die seine Ansiedlung in Gregors
Wasserschloß versprochen hatte, wo die Freiheit, die ihm
die Tode von Clarissa und Persotzky anzubieten schienen,
Tode, die B.T. — wie Tode überhaupt — wahrscheinlich
entgegen seinem Bewußtsein gar nicht so unterkühlt ließen
wie er glaubte, sei es auch weniger als Ausfluß persönlich
gewesener Bindungen als nur deshalb, weil sie für das einzige Phänomen bürgten, dem er, auch er, nicht einmal
durch das Setzen sämtlicher Segel seiner Phantasie entkommen konnte. Und doch war das alles bedeutsam geworden wie das Wissen darum. In diesen kurzen Minuten,
in denen B.T. unter seinem wogenden Regenschirm sein
Scheitern als negativer Feldherr klar überblickte, erkannte

er, daß seine Position als Genrefigur im Weltgemälde sich gerade im Sturz aus dem Fixierten zu verändern und damit letzten Endes zu verbessern angefangen hatte, seit er zur Wahl zwischen den vergewaltigenden Vorstellungen Clarissas und Persotzkys und dem eigenen Kampf für seine selbst gewählten Vorstellungen von der männlichen Existenz aufgerufen worden war und er diesen Aufruf, nachdem er wußte, um was es ging, angenommen hatte. Er war, wie er sich schmeichelte, obwohl er die Scheußlichkeit des Ausdrucks nicht gerne für sich annahm, gereift, und er fand in dieser Reife zwar bereits die Ansätze einer Mürbheit, aber auch das Streben zur Form, die er aus ganz Vergangenem und Zukünftigem bald zu finden hatte, weil er andernfalls sonst dem Zuge der Zeit folgte und ohne sie blieb, und dafür, dachte B.T. absichtlich arrogant, war er nicht geboren.

Die munteren Gesäße verhielten jetzt taubengrau an einem Plumeau vor Nässe fettig glänzender Erde, in die das Maulwurfsloch für Persotzky bereits geschaufelt war, Blumen lagen ringsum, Nadelbaumzeug mit Zapfen und stachelige Kränze mit rosa Nelken, noch nicht sinnlos hübsch arrangiert, weil der Gastgeber noch nicht Platz genommen hatte, bunte Bänder wehten trotz ihrer Regenschwere wie Fähnchen für einen Betriebsausflug, „Unvergessen", „Dem treuen Mitglied", „Er war einer von uns — die Redaktion", hölzern und spärlich, der hier, das witterte auch ein Fremder, der hier in seinen Überresten erwartet wurde, war nie geliebt worden.

Jetzt rückten sie allmählich von hinten an, beschirmt und aus wütender Gewohnheit immer noch schräg gegen den Wind gestemmt, der in den jüngsten ein, zwei Minuten Stärke abgeblasen hatte, auch der Regen wurde schwä-

cher, wirksam abgelöst durch riesige, von den Blättern
stürzende Tropfen, die wie Splitterbomben in die hoch-
gestellten Mantelkrägen der Trauernden einschlugen, ein
Grund dazu, so schnell Persotzky nicht zu vergessen. Unruhig witterte B.T. den aufgeweichten Treidelpfad nach
beiden Richtungen entlang und horchte. Aber das Knattern des Leichenwagens im Stil der Zeit, des Urnen-
mopeds, war nicht zu hören, und selbstverständlich hatte
sich der Träger des Staubes auch nicht unter die Gäste Persotzkys gemischt, er mußte auf sich warten lassen, in seiner Uniform, die immer irgendwie aus dem Fundus der
städtischen Straßenbahnen zu kommen schien, doch trotz
der Uniform genoß er Bedeutung, er hatte den Auftritt
des Letzten und daher Großen, mit dem mit Menschen-
pulver gefüllten Gefäß in der Hand war er der Star.

Was B.T. vorher, bei der Ouvertüre zur Trauerfeier, ge-
glückt war, gelang nun nicht mehr. Hier, eingeengt auf die
spärliche Fläche um drei Seiten des Grabkarrees, konnte
er ihnen nicht mehr entkommen. Lächelnd trotz des auf-
gepfropften Schmerzes um einen unangenehm Gewesenen,
kamen sie in der Flottille mit ihren Schirmsegeln an wie
auf einer Regatta für Veteranen, und von Anfang an war
sich B.T. darüber klar, es war nicht Zufall, daß der mas-
sige Ministerialdirigent und Graf Oynenboyn zu seinen
beiden Seiten landeten.

„So trifft man sich wieder", flüsterte der Ministerialdirigent diskret dröhnend. „Ich war ihm natürlich nicht so
verbunden wie Sie, aber Sie können es mir glauben, ich
hätte Sie beim Himmel lieber aus einem fröhlicheren Anlaß wiedergesehen."

„Das sagen sich Leute wie wir auf Beerdigungen immer", scherzte B.T.

„Schlimm?"

„Ich kann es aushalten", sagte B.T. und überlegte, wieviel Rotwein man wohl im Leben getrunken haben mußte, um ein derart rötliches Adergesprenkel ins Gesicht tätowiert zu bekommen. „Es gibt wenig Männer, die mir widerwärtiger waren als mein Freund Persotzky."

Hier schob sich das Mensurgesicht des Grafen Oynenboyn von der anderen Flanke ganz nahe an B.T. heran, vielleicht um dessen Ansichten und Äußerungen über einen Toten abzuleiten, deren Einschläge im Mienenspiel des Ministerialdirigenten erkennbar wurden und die auch das Leittier der rätobollischen Herde selbst vor Verblüffung tänzeln ließen, vielleicht jedoch nur ganz einfach, weil ihm auf dem Herzen lag, was er nun sagen mußte und weil für ihn eine Beerdigung, sei es auch nur die eines sehr unadeligen Journalisten wie Persotzky, gesellschaftlicher Anlaß war, um endlich wieder das Spiel zu forcieren, dessen Karten er noch nach seinem selbst verschuldeten Exodus aus dem Auswärtigen Ausschuß geschickt mitzumischen wähnte, denn ein Mann von Adel wie er, landlos und längst ohne die Hose des ererbten Besitzers über den Blößen, lebt davon, daß er, mag sein was immer, an sich glaubt.

„Also übermorgen", sagte Oynenboyn lächelnd.

„Wie bitte?" Irritiert zog B.T. seinen Blick vom Mündchen zur Sardellenfrisur des anderen hoch. „Was übermorgen?"

„Ja, haben Sie ihn denn noch nicht informiert?" fragte Oynenboyn, und die Frage schoß über den Kopf von B.T. hinweg zur anderen Seite.

„Ich wollte es ihm gerade mitteilten", verteidigte sich der Ministerialdirigent. „Wissen Sie, B.T., übermorgen läuft Ihre Wahl zum Präsidenten der Gesellschaft für Vaterländische Kontakte mit dem Ausland. Der Entschluß Persotzkys, nicht mehr auf Mutter Erde mitzumachen, hat uns vorübergehend ein wenig abgelenkt. Aber sicher ist es auch im Sinne Ihrer verstorbenen Gattin, von Clarissa, wenn Sie —"

„Nein", sagte B.T.

„Wie bitte?" fragte Graf Oynenboyn und begann bedenklich mit dem Kopf zu schlenkern.

„Ich war der Meinung, ich hätte schon gesagt, daß diese Ehre meine Absichten stört. Es war Clarissas und Persotzkys Wunsch und Plan. Warum sollte ich nach ihrem Tod noch Opfer ihrer Vorstellungen werden? Wohin kämen wir, wenn das Schule machte?"

„Und wo wären wir", fragte Oynenboyn heftig und in den Spalten seiner Mensurnarben zuckte es rötlich drohend, „wenn Zusagen unter Ehrenmännern nicht mehr wögen als Proletenwinde?"

„Was wollen Sie denn sonst tun?" warf der Ministerialdirigent ein, offensichtlich beunruhigt und wie persönlich getroffen von den Ehrenmännern und vor allem den Proleten, mit denen der Graf um sich warf. „Ein Mann braucht eine Aufgabe."

„Ich will mich ganz in mein Haus zurückziehen", antwortete B.T., zu belästigt, um einleuchtend zu lügen, und ohne auf die Plattheiten über den Mann einzugehen, die man schon zu oft aus Kübeln über ihn geschüttet hatte, als daß er sie nicht haßte. „Es gibt da für mich einiges, worüber es nachzudenken gilt."

„In Ihr Haus zurückziehen und nachdenken", meinte der Ministerialdirigent und war zunächst über dieses Ziel eines Mannes verwirrt, denn es lag weit jenseits der Gedankenbahn eines heurigen Politikers. Aber dann nahm er doch, weil er B.T. durch Clarissa und Persotzky zu kennen glaubte, das Gesagte als das Gemeinte an, und während über sein Gaunergesicht das biedere Lächeln eines Viehhändlers schwamm, wurde ihm in Sekundenschnelle bewußt, wie er B.T. in die Richtung treiben konnte, die seinen Absichten entsprach. „Ich fürchte, B.T.", sagte er harmlos, „es könnte Stellen geben, die Ihnen die Verachtung des Präsidentenstuhls für Vaterländische Kontakte mit dem Ausland verargen und die dementsprechend reagieren würden."

„Ich bin ein freier Mensch."

„Aber das sind wir doch alle!" Eine beschwichtigende Bewegung der massigen Hand unterstrich diese Feststellung und machte sie zugleich lächerlich. „Und trotzdem —"

„Was?" fragte B.T. „Was ist trotzdem?"

„Ach, das sind eigentlich nur so Gedanken von mir, durch die ich Sie keineswegs stören will", sagte der Ministerialdirigent und sah an B.T. vorbei. „Die Stadt, das wissen Sie doch, will mit staatlicher Hilfe zur Entlastung des Verkehrs eine mittlere Ringstraße bauen. Einer der Pläne ist unglücklicherweise so angelegt, daß neben anderen Ihr Haus abgerissen werden müßte. Selbstverständlich wollen wir alle dies nicht wünschen. Es ist deshalb nur reine Theorie, wenn ich mir vorstelle, dieser Plan könnte viel eher Freunde finden, wenn ihm das Haus eines zurückgezogen lebenden Nachdenkers geopfert werden müßte, als wenn die Villa des einflußreichen Präsidenten der Gesellschaft für Vaterländische Kontakte mit dem Ausland betroffen würde."

„Ich würde mein Haus nie zum Abbruch hergeben",

sagte B.T. beinahe empört. „Ich würde es darauf ankommen lassen. Die Stadt, der Staat müßten mit mir prozessieren."

„Ja", gab der Ministerialdirigent zu. „Damit könnten Sie das Schleifen Ihres Heims Monate, vielleicht Jahre hinauszögern. Aber Sie wissen doch: Wenn sich der Staat in solchen Fällen an die Gerichte wendet, haben Sie keine Chancen, denn in solchen Fällen siegt letzten Endes immer die Gerechtigkeit."

Noch bevor B.T. seine Gedanken über staatliche Justizvorstellungen äußern konnte, griff der Verstorbene ein, aus der Ferne wuchs ein schmales Bullern heran, das Moped mit der DIN-Büchse für Menschenstaub war auf den schlecht ausgebauten Kurvenpfaden zwischen den Grabsteinen unterwegs zur Endstation, wo alle mit der dumpfen Geduld warteten, die man nur noch Verblichenen entgegenzubringen pflegt, Persotzky nahte. In diskreter Manier fuhr der Kleintransporteur nicht, wie es die Zweckmäßigkeit geboten hätte, bis aufs Grab, das Knattern setzte wenige Meter hinter aller Ohren aus, ohne sich umzudrehen wußte B.T., er spürte es am plötzlichen Erstarren der Versammelten, daß er jetzt zu Fuß eintraf, da teilte sich auch schon die schwarze Mauer um das noch unbesäte Grab, ja, dachte B.T., haarklein genau so hatte er sich den Friedhofsmann in seiner Fundusuniform vorgestellt, Persotzkys Asche kam mit der Straßenbahn.

Rein vom Handwerklichen her war der Mann richtig am Platze, und es dauerte nur deshalb Minuten, weil Pietät salbungsvolle Gemessenheit verlangte und keine forsche Erdbewegung. Es ließ sich ästhetisch angenehm beobachten, wie der Uniformierte den langgestielten Spaten zur Erweiterung des Loches im Grab ansetzte, zarthändig bettete er die Urne hinein und schloß mit wohl dosierten Schaufelschwüngen die kleine Grube, jetzt endgültig war Persotzky nicht mehr. Der Uniformmann nahm Haltung an und legte, von allen mit wohlwollendem Ernst betrachtet, die Rechte an den schmalen Schirm seiner Mütze, zwei Herren räusperten sich, einen schweren Augenblick lang spielte man Staatsbegräbnis, wenngleich vierter Klasse. In dieser Situation traf B.T. wie ein Blitz, der das Dach, das die Zeit über die Vergangenheit gebaut hatte, zerriß und in Feuer setzte, die Erinnerung.

Sie hatten ihn zu spät geholt und als er vor der Klinik aus dem Wagen sprang und an der Pförtnerinnenloge vorbeirannte, die Treppen hoch zum dritten Stock, kamen ihm der Oberarzt und die junge adrette Schwester schon entgegen und in ihren Gesichtern las er, alles war vorüber. Aber noch gehörte nicht zu ihm, was er nun wußte. Sie nahmen ihn zwischen sich, wie um ihn zu schützen, weil seine Seele von dem, was eingetreten war, wie sie glaubten, schon bresthaft geworden, und führten ihn in das kahle, weiße, schwach nach dem unvermeidlichen Lysol riechende Zimmer. Gregor lag, mit fremd gewordenem Gesicht, das noch die vom Leiden ausgehöhlte und endlich zerschmetterte Persönlichkeit verriet, in frischen Laken auf dem hohen Eisenbett, an dem B.T. so oft gesessen und Trost für sich und den Bruder aus kolorierten Lügen gesogen hatte, die Augen des Toten waren geschlossen, die Hände über der Brust gefaltet und drei venenblutrote, nicht mehr ganz frische Nelken waren hineingeschoben, wer weiß weshalb. Doch erst als B.T. aus der Flankierung des Oberarztes und der Schwester, die stehen blieben, noch zwei Schritte auf das Bett zutrat, wurde es plötzlich still, wie es nie zuvor gewesen war.

Was dann aufwuchs, das Rauschen, hatte er niemals gehört und er hörte es auch nicht mehr später, nicht nach dem Tod Clarissas, von Persotzkys Tod ganz zu schweigen. Es war ein Rauschen, das wahrscheinlich ohne diese ungeheuerliche Stille an einem Totenbett nicht wachsen kann, ein anschwellendes Geräusch aus einer vierten, vielleicht auch achten Dimension, das nicht nur die Ohren traf, sondern in die ganze Körperhülle eindrang, laut, lauter, lautlos dröhnend, wäre B.T. nicht überzeugt gewesen, daß konventionelle Kommunikationsmittel niemals dort hinüber reichten, wo womöglich ohnehin nichts mehr stattfand und war, er hätte glauben mögen, es sei Gregor, der ihn hier noch einmal rief, der sich noch einmal gegen die Realität auf die Wellenlänge des Bruders schaltete, in einer letzten Anstrengung gewaltig aber schon ohne Worte, vielleicht sogar, dachte B.T. in jähem Entsetzen, war das die Art von Hilferuf, den sie noch einmal, wenn sie stark gewesen waren, senden konnten, während ihre Seelen schon hinausrasten, um in einer endlosen Ewigkeit zu erfrieren, aber dann spürte er, wie es in ihm aufstieg, er hätte schreien mögen, weil er plötzlich wußte, daß in all dem, was er hier gern glauben hätte mögen, Betrug saß, er sah auf Gregors fleckig gewordenes Gesicht und auf die gelblichen Hände, in denen sich die drei Nelken bewegungslos wanden, der Schrei dehnte sich aus, erreichte schon das Innere der Brust, nein, gestand sich B.T., das Rauschen war kein Empfang gewesen von Gregors metaphysischem Leid und auch nicht eine Manifestation von religiösem Schüttelfrost, sondern nur der eigene Reflex auf den Anblick eines nahen Toten, Personifizierung, so würde er auch einmal klamm liegen, nein! und doch, natürlich, denn auch wenn die Menschen das Sterben verbargen wie eine nächtliche Schweinerei, Tod war überall, klatschte von überall hinein ins scheinbar volle Menschenleben, stahl, raubmordete die Möglichkeit der Dauer, nihilierte den Geist, und während der Schrei ihm zum Mund hochgepreßt wurde und B.T. in seiner verzweifelten Kraft, ihn abzuwürgen, weil er ein Eingeständnis sein könnte, erlahmte, nahm er die Niederlage auf einmal an und besiegte, indem er sich ihr ohne Übergang und fast demütig hinwarf, die Urangst, jetzt, ja, machte sich der Schrei frei, und B.T. schrie, schrie, schrie. Zwei Schritte hinter ihm standen der Oberarzt und die adrette Schwester, regungslos. An ihren Gesichtern, sah B.T., er war ihnen keine Erklärung schuldig, sie hatten seinen Schrei nicht gehört.

Die ersten unglaublichen Hiebe schlegelten, noch in ihrer Art unausgemacht, rhythmisch aufs gespannte Fell der Trommel, womöglich mochten die Trauergäste zunächst an den wuchtigen Auftakt eines Begräbnismarsches glauben, denn erspart blieb Besuchern von Veranstaltungen wie dieser erfahrungsgemäß ohnehin nur wenig oder nichts, aber da stieß bereits das Horn in die straffen Trommelschläge und zerschmetterte mit seiner Carillon-Fröhlichkeit die graue Illusion, hier werde dem Zustand Persotzkys angemessen musiziert, schon kam, o Himmel, die ländliche Posaune zu Ton, ein Baßhorn rutschte, die Trommel im Bauerntakt unterstützend, musikalisch bis in tiefste Keller, doch erst als die Ziehharmonika das Dargebotene mit ihrer hellen Bistro-Müsette, die auf B.T.'s Rücken stets eine verhuschte Gänsehaut zu spielen pflegte, eindeutig als lustige Polka auswies, riß es den Anwesenden die Köpfe hinterwärts, dort standen sie schlegelnd und blasend, die Frevler wider die uniforme Tristesse. Müller-Kroppau war unter ihnen. Die schmollmündige Baby-

visage aus dem Trauerfutteral des schwarzen Kaschmir-
mantels ragend, prahlte er stumm mit den ihn im Halbkreis umtosenden Messinghörnern und dröhnenden Trom-
meln, warum denn nur, überlegte B.T., hatte jener die
Volksmusik-Gruppe in ihren Lodenanzügen und signal-
roten Westen an das frische Grab geführt, denn darüber
bestand kaum ein Grund zum Zweifel, wie kam er auf die
wahnwitzige Anstiftung einer solchen posthumen Huldi-
gung, die von den Trauernden verargt werden würde, obwohl sie im Grunde infamerweise so fehl am Platze gar
nicht war, aber da fiel es ihm wieder ein, natürlich, er
selbst, B.T., war es gewesen, der Müller-Kroppau anstelle
eines geredeten einen musizierten Nachruf im Polka-
Klang anempfohlen hatte und jener hatte den Rat als
Ernst mißverstanden und da waren sie nun mit ihrer unglaublichen Musik, barbarisch und im besten Willen.

Und nun ereignete sich das Unglaubliche. B.T. vermeinte zunächst nicht richtig zu sehen, aber das Phänomen ließ nicht nach, sondern wurde stärker, Oynenboyn,
Graf Oynenboyn, rätobollische Landsmannschaft, sein
rechter Fuß begann damit, es fing an mit einer leichten
Unruhe im Knöchel, die sich schnell zu einem Wippen
steigerte, schon erfaßte die gleiche Unruhe Germaine
Daube, Bohr, den Ministerialdirigenten, jetzt lösten sich
die Sohlen vom Boden, auch die der anderen, ja, sie siegte,
Frau Musika der flotte Trampel, und während noch die
Gesichter der Leidtragenden mit einem künstlichen Tor-
tenguß aus Eis gegen Müller-Kroppaus musikalische Grab-
schändung zu zeugen müssen glaubten, trat ihre Füße bereits überwältigt den für sie unwiderstehlichen Rhythmus
der Polka stampfend mit. Zusammenzuckend verspürte
B.T. eine gierige Hand an seinem Oberarm, mit einem

schmatzenden Seufzer griff Bohrs Reichsmuttersau nach ihm, physisch entsetzt entwich er dem offenen Karree aus Menschenleibern um das frische Grab und stand dann einsam im Niemandsland zwischen der stampfenden Masse und der Musik, Frau Bohr hatte den Ministerialdirigenten ergriffen, auch die anderen hängten sich ineinander ein und bekamen rheinischen Schalk auf die schnell geröteten Backen, im Takt der Polka begannen sie sich untergehakt wellenförmig um das Grab zu wiegen, es war erreicht, Begräbnisschunkeln, einmal, noch einmal, war Persotzky unter seinesgleichen.

Die dreieckige Flußinsel mit ihren zerfallenden Ufermauern, dem kräftigen Blattgrün des Buschwerks, den roten Dachziegeln des turmartigen Nebengebäudes, mit den französischen Fenstern des Wasserschlosses, den vom Alter gesenkten Erkern und dem Schimmelgeruch der einsamen Korridore, Säle und Winkelräume, hatte für schweifende Aufenthalte seine Unwiderstehlichkeit eingebüßt, B.T. glaubte weder dort noch sonstwo weiterhin an die Möglichkeit von Abenteuern, die wichtig wären. So war es mehr Gewohnheit als Ausflug in phantasievolle Vorstellungen, daß er noch einmal hinüberging, im Schloß begegnete er sogar dem Mädchen, aber er sah es nur an und sein Blick wurde teilnahmslos erwidert und er ging vorbei, stöberte noch einmal, ziellos kurz, in hinlänglich erforschten Räumen, ohne etwas zu finden, was er ohnehin nicht erwartete, nicht mehr, er hatte die Gegenexistenz eingebüßt, gegen die er bestehen zu müssen geglaubt hatte, weil sonst seine selbst gewählte Kontur zerfiele und seine Haltung, falls dieses Wort ihm in den vergangenen Jahren noch etwas besagte, Clarissa tot, der Widerstand, aus dem er beinahe hassend Kraft zur Selbstbehauptung geschöpft hatte und zu fruchtbaren Fluchten, und nun auch Persotzky, der letzte Einzige, gegen den B.T. sich noch persönlich wehren mußte, weil jener ihm schon körperlich zu nahe an das Sein gerückt war, als daß es möglich gewesen wäre, ihn durch Stillhalten und Wegsehen auszuschalten, eine Attitüde, die Persotzky der Prolet ohnehin und in jedem Falle durch Nichterkennung überwalzt hätte, doch all das, wenn schon in früheren Tagen und Jahren ausschnitthaft erkannt, gehörte erst jetzt voll zu B.T.'s Wissen, es war auf ihn hereingestürzt bei der Beerdigung, im Augenblick, als er sich durch einen raschen Sprung aus dem Karree vor dem Zugriff der schwarzen Masse schützen konnte, die ihn schunkelnd umklammern wollte, und von diesem Moment an sah er auch, daß er ihnen, ihnen allen, für den Rest seines Lebens nicht mehr als Gegner zur Verfügung und Benützung stehen würde, denn er hatte sich schon auf den inneren Ring seiner Verteidigungsanlage zurückgezogen und er verharrte dort, nicht mehr kämpfend, unengagiert, bewegungslos, ohne auf sie zu reagieren, das heißt unüberwindbar.

Ohne an Gregor denken zu müssen, betrat B.T. die steil geschwungene hölzerne Brücke, auf der Höhe des Bogens glaubte er im Rücken den jetzt doch überraschten Blick des Mädchens zu spüren, wieder Clarissas Blick, aber mit weniger Schritten als jemals zuvor erreichte er als das Ufer jenseits des stillen Flusses den sechseckigen Raum der Bibliothek und damit seine Welt. B.T. setzte sich auf die grünlederne Récamier und betrachtete, wie er fand merkwürdig gleichgültig, die schwarz hochragenden Regale mit der von Perlmuttdosen, Halbedelsteinen, exotischen Muscheln und Figuren zerlöcherten Phalanx der Bücherrücken, die einfach weiß gerahmten Fotografien, die ihm einmal stets wieder einlösliche Gutscheine für die in Erinnerung und Phantasie vollziehbaren Hotelerlebnisse gewesen waren und damit eine wenn auch im Rückblick verharrende Erweiterung seiner Existenz, sie sagten ihm nichts mehr und sogar das Wasserschloß auf der Dreiecksinsel mit ihrem gesprenkelten Dämmer von tiefem Blattgrün war in die Größe des schwarzsilbernen Rahmens zurückgeglitten und blieb so, ohne zusätzliche Dimensionen, ohne Abenteuer, nur ein Ölgemälde.

Stimmen und Schritte wurden draußen von der Galerie her laut, die schwere Holztür der Bibliothek schwang auf, für einen Augenblick sah B.T. das fade Blond des Tagesmädchens, als es die beiden Männer in den dunklen Anzügen einließ und dann mit einer huschenden Bewegung die Tür wieder zuzog.

„Graf Oynenboyn und der Herr Ministerialdirigent", sagte B.T. und fühlte sich unbehaglich. „Was verschafft mir die Ehre?"

„Ist es tatsächlich wahr, daß Sie es vergessen haben, oder spielen Sie es jetzt nur?" fragte Oynenboyn und in seinem zerschmißten Gesicht flackerte ein in Generationen gewachsener Widerwille gegen Menschen von der Haltung eines B.T. Er setzte sich steif auf einen hochbeinigen Holzhocker, als wolle er von B.T. nicht einmal Bequemlichkeit als Geschenk.

„Aber ich bitte Sie, Graf, er scherzt nur, er scherzt." Der Ministerialdirigent durchtrampelte den Raum und ließ sich in den Renaissancestuhl mit den hellen hohen Lehnen fallen, eine Erinnerung durchfuhr B.T., wie lange war es her, seit Persotzky zum erstenmal hier eingedrungen war und seine bullige Gestalt in diesen edlen Stuhl geworfen hatte und sich die Hoffnung, der Löwenkopf über der Rückenlehne würde für den Moment zum Leben erwachen, der notwendig wäre, um diesen Frevel zu rächen, so wenig erfüllte wie jetzt, damals hatte eine unheimliche Entwicklung begonnen und B.T. ahnte plötzlich, daß der Bogen, den Clarissa und Persotzky in jener Nacht über ihn zu biegen begonnen hatten, nun gespannt war, sie hatten rein äußerlich das Ziel erreicht, das sie gegen B.T. vereint hatte, sie, die Toten.

„Ein herrliches Haus", sagte der Ministerialdirigent und zwinkerte mit dem linken schweren Augenlid. „Ich wußte gar nicht mehr, wie herrlich es ist."

„Was ist?" fragte B.T.

„In einer halben Stunde wird der neue Präsident der Gesellschaft für Vaterländische Kontakte mit dem Ausland gewählt. Der Graf und ich sind gekommmen, Sie zu begleiten."

Langsam stand B.T. auf. Er hätte noch immer ablehnen können, denn es gab keine äußere Diktatur, die ihn dazu zwang. Aber er war müde, und er beschloß mitzugehen und sich wählen zu lassen und zu hören, zu beobachten, und er schwor sich, zu allen und allem zu schweigen und schweigend die Wahrheit zu denken, nichts als die Wahrheit.

KARL-HEINZ KÖPCKE

Guten Abend,
meine Damen und Herren

248 Seiten · Leinen
4farbiger Kunstdruckumschlag
DM 19,80

Jeder kennt ihn: Karl-Heinz Köpcke, „Mister 20 Uhr", den berühmtesten Sprecher des bundesdeutschen Fernsehens.
Jeder kennt ihn nur zum Teil.
Hier ist der andere Köpcke, von dem niemand etwas wußte. Hier ist der Erzähler.
Die Überraschung ist perfekt. Ein Mann, der fast täglich bei uns allen auf dem Bildschirm im Wohnzimmer erscheint, um von den großen Ereignissen des Weltgeschehens zu berichten, kommt nun zwischen diesen Buchdeckeln zu uns und erzählt von Ereignissen, die oft viel menschlicher sind, viel dramatischer und gewiß lustiger.
Wir können den neuen Köpcke getrost auf den Nachttisch legen und vor dem Schlafengehen in einer der vierzehn Geschichten schmökern: Kleine Leckerbissen, nicht zu schwer und nicht zu lang, gerade richtig als Appetitanreger für die kommenden Träume.

VERLAG R. S. SCHULZ

ERSCHIENEN BEI R. S. SCHULZ

Frank Arnau
Watergate
Der Sumpf
DM 9,80

Manfred Bockelmann
Magic Hollywood
DM 38,—

Werner Egk
Die Zeit wartet nicht
DM 25,—

Anneliese Fleyenschmidt
Wir sind auf Sendung
DM 19,80

Valeska Gert
Katze von Kampen
DM 14,80

Michael Graeter
Leute · Bd. I und II
je DM 69,—

Erich Helmensdorfer
Westlich von Suez
DM 26,—

Erich Helmensdorfer
Hartöstlich von Suez
DM 22,80

Otto Hiebl
schön daß es München gibt
Broschiert DM 9,80
Leinen DM 14,80

Werner Höfer
Starparade —
Sternstunden
DM 36,—

Werner Höfer
Deutsche Nobel Galerie
DM 25,—

Friedrich Hollaender
Ich starb
an einem Dienstag
DM 22,50

Friedrich Hollaender
Ärger mit dem Echo
DM 13,80

Hermann Kesten
Die Witwen der Revolution
DM 26,—

Hermann Kesten
Revolutionäre
mit Geduld
DM 26,—

Manfred Köhnlechner
Die Managerdiät
DM 9,80

Karl-Heinz Köpcke
Bei Einbruch
der Dämmerung
DM 25,—

ERSCHIENEN BEI R. S. SCHULZ

Karl-Heinz Köpcke
Guten Abend, meine Damen und Herren
DM 19,80

Peter Kreuder
Nur Puppen haben keine Tränen
DM 25,—

Hardy Krüger
Wer stehend stirbt, lebt länger
DM 26,—

Karl Lieffen
„Was fällt Ihnen ein — Lieffen"
DM 22,80

Georg Lohmeier
Geschichten für den Komödienstadel
DM 19,80

Angelika Mechtel
Die Blindgängerin
DM 25,—

Angelika Mechtel
Das gläserne Paradies
DM 25,—

Angelika Mechtel
Friß Vogel
DM 25,—

Peter de Mendelssohn
Das Gedächtnis der Zeit
DM 25,—

Werner Meyer
Carl Schmidt-Polex
Schwarzer Oktober
17 Tage Krieg um Israel
DM 9,80

Peter Norden
Das Recht der Frau auf zwei Männer
DM 16,80

Erik Ode
Der Kommissar und ich
DM 25,—

Birte Pröttel
Ein Zwilling kommt selten allein
DM 9,80

Herbert Reinecker
Feuer am Ende des Tunnels
DM 25,—

Herbert Reinecker
Das Mädchen von Hongkong
DM 19,80

Luise Rinser
Dem Tod geweiht?
DM 25,—

ERSCHIENEN BEI R. S. SCHULZ